樹上のゆりかご

荻原規子

角川文庫
19702

目次

Hush-a-bye, baby, on the tree top,
When the wind blows the cradle will rock;
When the bough breaks the cradle will fall,
Down will come baby, cradle, and all.

ハッシャバイ、ベイビイ、樹《き》のてっぺん
風が吹《ふ》いたら　ゆりかご揺《ゆ》れる
枝が折れたら　ゆりかご落ちる
赤ちゃん、ゆりかご、もろともに

――マザーグース

第一章　沈黙の音

一

辰川《たつかわ》高校の生徒会執行部《しっこうぶ》と例の事件に、私が深くかかわることになったのは、ほんのなりゆきだった。もともと私は積極的に生徒会活動をするタイプではないし、今だって本当のメンバーではない……この学校の生徒会は、自主的に集合した人々で運営するのだ。

ひっぱりこまれた最初のきっかけは、中村夢乃《なかむらゆめの》にある。

それから、鳴海《なるみ》知章《ともあき》。

それから、江藤《えとう》夏郎《なつろう》。

そして、名前のない顔のないもの……

名前のない顔のないものがこの学校には巣くっていること——それが自分の内側に見つかったり、外側に見つかったりすることに、私は最初から、なんとなく気づいていたのかもしれない。校門を一歩出れば、有名大学進学率によって評判のよい高校生男女の私たちが、校内では少し別のものを呼吸し、別のものに変化することに。

だから、巻きこまれるようにしてかかわりあいになったというのが、一番真実に近いかもしれない。主観的な真実であって、それが私にとってはリアルに思えるという程度だけど。

……ともあれ、ことのはじまりは、合唱祭のパンの売り子だった。

*

新緑の五月。

クラス替《が》えをした教室が、新しい顔ぶれにようやくなじみかけるころ、合唱祭はあっというまにやってくる。クラス対抗《たいこう》のコンクールで課題曲と自由曲を発表する、辰川高校三大イベントの一つだ。

合唱は、全員の息があっていてこそのものだ。学校に伝統的にこういう行事があること自体、新クラスに早くなじんで良質のコミュニケーションをもちなさいという、ずいぶん押しつけがましい意図を感じるけれど。

ただ、その意図の持ち主が、教師だったり教育方針だったりするならば、私たちは白けるところだが、辰川高校の場合、これを強制するのは学校側ではなかった。純然たる生徒活動なのだ。

とはいえ、私のクラス二年F組のノリは、現在のところ今ひとつだった。音楽選択《せんたく》クラスにしては、意気込みの感じられない顔ぶれである。

過去の入賞実績では、二年生のクラスであっても、三年を押しのけて三位にくいこむチャンスはある。けれども、それが美術選択クラスであっても、別段不思議ではないのがこの学校だった。美術専攻《せんこう》でもそれを可能とする、マルチタイプに小器用な高校生が多いところなのだ。

「まとまらないクラスだねえ……」

朝練のまばらな参加情況《じょうきょう》に、楽譜《がくふ》をまるめた中村夢乃がため息をついた。彼女はアルトのパートリーダーで、一ソプラノの私よりも嘆《なげ》く権利がある。

「……男子クラスから来た連中、ボイコットのつもりかしら」

「大きな声では言えないけれど、友成《ともなり》クンとうまくいかないのかも」

わがクラスの指揮者、友成クンは、室内楽同好会でヴァイオリンをかなでる音楽秀才《しゅうさい》であり、その音楽性にF組の期待がかかるところなのだが、なぜか同性には受けがよくなかった。

少し考えて、私は認めた。

「彼って、ちょっとキザだよね。ものの言い方も」

夢乃は、教室へ向かうF組指揮者をちらりと見た。

「芸大をめざせずに東大をめざすなら、いばれる立場じゃないのにね。でも、男子の支持率が低い本当の理由は、友成クンが前年も今年も男女クラスだからだってよ」

彼女は軽口のつもりらしいが、私にはピンとこなかった。

「そういう人、何人もいるでしょう？」

チッチッと指をふって夢乃は言った。

「この不均等な男女比を、男子のみ三クラス男女半々五クラスに分ける学校だよ？　確率からして、男子は三年間で一回は男女クラスに入るのがふつうでしょう。友成クンのような子がいるから、三年間男女クラスに恵《めぐ》まれない男子も生まれるわけ」

私の頭は数学的にできていないので、そんな当たり前の確率も、気づくまでは意識していなかった。思わずたずねる。

「でも、男女クラスにならないと、よくないことでもあるの？」

「ヒーちゃん、ナイスだよ。そのリアクション」

夢乃は笑った。私の名前をヒーちゃんと呼ぶ人間は、クラスでまだ夢乃だけだ。

「察するところ、損した気分になるのかもね……経験値として。男女クラスになったからといって、必ずしも彼女ができるとは限らないのにねえ」

そのとき私は、お隣《となり》の邦立《くにたち》高校がなぜクラス替えを行わないか、判明した気がした。同じく女子が三分の一であっても、あちらは男子クラスを設定しないのだ。その男女比のまま八クラスに分かれると、同じ中学から行った子が話していた。だから、クラス替えがないと不公平だなどと思う者はいないのだ。

夢乃にこれを話して、私はつけ加えた。

「――そのほうが、いろいろな点で妥当《だとう》だと思うな。三年間ともにしたクラス仲間は、その後もずっと続くって言っていたよ。私も、クラス替えがないほうがよかったのに。やっとなじめた去年のクラス、もうなくなっちゃって。だいたい、女子はどう組分けしたって男女クラスにしかならないんだし」

それこそ、経験値に差異があるというものだ。平等をめざすなら女子クラスをつくってくれと言いたい。

夢乃は小首をかしげた。

「クラスに女子が十人そこらでは、合唱は無理だろうね……邦高って、合唱祭がないところだったんだ」

「そういえば、聞かないね」

混声合唱は、男女同数が声のバランス的にぎりぎりだ。ふつう、合唱団は女声の人数を男声より多くそろえるものなのだ。

「……この学校、まさか、合唱祭のためにこんなクラス編成にしているとか」

私が疑《うたぐ》り深い声を出すと、夢乃はあんがい真顔でうなずいた。

「当たっているかもよ。イベントが第一の学校だもの」

「合唱祭って、そうまでして開催《かいさい》するものだったのか……」


あらためて言うけれども、辰川高校は変な学校だった。

東京都が都立高校の学力平均化をめざし、越境《えっきょう》入学などの弊害《へいがい》をなくそうとした学校群制度らしいが、二十三区をはずれた西のはてでは、高校も散らばっているせいか、かなり投げやりな区分になっている。私の住んでいる地域では、受験生は第七、八、九学区という、北多摩《たま》から南多摩まで広がる大区域のどこを選んでもかまわなかった。

そして、その中央で異彩《いさい》を放つのが、第七十二群――辰川高校と邦立高校をカップリングした学校群だった。

結局のところ、西東京の中学校で成績上位の者は、国立大学付属（すごく遠い）か有名私立（すごく遠くて学費が高い）へ行くのでなければ、ほとんどがここに集中する。学力平均化というのは、たんに二校に分散することだったらしい。変なの。

中学三年生の私は、自分が「上田《うえだ》ひろみ」であることに疲《つか》れはてているスレッカラシの優等生で、ちょうど失恋《しつれん》などもしたものだから、わき目もふらずに勉強しているうちに、どういうわけか第七十二群に受かってしまった。そして、ふりわけで辰川高校へ入学したわけだ。

最初に思い知ったのは、自分がうかうかと、片道一時間半もかかる旅人――東京都がなくそうと努力している――に、なってしまったということだった。家から新宿《しんじゅく》へ出るなら、その半分以下だというのに。

加えて、入学前の私がぼんやりとイメージした、秀才の集まるエレガントで洗練されたキャンパスは、邦立高校に当てはまっても、辰川高校には当てはまらないということだった。

（……男子クラスが諸悪の根元かもしれない……）

自分の席についてから、夢乃との会話を思い返して考えた。クラス替えがこんなに居心《いご》地《ち》悪いのも、男子クラスから上がってきた男子たちが、どこか異質な匂《にお》いを混入させるからだと思う。

だいたい、何十年も前から制服廃止《はいし》の学校へ、ことさらに学生服を着てくる男子が多いというのは何ごとよ。邦立高校ならば信じられない事態だろう。こういう悪癖《あくへき》も、だいたいにおいて男子クラスから発生する。現代の若者として、服装の手抜《てぬ》きはゆるせないと思うのだけど。

五月ももうずいぶん暖かいから、さすがに学生服を着る人間は少ないが、白のワイシャツに黒の学生ズボンという無彩色男子は、悲しくなるほど頻出《ひんしゅつ》している……これだから、女子もエレガントにおしゃれをする意義をなくすのよ。あまりにも不釣《つ》り合いだから。

そして、ここは、外部の人間が笑って信じないほど、イベントに力を入れる学校なのだった。周辺に名の知られた受験校のくせに。

三大イベントのあとの二つは、演劇コンクールと体育祭だが、どれもがハンパでない時間とエネルギーを要する規模だ。辰川高校生と命運定められた者は、なぜかこれらの行事に一年間追いまくられて過ごし、はっきり言って勉強するひまがない。この内実は、邦立高校の生徒にさえあまり理解されないのだった。

でも、打ち明けると、私は合唱祭にちょっとした思い入れがある。

合唱って好きだ。もうこれは、趣味《しゅみ》とか傾向《けいこう》とか性癖《せいへき》とかの問題だけど。

歌が得意だと主張する自信はないけれど、中学校三年間吹奏楽部《すいそうがく》で鍛《きた》えたこともあって、耳だけは少しいいつもり。ハーモニーがぴたりと合うと人一倍喜ばしいし、一人ではっくり出せない音楽を、大勢でつくりあげることが無性《むしょう》に好きなのだ。

私が辰川高校を知ったのも、合唱祭が機縁《きえん》だった。

中学二年生のとき、吹奏楽部のOBで辰川高校へ行った先輩《せんぱい》が、合唱祭の録音を音楽室で聞かせてくれたことがある。どのクラスもハイレベルの演奏で、中学生の私はびっくりしてしまった。なんといっても、まったくの無伴奏《むばんそう》で歌う——アカペラで歌うルールなのだ。

アカペラの合唱なんて、プロの合唱団でもなければ不可能だと思っていた。生の歌声だけがしじまに響《ひび》く、ちょっと不思議な高校生の合唱CDに、思わず聞きほれていた。

第七十二群を受けてもいいと思ったのは、このときが最初だった。もっとも、合格したとしても、辰川高校にふりわけられるかどうかは、神のみぞ知るものだったけれど。

新入生として参加した去年の合唱祭は、右も左もわからないうちに過ぎてしまい、混声合唱は、無邪気《むじゃき》に素朴《そぼく》に「ソーラン節」を歌った美術クラスの一年B組が努力賞をとるハプニングに終わってしまった。でも、今年こそは入賞の経験をしてみたいなあ……というのが、正直な気持ち。

とはいえ、いくら音楽クラスであっても、だれもが私ほど合唱に関心があるわけではないのだ。カラオケで熱唱できる人が合唱好きとは限らないし、運動部の部活動オンリーで生きている人もいる。集団行動が単純にかったるい人もいる。

もともと、地元の秀才《しゅうさい》で鳴らした面々というのは、おおむね個人主義で計算高いから、自分が主役にならないものごとは敬遠する傾向にあるのだ。

この私も、別の面ではその一人であるからして、クラスメートがおっくうがる気持ちはよくわかった。士気の低いクラスメートより、合唱祭がクラスに要求するレベルがこれほど高いことのほうがうらめしい気持ち。有志をつのって歌わせればいいのに、猫《ねこ》もしゃくしも合唱と、全校生徒に押しつけるほうが無理難題なのでは……？

私もべつに、歌いたくない人とまで無理に歌いたくない。心を合わせたハーモニーを形にするなら、心ある人だけでつくりたいと思うのだった。

二時間目の休み時間に、中村夢乃が私の机に手をついて言った。

「ねえ、今日の昼、いっしょにC組まで行ってくれないかな」

「C組ー？」

語尾《ごび》を上げたわけは、二年C組が悪名高き男子クラスだからだった。あそこは、女子生徒が気安く中に入れるところではない。女人禁制《にょにんきんせい》のあれやこれやがまかり通っているという、もっぱらの話だ。

「いやー、カトケン……ほら、一年で同じクラスだった加藤健一《かとうけんいち》クンね？　彼が折り入って話したいことがあると言ってきてるのだよ。ヒーちゃんと私に、だってさ」

夢乃は、ウォッシュジーンズの長い足を組む。

彼女は思いっきりジーンズ派で、去年同じクラスで見ていたところ、年間八十パーセントはジーンズパンツだった。髪《かみ》は、野球部以外の男子並みのショート。前髪《まえがみ》をかきあげるしぐさはたいへんりりしい。彼女は、ラフを好む辰川高校女子生徒のなかでも、とびきりラフに決まっている、ちょっと中性っぽい女の子なのだった。

中村夢乃ほど、男女の隔《へだ》てなくざっくばらんに話せる人物はめずらしい。そのため、現在のクラスになっても、旧クラスの男子が彼女とおしゃべりをしにF組へ顔を出す。それを目にしていたから、加藤クンが彼女に相談をもちかけるというのは、うなずけるものがあった。

けれども、どうして私もいっしょなの？

「私はパス。購買《こうばい》のカフェオレを二人分買っておくから、一人で聞いてきてよ」

夢乃は、どこへ行くにも昼ごはんを食べるにも、つれあいがいなくてはという、べったりした女友だちを欲しがる人ではない。男子クラスへでもどこへでも、行こうと思ったら平気で行けるだろう。

「何の話だろうって、思わないの？」

「加藤クンが私にも話があるなら、F組に来たときに言うでしょうよ」

加藤健一は気さくな男子で、クラス仲間をよく笑わせて、評判は悪くなかった。話せばけっこう話せるなと、最近思いはじめたところだ……なぜか去年同じクラスだったころより、二年になってからのほうが話す機会が多くなった。

それでも、心当たりのない話でC組に呼び出されることには、ちょっと抵抗《ていこう》を感じる。夢乃ならともかく、私はそれほど彼と親しくない。

中村夢乃は、ちょっとのあいだ私を見つめた。

「……ヒーちゃんって、日ごろおとなしいけれど、ポテンシャルは高いと思うな」

「どういう意味？」

「自己主張しないで、おっとり座っている風情《ふぜい》だけど、わりと簡単には『うん』と言わないところとかさ」

「何に『うん』と言わないのよ。さてはドリちゃん、加藤クンの話の内容わかっているんじゃないの？」

夢乃の返事は「エヘ」だった。私はにらみつけてやった。

「ひとが悪いなあ。何をたくらんでいるわけ？」

ぶたれることからかばうようなしぐさをして、夢乃は言った。

「ごめーん。だって、カトケンは上田サンに話そうとすると、必ず上がっちゃうと言うんだもの」

「上がる？」

私は首をひねった。加藤クンが緊張《きんちょう》する場面などは見たことがない。いつだって冗談《じょうだん》を言っているような気がする。

「あいつって、まじめな話には上がるのよ。言い出せないとふざけて逃《に》げるわけ。でも、話を聞くだけ聞いてやってくれないかな。ことわりたいときは、とことんことわっていいから」

夢乃の口ぶりは、同性の私より彼の肩《かた》をもっていることが明瞭《めいりょう》で、こういうところがかなわないなと思わせられた。彼女にとっては、学校の三分の二を男子が占《し》めることもたいしたちがいはなく、かえって気の合う人間が多くて、すごしやすいと考えているかもしれない。

比べると私は、三分の一のなかのさらに狭《せま》い殻《から》に閉じこもっているみたいで、損かもしれないな……。

この日、結局C組へ出かけていったのは、そんなふうに思えて、突発的《とっぱってき》向上心をもってしまったせいだった。つまりは、中村夢乃にのせられたというだけかもしれない。

C組教室の後ろのドアは開いていて、ほっとした。この扉《とびら》が閉まっている場合、女子は度胸を試《ため》される。時をえらばず教室内で着替《きが》えをする人物がいて、それを当然とするのが男子クラスなのだ。

開いたドアから夢乃と二人でのぞきこむと、すでに半数近くが外に出ているらしく、教室内の人影《ひとかげ》はまばらだった。たぶん、授業終了《しゅうりょう》とともに学食へ飛んでいくのだろう。持参した弁当を二時間目の休みにたいらげてしまい、昼は学食で食べなおすという男子はめずらしくない。

人が少ないぶん、床《ゆか》のゴミが目立った。かどのゴミ箱はあふれて裾野《すその》を形づくっている。シャツや雑誌も散乱している。窓にユニフォームが干してある。環境《かんきょう》整備という単語が辞書にない部屋だ。

もっとも、男女クラスもこれに関してそれほど誉《ほ》められたものではない。高校へ来てから、私もそうじ当番というものを見たことがないもの。

「加藤クン、いる？」

夢乃が大きな声を出すと、教室に残っていた全員がはじかれたようにふりむいた。

私、これがいやなんだ……この突《つ》きささってくる視線に、いつまでたっても慣れない。必要以上に姿かたちに関心が払《はら》われていると、いやおうなしにわかってしまう。それはまた、侵入者《しんにゅうしゃ》を見る目つきでもある。いるべきでないやつだと言わんばかりの……

同じ学校の人間なのに、いったん男子クラスに所属すると、どうしてそんなに女子がめずらしくなるのだろうか。女子クラスがあればいいのにと思うのは、こんな時だ。エイリアンのように見つめられる居心地《いごこち》悪さを、おあいこで教えてあげるのに。

　窓ぎわの机に腰《こし》かけて話しこんでいた加藤クンは、ぎょっとした様子で飛び降りた。ややあたふたして近寄ってくる。

「悪い悪い。こんなふうに呼びつけるつもりはなかったけれど、なにしろ時間がなくてさ。上田サン、あの……怒《おこ》っていない？」

　この先の内容によっては怒るかも、と思ったが、いちおう笑顔《えがお》でたずねた。

「話ってなあに？」

「いやあ、来てくれただけで何か胸いっぱいだなあ……もう、思い残すことはないというか、男子クラスになってはじめていい思いをしたというか……」

　私はやっぱり笑顔で言った。

「じゃ、これで帰るよ？」

「バカだね、きみは」

　夢乃が情けなさそうに頭をふった。加藤クンはにやけるのをやめて、急いで本題に移った。

「じつをいうと、上田サンが引き受けてくれると、ものすごく恩に着ることがあるんだ……合唱祭当日、実行委員の仕事を手伝ってくれないかな。ほんのちょっとだけ、昼の二十分ほどでかまわないんだけど……」

「加藤クンって、合唱祭実行委員だったの？」

知らなかった私は、そこでさえぎってしまった。これは、私ばかりがうといのではない。この学校、実行委員と名のつくものを、各クラス一名などと割りふって選出することが一切ないのである。

実行委員会は、寄り集まった人間が自主的にはじめる……つまり、サークルと同じで、校舎二階のかどにある生徒会執行部《しっこうぶ》室に、先輩《せんぱい》の引きやら友人関係やらでなんとなく居着いた人々が、事後承認的に委員になるのだ。顔ぶれなんて、わかるはずがない。

もっとも、知っている人は知っているのかもしれない。けれども、ほとんどの女子生徒は委員会を興味の範囲外《はんいがい》にしていて、みずから参加しようと思わなかった。学校三分の二の男子生徒が、女子は手を汚《よご》して遅《おそ》くまで仕事をしなくていいと考えているからだ。

これは、女の子には決してそうじをさせない、重いものを持たせない、喫茶店《きっさてん》でお金を払わせないという暗黙《あんもく》のルールと同じで、不文律として校内に強力に存在していた。賢《かしこ》い女子生徒はこれを了承し、わざわざ口をはさむ者はいない。

「うん、じつは実行委員なんだ。クラブの増田《ますだ》先輩にひっぱりこまれたってところかな。前のクラスの田中《たなか》や鳴海、あいつらも駆《か》り出されているよ。だけど、今年の合唱祭実行委は絶対的に人数が少なくて、昼めしのパン売りまで手が回らないんだよ」

志願者のみで運営するのであれば、人数の多少は必ずおこる問題だろう……進んで苦労を買う人間が、それほどたくさんいるとは思えない。前にも言ったけれど、秀才《しゅうさい》はたいてい個人主義なのだ。

私は少し気の毒になってきた。合唱祭の一日を運営するのは、並たいていの仕事ではないと思うから。

辰川高校の合唱祭は――秋の演劇コンクールもだけど――校内ではなく市の社会教育会館で行われる。学校から歩いて十分ほどの場所にある、移転したばかりのきれいな施設《しせつ》で、設備のととのったコンサートホールをそなえている。

プロも使うこのホールを、裏方までが高校生オンリーの(……すべてのイベント運営に、教師は一切関《いっさいかか》わらない……)校内行事に貸してくれるというのは、地域の人々がそのくらい辰川高校生を信頼《しんらい》しているあかしでもある。

それゆえ、実行委員にはミスが許されなかった。高価な設備のどこかを一度でも損傷したら、たちどころに翌年がなくなる重い責任がつきまとっている。

舞台《ぶたい》進行や照明係だけでてんてこまいなのに、そのうえに、昼休みはロビーで昼食のパン売りをしなければならないらしい……去年はあまり印象になかったけれども。社会教育会館の周りには、食べ物を売る店がほとんどないし、あっても出かけていく時間的余裕《よゆう》がないという話だった。

「パンの売り子をしてほしいということ？　どうして私に？」

つい思ったままが口調に出てしまった。まだ、合唱祭の当日プログラムは発表されていないけれど、もしもクラス発表が午後に回っていたら、昼どきはそれどころではない気がする。

「どうか、たのまれてください……押しつけることのできる人間は、一年男子とかにはいるけれど、先輩がそれじゃむさくるしいって言うんだよ」

加藤クンは両手を合わせんばかりになって言った。

「合唱祭の昼って、みんなが余裕もっていないから、ヤローがパンを配るのはまずいと言うんだ。知りあいの女の子にたのみこめって。まあ、わかるけど、おれ、たのめる知りあいってあんまりいないんだよ。今となっては男子クラスだし、もと同じクラスの中村と仲がいい上田サンくらいしか……たのまれてくれないかな……」

ひと呼吸おいてから、私はたずねた。

「……ということは、ドリちゃんにはすでにたのんであったわけなの？」

加藤クンは、中村夢乃の顔を見た。夢乃はおちつきはらった声音《こわね》で言った。

「私にたのみこんだのは、鳴海知章クンで、このカトケンじゃないよ。参考に知りたければ、私は『いいよ』って答えたって教えてあげるけれど」

夢乃は私の陣営《じんえい》にいない。けれども、これは自分で招いたできごとだ。そういう中村夢乃が好ましくて、接近したのは私だもの。

「わりと意外だな……ドリちゃんが、売り子は女の子と言われてハイとひきうけるなんて」

夢乃を見て、それから加藤クンを見て、私はゆっくり言った。

「加藤クンの先輩、女子がパンを売れば場がなごむなんて、本気で思っているの？　そういうところは女子なわけ？」

加藤健一はみるみるしょげた。

「やっぱり、だめかな。上田サンが合唱に熱心だってこと、知っているよ。だから実行委にも手をかしてくれるかなあーなんて、甘いことを考えてしまったんだ」

「まだ、ことわっていないったら」

ひっかかるものがあったことはたしかだけど、手をかしたくないと思ったわけではなかった。

これが二年生になったということだと――私の同学年が主戦力となってイベントが動き出すということなのだと――いきなり実感した私だった。それなら、合唱好きな上田ひろみとしては、せめても合唱祭くらい、同学年にささやかな助力を申し出る度量を見せずしてどうする。

早口になって私は続けた。

「この私がパンを配ったからって、人がなごむかどうか保証したくないと言っているだけ。

合唱祭実行委の手がたりないなら、何でも手伝うよ。自分のクラスが入賞すればそれでいいなんて、考えているわけじゃないもの」

「じゃあさ、売り子でなければ、別のことなら手伝ってくれる?」

「ううん、売り子でいい」

私は肩《かた》をすくめた。

「結局、売り子が一番簡単なんでしょう? ただの助《すけ》っ人《と》にできることといえば」

加藤クンは急激に明るくなった。

「うわあ、恩に着る……ホントにおがむよ。上田サンたちは、チケットとパンを交換《こうかん》する以外、何もしなくていいからね。運び込みも片づけも実行委にまかせていいから。ああ、よかった。これでおれも顔が立つよ」

顔が立つ——ね。

加藤クンがうっかりもらしたその言葉は、なかなか真相を語っている。彼が、わざわざ自分のクラスに呼び出しをしたことだって、ずいぶんうさんくさいのだから。けれども、私も、もうあまり角をたてたくなかった。顔が立つってことは、きっとずいぶん大切なことなのだ——私などのよく知らない、男子集団の論理では。

じつを言うと、加藤クンがあんまり純粋《じゅんすい》にうれしそうなので、私は心を打たれたのだった。開けっぴろげなその顔が、ちょっとまぶしかったのだった。

カフェオレをストローですすってから、おもむろに夢乃に言った。

「ドリちゃんが回し者だなんて、私、今日の今日まで思っていなかったよ」

サンドイッチをのみこむ間をおいて、夢乃がとぼけた。

「回し者って――スパイ？　どうして私がスパイなの？」

語彙《ごい》が少しちがうと思う。でも、私にはその微妙《びみょう》な差異を言い当てられない。

「私ね、ドリちゃんが他人の仲をとりもつような人には見えなかったのよ」

夢乃はふいにほほえんだ。

「ああ、なんだ。そのことね。それじゃ私、どういう人に見えるの？」

「ほれたはれたと関係ない人」

私が答えると、夢乃はきゃはははっと笑った。

「そう、むくれなさんな。カトケンがしげしげとF組を訪《おとず》れるわけを、そろそろ知ってもいいと思ったけれどな」

「でも……加藤クンと話すのは、ほとんどドリちゃんじゃない」

「私、カトケンのダチだもん。あいつのこと、いいやつだと思っているし、たのみごとをされたらいやとは言わないよ」

　私はため息をついた。

「ドリちゃん……昼のパンをドリちゃんが配るのって、一年の男子が配るのと大差ないと思う」

「あ、言ったな、こいつ。じつは、知章も同じことを言ったけどね。だから、胸はあるけど見せようかって言い返したら、絶句しちゃっておかしいの」

「鳴海クンに——そう言ったの？」

　息をのんで聞いてしまった。それはかなりすごいことだ。鳴海知章は、見た目に品行方正な、優秀《ゆうしゅう》な人材の鑑《かがみ》のような顔立ちをしているのだ。そのときの顔が見たかったと思う。

「鳴海クンもドリちゃんのダチ？　彼もいいやつ？」

「うーん、どちらかというとクサレ縁《えん》かな。知章とは、中学がいっしょだったんだ」

　少し考えてから、夢乃はつけ加えた。

「鳴海知章はいいやつじゃないかもしれない。あれは筋金入りの策略家だから。腹の底が読めないタイプだよ」

「きらいなの？　彼にたのまれてひきうけたんでしょう？」

　どこか不敵な笑《え》みを浮《う》かべて、夢乃は言った。

「切れ味のいい人間はべつにきらいじゃないよ。関心がもてるし、こう、わたりあってみる気を起こさせない？」

夢乃にはかなわないと考えながら、私の思いはもう一度加藤クンにもどっていった。加藤クンの鼻はちょっとししっ鼻で、陽気な丸い目をしていて、チェックのシャツがよく似合う。見た目にもどこにも気どったところのない男の子だ。鳴海クンに比べれば、はるかに気がねのいらないタイプと言えるだろう。

加藤クンが私を気にかけていることが、今日までほんのわずかも察せられなかったとは言わない。こういうことは微妙すぎて、自分自身に告げるほど確信がもてないものだけど、気づかないこともないのがふつうじゃないかな。

ふりかえって初めて、「ああ、知っていた」と確信する。今はそんな分岐点《ぶんきてん》を通過して、白い綿毛でくすぐられたような、ソーダの細かい泡《あわ》がたったような気分――困っているのにどこかは浮き立つ、ふわふわした気分がすることはたしかだ。

ただ、私はこれまで、加藤クンをつきあいたい男の子としてながめたことは一度もなかった。だから、これから考えてみなくてはいけないのかもしれない。じつを言うと、男の子とつきあうということが、私にはまだよくわかっていないかもしれない。

（なにごとも、試《ため》してみないとわからないし……）

もしも願いがかなうならば、私が本当に手に入れてみたいものは、男女のおつきあいよりも、夢乃のように、男子の輪に抵抗《ていこう》なく入っていける立場かもしれなかった。

けれども、それを手に入れるには、夢乃のような長い足と、竹をわったような気性《きしょう》と、ゆるがないまなざし——つまりは、天に与《あた》えられた形質が必要だと思うのだった。あらゆる点で女の子にしか見えない私には、望むだけむなしいものごとだ。だとしたら、次善の策は必要で、加藤クンにもっと関心をもってみるのもいいことかもしれなかった。

そのようなことを、私が言葉足らずながらぽつぽつと話すと、夢乃はとっても満足した顔をした。

「ヒーちゃんが前向きなのは、なんであれうれしいな。じつは冷や冷やしていたんだ。試すことはとっても大事だから、カトケンや中村夢乃といっしょにいろいろやってみればいいんだよ」

二

全校生徒の通過する正面玄関《げんかん》には、「合唱祭まであと5日」のカンバンが、目につくど真ん中にかかげてある。このカウントダウンは、合唱祭実行委員の手によるものだ。

玄関脇《わき》の掲示板《けいじばん》には、模造紙大にでかでかと書かれた「入賞予想」一覧表——しかも競馬になぞらえた○△◎付きの、そうとう無遠慮《ぶえんりょ》な寸評——が貼《は》りつけてある。ただし、こちらは匿名《とくめい》ゲリラのしわざとされている。

もっとも、実際のところは、これだけうがった寸評を書ける人間は限られているはずだ。実行委員黒幕の三年生に決まっている。

ともあれ、合唱祭当日まで一週間を切った時点で、校内の空気が目に見えて変わりはじめた。それまで、熱心な者だけが熱心だったそれぞれのクラスが、ある一瞬《いっしゅん》を境にして花開いたように「歌」にめざめるのだ。

どうにも決まらなかった呼吸と和音が、なにかの拍子《ひょうし》に突然《とつぜん》澄《す》んで、思いもよらない残響《ざんきょう》をともなって耳にもどってくる。そのとき初めて、自分たちがどんな曲を歌っていたかに気づく。気づいたクラスから、急速に人々がまとまっていく。

こういうときは、やっぱり三年生が強力だ。

校舎二カ所の階段の踊《おど》り場には、それぞれの階に古いオルガンが置いてあって、合唱練習にはこのオルガンを交替《こうたい》で使うことになっている。コンクリートの吹《ふ》き抜《ぬ》けの壁《かべ》をもつ狭《せま》い空間は、みんなの声をよく響《ひび》かせる。

反響がよすぎて、自分たちの歌が不協和音のうちは音程がとりにくくてたまらないが、この時期、最上階の踊り場から三年生の合唱が、天上の歌声のように勝利感ただよわせて降ってきて、下級生をぎょっとさせるのだ。

二年生はそれを耳にしてあせりだし、二年生の歌をさらに一階の一年生が聞いて、初めて奮起する。これが毎年の天くだりパターンと言える。

二年F組も、おかしいほど突如《とつじょ》としてまとまった。指揮者への不信も合唱を強制することへの疑念も、とりあえずは棚上《たなあ》げして今は歌おうと、なんとなくクラス全員が思うようになったのだ。

どうして全員がそうなるのか……団結してうれしいはずの私にも、ちょっとよくわからないところがある。三年生の見せる真剣《しんけん》さが指標になることは、一面たしかだけど、私たちはプライドが高くて、先輩《せんぱい》が手本を示せば従うかわいい生徒ではないはずなのだ。貼りだした入賞予想で二Fに○がつかなかったからといって、みんなで発奮するほど燃えやすいわけでもない。

それなのに、校内の空気があきらかに変わってきた時点で、二年F組も一人一人が帯電してしまったように、同じものを目指すようになっていた。

割り当てられた練習時間ではとてもたりないと、友成クンが言い出し、彼とパートリーダーが、まずはクラス担任に交渉《こうしょう》に出向く——自習時間をこの学校では「ブランク」と呼んでいるが、それをもらって合唱練習にあてようという魂胆《こんたん》だ。

たいていの場合、教師は許してくれる。どうせみんなの身が入らないのだからと、先回りしてブランクにしてしまう先生もいるくらいだ。

ふだんから、ブランクの多い学校ではある。三日間一度もブランクがなかったらめずらしいかもしれない。そして、ブランクに教室で自習する人はめったにいない。むだ話をしたり、ゲームをしたり。校外へ出かけてしまう生徒も多い——そのまま帰ってこないこともままある。だが、教師も生徒も、それはだれもとがめない。

なによりも自主性を優先するところなのだ。それがあまりに徹底《てってい》しているので、生徒は意地でも遊んで見せて、勉強は人目につかない場所でするという、おかしな具合になっている。

けれども、ついこの前までブランクを合唱練習にあてようとすると、校外へ避難《ひなん》してしまったクラスメートの面々が、今となっては一人も逃《に》げなかった。こうなると、てらいなく声を出すことはきまりが悪いと思っている顔など、どこにも見当たらない。

（……みんな、頭のいい子たちなんだ……）

私はなぜか、こんなところで納得《なっとく》する思いがする。これが、ほうぼうの中学校で片手に入る成績をとってきた人物なのだということ。つまり、そういう人間は、それぞれが、やたらめったら負けずぎらいなのである。

そして、損得の見分け方がするどい。今の校内情況《じょうきょう》において、クラスに協力するほうが分があるとわかったら、もう逃げようとはしない。集中力があって真剣になることを恥《は》ずかしがらない。

勉強ができることが、イコール優秀な人間を示すとは思わないし、ここにいるだれもが否定するだろうけど、この帯電する能力は、もしかしたら稀少《きしょう》かもしれなかった。それが何を意味するか、よくわからないけれど……ただの、紳士淑女的《しんししゅくじょてき》お行儀《ぎょうぎ》よさの表れかもしれないけれど。

とにかく、私たちは一人の声もおろそかにできないと理解して、合意し、入賞のかなう歌声はその延長線上にあることを全員で認めたのだった。


合唱祭二日前、掲示板のゲリラ張り紙が更新《こうしん》してあった。「直前予想」にとりかえられたのだ。評価の上がったクラス、下がったクラス、異同はかなりある。

「二Fに◯がついている。当然だね」

中村夢乃は赤丸を見つめて、おもおもしくうなずいた。

「H組ばかり誉《ほ》めて、頭にきていたけれど、匿名人間にもちゃんと耳があったじゃない」

「あちらのほうが、歌がまとまるのが早かったからでしょう。私たちってダークホースだってよ」

「H組には負けないもんね」

二年H組は、同じ音楽選択《せんたく》の混声合唱クラスなので、当座は二年F組がもっともはりあうライバルだった。エール交換《こうかん》と称《しょう》して、何度も相手の実力を探《さぐ》りに行っている。

「Hの自由曲は選曲がよかったね。聞かせるもの」

私は、あまり競《きそ》いたくなくてそう言ってみる。入賞にもれたからって、がっかりするのがいやなのだ。H組の『風と砂丘《さきゅう》』は中間部の女声がつやっぽく効果的で、思わず私も歌ってみたくなるし、あちらのクラスは全体的に、わがクラスより声質が大人っぽいような気がする。

夢乃は鼻息をあらくした。

「迫力《はくりょく》は、うちのほうが上だよ」

たしかにそうだった。F組は粗削《あらけず》りだけど、みるみる上達したクラスに特有の勢いがあった。

つい最近まで、あれほど情けなかった男声が、今となるとあまりに元気よく響くものだから、半数しかいない女子は一人も肩《かた》の力を抜けないありさまだ。叫《さけ》んでいては困るのだけど、男声にかき消されまいとすると、声量の強弱がきかない。友成クンは、荒馬《あらうま》を御《ぎょ》している気分だと評した。

どんなに言われても、思いっきり声を出して歌うことは、じつはとっても気持ちがいい。私たちの日々の生活にあまり見出《みいだ》せない爽快感《そうかいかん》だ。けれども、音楽性をめざすならば、この気持ちよさを抑制《よくせい》して、耳をすまし声を矯《た》めなくてはいけないのだ。

それが抑《おさ》えられないF組を相手にして、指揮者は日々ロデオ気分を味わっているらしかった。

ついに前日になり、最後の放課後練習をむかえて、友成クンは並んだクラスメートを前にして言った。

「抑えて抑えてと、そればっかり言い続けてきたけれど、僕もこの際、頭を切りかえることにしました。われわれの歌う『川の歌』は、もともとは静かに悠然《ゆうぜん》と流れる川を歌ったものかもしれない。けれども、二年F組には二年F組の川があるじゃないかと、僕たちは、急流のうずまく怒濤《どとう》のような川を歌ってもいいじゃないかと、ここまできて腹をくくりました」

彼はいつものように前髪《まえがみ》をふったけれど、このときは、それほどキザには見えなかった。友成クンは友成クンでベストをつくすつもりだと、よく伝わってきたのだ。

「前半の『水上』は極力抑えてもらいます……メリハリのために、これだけはゆずれません。けれども、後半流れ下ったら、自分たちの感じる川を思う存分歌ってください。お互《たが》いの声だけはよく聞いて。僕からお願いするのはそれだけです。この歌声を審査員《しんさいん》のハートにまでとどろかせましょう」

みんな、拍手《はくしゅ》をして指揮者の英断に賞賛を示した。「驚異的《きょういてき》な迫力」とあとあとまで言われた二年F組の合唱が、前日のこのときに完成をみたのだった。

五月末日。合唱祭当日がやってきた。

プログラムによれば、私たちの演奏順位は後半部……昼の休憩《きゅうけい》より遅《おそ》かった。あやぶんだとおりになってしまったわけだ。でも、演奏するクラスとしては、午後のほうが声がよく出るので有利かもしれない。もっとも、二年H組は私たちよりさらに後だったが。

友成クンは朝から神経質になっていたので、夢乃と私が昼休みに別行動をとると知ったら、とっても機嫌《きげん》を悪くした。夢乃はアルトのリーダーなのに、昼に一分でも長く声を出してほしい立場としては、無理もないかもしれない。

彼に聞こえないところまで来て、夢乃はこそっと言った。

「芸術家肌《はだ》って、ナーバスでやだねえ。直前になって、じたばたすることないのに。全員に綱《つな》つけておかないと、合唱が壊《こわ》れるとでも思っているんだろうか」

「私は、できたら歌っておきたいな。午前中いっぱい黙《だま》りこくってすごすわけだし」

「練習しすぎると、本番で声を嗄《か》らすよ」

夢乃の言うこともわかるけれど、私はできることなら、合唱のためだけにネジを巻き上げておきたかった。そんなふうに、F組全体の気がせっかく充実《じゅうじつ》しているのだから。昼のパン売りなんて、よけいなことをひきうけたと思うが、ひきうけてしまったものはしかたがない。

社会教育会館のロビーは、大理石の柱の並ぶしょうしゃな場所で、ここで購買《こうばい》の調理パンを売るのはずいぶんと不相応だった。大ホールの扉《とびら》は分厚いクッションで音を遮断《しゃだん》し、赤い布張りの座席は、教室のいすとは段違《だんちが》いにお尻《しり》に柔《やわ》らかい。

そんな、ごく一般《いっぱん》のコンサート会場となるホールを、今は辰川高校生九百人が埋《う》めつくしていた。中央通路をはさんだ特等席に座るのは、音楽科の守屋《もりや》先生と審査員を依頼《いらい》された五、六人のOB、OGだ。

セレモニーが始まり、舞台《ぶたい》上から合唱祭実行委員長があいさつをすると、会場はいくらか静かになったが、まだ私語は聞こえていた。次に、めったに見かけない校長先生——はっきり言って、一般生徒は年に三回くらいしか顔を見ない——が壇上《だんじょう》に現れると、会場からはいっせいに熱心な拍手が送られた。

どうしてそうなのか、校長先生に限らず教師がマイクをもつと、辰川高校の生徒は、わが子が一人で歩いたのを目にした両親のごとく、最大の愛情をこめて応援《おうえん》することになっていた。

わずかでもジョークを聞けば、それはもう盛大《せいだい》に笑う。かけ声なども かかる。辰川高校の先生がたは、それを充分承知しているようで、たいていの先生が話を最小限にすませてひっこんでしまうのだった。

そうして、ついに、この日最初のクラスの演奏が始まった。合唱用のひな段を用意した舞台に、服装をととのえた高校生たちがしずしずと入場してくる。女子は白のブラウスに紺《こん》や黒のスカート。男子は白のワイシャツに暗い色のズボン――合唱祭ではそうするべしという通達はどこにも見当たらないのに、こうして統一しないクラスは一つもない。

整列が終わると、会場の照明がすっと落ち、不思議なほど清楚《せいそ》に見える舞台上の一団が浮《う》かび上がる。だれ一人ほほえまず、ライトを浴びて全員が白い仮面をつけたように見える。そのくらいに真剣《しんけん》勝負なのだ。

細い細い、糸のようにかぼそいピアニカの音が聞こえる。歌い出しの最初の一音。これだけがクラスに許された最後の音程確認であり、あとは曲を歌いきるまで、だれにもどこからも助けはもらえない……この音取りを聞くとき、私はいつも、芥川龍之介《あくたがわりゅうのすけ》の「蜘蛛《くも》の糸」を連想してしまう。ひとすじの蜘蛛の糸に、クラス四十名がすがりつくのが見える。

会場のだれもがその気持ちを痛いように知っている。だから、舞台上と同じくらい聴衆《ちょうしゅう》も息を殺して耳をすます……水を打ったようなその静寂《せいじゃく》。身じろぎの気配すらしない完全な無音。

合唱の最初の一声は、その無音に向かって、声のしずくを落としこむように発せられる。むきだしの、高校生の声――アカペラ。ステージ上の衣装《いしょう》と同じに、虚飾《きょしょく》の混じる余裕《よゆう》もない。私たちはプロじゃない。それでも、演奏が歌にならないような、ぶざまなクラスも一つもない。コンクールが競《きそ》っているのはその上のレベルだ。どこかのパートで音程が下がろうと、全員が合わせる耳をもつならハーモニーは保てるのだ。

ほんのわずかな雑音も、こうして必死に音をひろう合唱のじゃまをする。だから、演奏中に音をたてる聴衆はいない。

私が、辰川高校の合唱祭をどこか特別に思う理由は、アカペラの演奏以上に、この会場の静寂にあるのかもしれない。

初めて合唱祭の録音を聞いたときにも、やけに厳粛《げんしゅく》なふんいきを感じたような気がするけれど、この場に座って、閉じこめられた九百人とともに、針が落ちてもわかるほどの無音を味わってみれば、想像すらできていなかったことがわかる。

私は去年の冬、サントリーホールへクラシックコンサートを聞きに行ったけれど、高いお金を払《はら》って演奏を聞くお客たちに、自分たちの気配を殺してまで聞き入る真剣さはみじんも見当たらなかった。平気で大きな咳《せき》をしたり、パンフレットをかさこそいわせたりしていた。携帯電話《けいたいでんわ》を鳴らすゆるしがたい人物までいた。

それを思うと、社会教育会館の閉めきったドアの中にあるものは、ほとんど非日常だった。九百人が暗闇《くらやみ》のなかの無になる……一人でも造反すれば、たやすく砕《くだ》け散ってしまう静寂なのに、だれもあえて破れないほど厚い沈黙《ちんもく》が私たちをおおう。

どのクラスも、課題曲はひどく慎重《しんちょう》に歌うけれど、自由曲になると急に生彩《せいさい》を見せて、クラスの個性を惜《お》しみなく歌った。聞くほうも、同じような思いを呼吸する。心して沈黙しているのではなく、聞きほれて身動きできなかったりする。

もちろん、終了後《しゅうりょうご》の拍手には緊張《きんちょう》を吐《は》きだすような力がこもる。三年生のクラスはどこも、はるかな高みにいる演奏をした。男子クラスが特にすごいと思う。これは、私には歌えない歌だから、よけいに感心するのかもしれないけれど……気持ちを一点にまとめることのできた男声合唱は、混声合唱の上をいってしまう気がするのだ。優勝候補の三年A組は、こちらが鳥肌《とりはだ》立つような半音階下降をみごとに成功させていた。

二年C組の男声合唱もなかなかのものだった。

加藤クンが、最後まで神妙《しんみょう》な顔で歌っていた。べつに、加藤クンがいるからC組が上手だったと思ったわけではない……息がぴったり合っていて、なんだか裏切られた気がするだけ。

C組仲間の身勝手やら男子ばかりの弊害《へいがい》やらを、彼からとくとくと聞いていたせいだと思う。なんだかんだと言っても、男子クラスは、出るべきところでぴたりと結束する。男子クラスになった人間は、例外なくその身を嘆《なげ》くけれども、それはただのポーズであって、実際はそのほうが楽しいのではないかと、女子としては疑う気持ちになるよ。

こうして各クラスの演奏を聞き続けるうちに、暗がりに自分の体が溶《と》けて、全体で一つの感覚を経験しているような、奇妙《きみょう》な、不思議な気分になってくる。同じ年ごろの同じ立場の者があまりにも大勢いて、閉めきられているせいなのだろうか。

高ぶった神経が、ありもしないものを現出するのだろうか。

私はなぜか、生徒一人一人とは異なる何ものかがこの場に存在して、透明《とうめい》な膜《まく》で私たちを包みこんでおり、自分たちを制御《せいぎょ》しているような気がしてならないのだった。


明るい光のさすロビーに出ると、いきなりわれにかえった。夢からさめたと言うほどのこともないが、四分の一音ほどうわずっていた自分の波長がもとにもどった感じ。たちまち通常の感触《かんしょく》がよみがえる。

すでにロビーには長机とパン箱が並んでいて、実行委員が忙《いそが》しそうに札を立てていた。加藤クンは、私たちを見るなり自慢《じまん》げな顔をした。

「うまくやっただろう、おれたちのクラス」

「まあ、評判のE組と聞きくらべないとね」

「ちぇっ、やっぱ、午後発表のほうが条件がいいよな」

「いやいや、実力さえあればいつ歌っても同じだよ」

まだ、午前中のクラスが演奏している最中におしゃべりができるのは、ちょっとした特権だった。他の人々も、舌がとまらないみたいにがやがやとしゃべっている。少々興奮気味なのはだれもが同じだ。

ふと加藤クンが言った。

「そうだ、もう聞いている？　二年H組、指揮者病欠だって」

私と夢乃は目がまるくなった。

「ええっ、それホント？」

「なんと、おたふく風邪《かぜ》だってさ――悲惨《ひさん》だよね」

「おたふく風邪ー？」

「そう、男子には深刻な病だよ。はってでも出てこいとは言えんでしょう」

「だいたい出席停止じゃないの。うわあ、気の毒すぎる。どうするんだろうH組」

不機嫌《ふきげん》だろうといやみな性格だろうと、ダウンしなかった指揮者をもつ幸いを思う。そうか、もう少し友成クンにやさしくしてあげなくてはいけなかった。

「……クラスがしっかりしていれば、代理の指揮者でも変わらないかもしれないけどね」

でも、代理で指揮ができるような人は、声の戦力としても大きいはずだから、一人抜《ぬ》けても痛いはずだ。

加藤クンはにやっとした。

「二Fの勝率が上がったね。喜べるんじゃないの？」

私は顔をしかめた。

「そういうのはいや。勝ってもうれしくないよ」

そのとき、ホールの扉《とびら》が押し開かれて、どっと生徒がロビーにあふれだした。午前の部が終了したのだ。人々はわれ先にパン売り場に殺到《さっとう》し、それからはおしゃべりどころではなくなった。

チケット交換《こうかん》なので、おつりを考えずにすむから助かるけれど、四方八方から手が伸《の》びてきて押しあいへしあいの大さわぎだ。息をつくまもない……あっというまにパン箱が空になって、補充係《ほじゅうがかり》の一年男子が走り去る。

こうしてランダムに接すると、あらためて、辰川高校って男子ばっかりだなあと感じる……女子生徒はお弁当持ちが多いのかもしれないけれど。

ひとまとめにして遠方から見たところでは、この学校「男子校」ではないだろうか。このすごい喧噪《けんそう》――コロッケパンやら焼ソバパンやらカレーパンやら、それらを三つだ四つだ五つだと奪《うば》い取っていく風景には、デリカシーのかけらも見当たらない。

中村夢乃のパンの売り方がまた、よた者を相手にした下町のおばちゃんみたいだった。

「だめだよ、それなし。順番、順番。こら、並ばないやつにはわたしてやんないよ。何言ってるんだよ、タカハシ。優遇《ゆうぐう》してほしかったら『さん』づけしてみな」

……いや、豪快《ごうかい》ですてきなんだけどね。

そんなふうに、周囲に圧倒《あっとう》されていたからかもしれない。顔を上げて、彼女がチケットをさしだすのを見たとき、この場にまったくそぐわない、涼《すず》しい空気につつまれて見えたのは。

このごったがえした、気も転倒したパン売り場で、数秒しかないパンの受けわたしに、これほど印象を与《あた》えるほうが不思議だった。それでも、さらさらの長い髪《かみ》をおさえた白のヘアバンドは、あとあとまで目に焼きついた。

（……見たことのある顔……二Hだっけ？）

名前は、思い出しそうで思い出せなかった。はっとするきれいな人だったけれど、以前にそうして注目したおぼえはない。たぶん、彼女がそれまで、そんなふうに額をくっきり出したヘアスタイルをしなかったせいだろう。

彼女は、高い額と眉《まゆ》がばつぐんに美しかった。眉で美人が左右されるなんて、これまで信じていなかった私にも納得《なっとく》できた。決して流行の眉ではなく、わずかに整えただけの自然さだったけれど、そこがまたよかった。

ヘアバンドの彼女は、ブラウスと黒のスカートのせいかもしれないけれど、まるで古い映画に出てくる女優のように見え、周囲とは混じりあわない別格の風情《ふぜい》でそこに立っていた。

「ありがと」

パンをわたすとアルトの声で言い、一瞬《いっしゅん》私にまなざしをすえて微笑《びしょう》した。けれども、あたたかい笑《え》みとは言えなかった――なぞめいていた。

（冷笑？　なんのための冷笑……？）

かるくショックをおぼえたけれど、そのときは、それ以上追及《ついきゅう》するひまはなかった。パンを求める行列はまだまだ続いていた。彼女の印象はさわぎに追いやられ、私の心の底に、ただ冷ややかなひとかたまりとなって沈殿《ちんでん》したのだった。

昼食を求めて人々が殺到したのは、ほんの十五分ほどのことだった。そそくさと群衆は散り、ロビーはあっというまに閑散《かんさん》とした。歌い終わったクラスもこれからのクラスも、身内同士でかたまって裏庭や駐車場《ちゆうしやじよう》へ出ていったにちがいない。

「ごくろうさん……もうお開きにしよう、おれたちだって昼めしを食わなくちゃ」

加藤クンが、数個ずつ残っているパン箱をのぞきこんだ。そして、さっそくと伸ばした一年男子の手をはたいて、私たちに言った。

「よかったら、パンを選んでよ。残りもので悪いけれど」

私も夢乃もチケットを買わなかったから、これは労働報酬《ほうしゆう》と言えるのだろう。大さわぎに当てられて、すっかり食欲をなくした気がするけれど、遠慮《えんりよ》をするつもりはさらさらなかった。それだけのことはしたもの。

「焼ソバパンって、思ったより人気あるね。売り切れている」

「来年仕入れの割合を増やすよう、おぼえておけよ、おい菅野《すがの》」

本当にもうだれも来なかったので、私たちはパイプイスに座って、その場で食べはじめた。夢乃が加藤クンにたずねた。

「このパン、自分たちで売ることで実行委にマージンが入ってくるの？」

「微々たるものだよ、予算計上できるほどの金額じゃない。もともとが学校の購買《こうばい》のパンだし」

「それならどうして、こんなに忙しい思いをしてまで売るの？」

「奉仕《ほうし》活動、かなあ……」

加藤クンはパンのビニール袋《ぶくろ》を破きながら少し考えた。

「学校に講堂があったころ、校内で合唱祭をやっていたときから、もう代々、合唱祭の昼は実行委員が用意することになっていたってさ。これって、アレじゃないかな。『同じ釜《かま》の飯』？」

夢乃が笑い、私が笑ったのは、彼が死語みたいな慣用句をつかったせいだが、意味するところはばくぜんとわかるような気がした。合唱祭の団結に必要な、一つの要素だと言いたいのだろう。

でも、このパンがなかったら、どれほどの割合で結束がゆるむと言うのだろう。それもけっこうナンセンスかもしれない。

パイプイスの背にもたれて、夢乃が言った。

「手がたりなくて、臨時の応援《おうえん》をたのみこむくらいなら、本当は活動を縮小するべきなんだよ。今このときの委員会規模でできることをやるように、柔軟《じゅうなん》にならなくちゃ」

「うーん……そうなんだけどね。正論なんだけど……やめたら、きっと、二度ともとにはもどらないよ。大変なほうのベクトルには」

少し口ごもった言い方をしてから、加藤クンはほほえんだ。

「それに、今年も結局、なんとかなったじゃん。こんなにスムーズにさばけて、仕入れの読みもほとんどはずれなかったし」

「私たちは、つかれた」

あんまり彼が楽観的なので、私はにらんでやった。

「午後から自分たちの出番があるっていうのに、どなっていたんだから」

「そうそう、ヒーちゃんがどなるのって、稀少価値《きしょうかち》があったよ」

ミルクのストローをはなして、夢乃が笑いだした。私は夢乃に腹をたてたが、加藤クンは興味しんしんの顔になった。

「えっ、上田サンがどなったの、どんなとき？」

「だからねえ、最初から言ったでしょう。場がなごむと思うのがまちがいだって」

「そんなことないよ。上田サンたちが表に立ってくれたから、あの程度だったんだよ。文句を言いたくても言えないヤツ、ぜったいいたはずだよ」

一人で何度もうなずいてから、加藤クンは言った。

「自分はやらないけれど、批判だけはしたい派って多いんだよ。この学校はさ」

なんだか日ごろの私にも当てはまりそうで、口をつぐむことにした。実行委員の何が一番たいへんかなど、私はかけらも知らないだろう。たった十五分間パンを配ったからといって、この場でえらそうな顔ができるものではないのだった。

三

いよいよ二年F組の出番が回ってくる。発表するクラスの移動中に、ステージ裏の通路から暗幕がひかれた舞台《ぶたい》すそへと進み出ると、進行係として立ち働く鳴海知章クンの姿が見えた。

こちらもひどく緊張《きんちょう》しているときで、それどころではないのに、彼の真剣《しんけん》な顔と端正《たんせい》な様子を目にしたら、夢乃の衝撃《しょうげき》発言を思い出して吹《ふ》きそうになってしまった。いや、緊張でかえってそうなったのかもしれないけれど。

鳴海クンは、口を開かず身ぶりで私たちに整列をうながした。その手つきがやたらに堂に入って、ヘッドフォンマイクを装着した彼の姿は、本職のディレクターかなにかのようだった。背がすらりと高く、細いフレームのメガネが沈着《ちんちゃく》冷静。髪は、入念にととのえた後かきまわしたように少しだけ乱れていて、彼の場合、それすら計算してあるように見えた……真偽《しんぎ》のほどはわからないけれど。

彼はとにかく、有能そうに見える男子であって、実際に有能なのだった。エリートに見えるエリートって、今どき稀少な個性だと思う。でも、冷たそうな外見のわりに、彼はいつでも友人に囲まれていた。

「スタンバイOK。出ます」

マイクにむかって鳴海クンが言い、私たちに大きく手を振《ふ》った。少し笑っているように見えたが、もう見とれている場合ではなかった。

クラスの入場退場のときだけ、会場は盛大《せいだい》にがやがやする。もう午後の部も半ばをすぎ、朝から続けた忍耐《にんたい》も切れかかっているところだから、なおさらに大きい。それでも、照明が落ちるとともに雑音はしずまる。ステージに立つ身として、この、潮がひいていくようにしずまる音を耳にすると、あたたかいコートを脱《ぬ》がされてしまったような、群からはずれて取り残されたような気がした。

みんなは彼岸《ひがん》へ去ってしまい、暗闇《くらやみ》が包んでしまい、ここには二年F組しか残っていない。けれどもその仲間でさえ、強いライトがあいだに障壁《しょうへき》をつくったようになって、一体感が感じられない。

心臓がどきどきしたのは控《ひか》えているあいだのことで、鼓動《こどう》はそれほど高くない。かわりに、なんだかとても淋《さび》しかった。小さいころデパートで母を見失ったときに、お腹《なか》に響《ひび》いた感触《かんしょく》がよみがえる。

でも、それも、友成クンが気どった顔で前に立つまでのことだった。彼、ナーバスになっているかと思いきや、大得意で鼻の穴がふくらみそうだった。

世界のオザワになったつもりなのかも。各パートにむかって、あごなどしゃくってみせる。それを見たら、にわかに上がっているのがばかばかしくなった。

最初の一音。すとんと出せた。あとは練習のとおりに歌うだけだった。

……私たちは、なぜこんなことをしているのだろう。クラス合唱に努力をかたむけると、いったい何が得られるというのだろう。

……だれが、これをしようと言い出すのだろう。目をそらそうと耳をふさごうと、私たちは個人でしかなく、大学受験は個人が受けるしかないのに。

歌いながら、とりとめのない考えが頭をよぎる。

……私たちが歌うのは……たぶん、私たちが若いからだ。

自分たちの努力の先に何があるか、まだ見えていないからだ。

価値あるものは何か、勉強にはたして価値があるのかどうか、未定だからだ。

……だから、とりあえず歌ってみる。

とりあえず全員が歌ってみるのだと、私は思った。

歌いきると、一瞬《いっしゅん》の間をおいての爆発的《ばくはつてき》な拍手《はくしゅ》がうれしかった。うまく歌えたのかどうか、客観的な自分がいなかったのでわからないが、いっしょうけんめいになったことはたしかだった。友成クンの指揮が、私たちのいっしょうけんめいをまとめ上げたこともたしかだった。

ステージを降りて、いったん裏口から外に出た二年F組は、お互《たが》いの健闘《けんとう》をたたえ、自分たちを誉《ほ》めあった。感きわまって涙《なみだ》ぐむ気の早い女の子もいたけれど、ほとんどのメンバーは、まずは評価を知りたいと願っていた。

「もう一度、自由曲を歌いたいね」

これが一番たくさん言い交《か》わした言葉だ。入賞クラスだけは、授賞のあとにもう一度ステージで披露《ひろう》することができるからだった。

二十四のクラスすべてが歌い終えると、暗闇のなかで抑《おさ》えに抑えてきたエネルギーが、今にも爆発しそうになっているのが、はっきりと肌《はだ》に感じとれた。長い一日の大半を息をひそめて座っていたのだから、だれもが思いっきり体を動かし、わめき叫《さけ》びたい生理状態になっているのだ。

そんななかで入賞発表が行われるのだから、これには心づもりが必要だった。

テンションの異常に高い、阿鼻叫喚《あびきょうかん》とまちがわれそうな授賞式もまた、この合唱祭名物なのだ。去年は目を白黒させたが、今年は私も最初から叫ぶ態勢に入っていた。叫ばずにいられないところまで身を投じているのであり、そして、叫ぶかいもあった。

二年F組は三位に入賞したのだ。

座席からおどりあがって狂喜乱舞《きょうきらんぶ》、友成クンはもみくちゃになっている。私は夢乃と抱《だ》きあい、勢いでよくわからないだれかとも抱きあった。そこにいたのが男子だったとしても、かまわず抱きついたかもしれない。通路になだれだし、賞状をもちかえった友成クンをみんなで囲んで、またひとしきりさわぐ。

だが、そのあとにとんでもないことがもちあがった。

「混声第二位、二年H組『風と砂丘《さきゅう》』――」

H組の席から悲鳴が上がると、一瞬遅《おく》れて、ひときわ大きく会場がどよめいた。二年生の二位入賞は、前代未聞《ぜんだいみもん》とまで言わなくても、充分《じゅうぶん》信じられない事態だった。しかも、たしか、指揮者はおたふく風邪《かぜ》だったはず……

じつを言うと、二年F組はだれ一人今日のH組のステージを知らなかった。自分たちが歌い終わった興奮冷めやらず、裏庭でしばらくすごすあいだに、二年H組の発表はすんでしまっていたのだ。

F組の私たちは、ちょっと毒気をぬかれた気分で、すぐには席にもつけずに立ちつくしていた。自分たちの三位入賞が、これでおとしめられるわけではないとはいえ……それでも……ライバル視していたH組に、上を行かれてしまったのだ。

　抱きあいさわいでいた二年H組のかたまりのなかから、おおぜいに背中を押された一人が歩み出て、賞状を受けとりに中央通路へ向かう。それは女の子だった。しなやかな体に黒のフレアスカート。さらさらの髪《かみ》に白のヘアバンド――

「あっ、あのひと」

　私は思わずつぶやいた。

「ふうん、彼女が代理指揮者だったわけね」

　隣《となり》で夢乃がぼやくように言った。

「ドリちゃん、知っている？　あのひとのこと」

「口をきいたことはないけれど、彼女が一部では有名な近衛《このえ》有理《ゆうり》さんだってことは知っているよ」

　少し間をおいて、私はたずねた。

「一部でどう有名なの？」

「彼女、二年生だけど一つ年上なんだって。どうしてダブったのか、どこにいたのか、だれも本当の理由を知らないけれど。頭はおそろしく切れるって」

（……年上なのか……）

　彼女だけ、ちがう空気を呼吸しているようなふんいきがあるのは、そのせいなのかもしれない。

賞状を手にしてもどってくる近衛有理さんは、とてもかっこよく粋《いき》だった。周囲のH組女子が泣きだしているにもかかわらず、彼女はただ晴れやかにほほえんでいて、なんともきれいで強靭《きょうじん》に見えた。


授賞の歌の披露もすみ、プログラムのすべてが終了《しゅうりょう》したとき、突如《とつじょ》として会場に和太鼓《わだいこ》の音が響きわたった。

凄《すご》みのきいた、どーん、どーん、どろどろ……という雷《かみなり》のような響き。続いて、絶叫《ぜっきょう》するあまり何を言っているのか判別できない、男子生徒の声が突《つ》き抜《ぬ》ける。

異次元が割りこんできたような、四谷怪談《よつやかいだん》で戸板がひっくり返ったような異様さで、新入生歓迎会《かんげいかい》で初めて体験した一年生は、全員ハトが豆鉄砲《まめでっぽう》をくらった顔になるものだ。だが、彼らも今では、これが伝統歌を歌う合図だとわかっていた。

イベントのしめくくりには、伝統歌を歌うことになっているのだ。

私たちは席を立って壁際《かべぎわ》に寄り、可能なかぎりは肩《かた》を組む。そして、勝ってうれしいクラスも負けてくやしいクラスも、一様に音程などすっ飛ばして、わめくだけでも通用してしまう古色そうぜんとした曲を歌うのだった。もともと、耳で聞き覚えるしか方法のない、世間のどこにもお目にかかれない歌だった。

合唱曲もたいがい、高校生が口ずさむメロディにほど遠いとは思うが、辰川高校伝統歌にいたっては、ほとんど伝統芸能ものだった。

しめくくりに古くさい歌を歌うことは、甲子園《こうしえん》で勝利した高校球児が校歌を披露するのに似ているけれど、どれもが同じように聞こえる高校の校歌より、伝統歌はさらに年季が入っているとおぼしきメロディだ。

だいたい、辰川高校生は校歌を歌わない。我が校の校歌をおぼえた人っているのだろうか。私たちは、代《か》わりに伝統歌『二高校歌《にこうこうか》』を歌う。二高とは何なのかと思ったら、明治期の旧制中学が初めて高校に編成しなおされたとき、ここは第二高等学校と呼ばれたという話だった。

伝統歌がこの学校でどれほど大切にされているかは、入学当初、一年生に小さな冊子の伝統歌集はわたされても、校則をしるした生徒手帳は配布されないことからも見てとれる——生徒手帳は廃止《はいし》されてしまったそうだ。教職側の人たちさえ、その優先順位で納得している事実に、何か空おそろしいものがある。

私にとって、日本の古い歌と感じるメロディは軍歌調だが、たぶん伝統歌はもっと古い。和太鼓の音頭《おんど》とりか、こぶしを振《ふ》る拍子《ひょうし》にしか合わせることのできない曲調だ。そのなかにわずかだけ、これは一応戦後の曲だろうと判別できるものが混じっている——「ひょっこりひょうたん島」と「鉄腕《てつわん》アトム」。

こうした伝統歌を歌うことは、発酵《はっこう》したパン種のガス抜きに似ていた。膨張《ぼうちょう》して過敏《かびん》だった神経が少しずつなだめられていく。伝統歌合唱の最後となる歌は、きまって「劫火《ごうか》しずかに消えゆけば……」だった。

これは本当は、ファイヤー・ストームを終了するときの歌で、秋の辰高祭が本番となるものだ。合唱祭で歌うことは、言ってみれば予備体験である。これを歌い納めれば、熱《ねっ》狂《きょう》の終わりが告げられる。とりあえずでも全員が参加して、個人を差し出した辰川高校イベントが終了するのだった。


社会教育会館を出た私たちは、学校へでも駅へでもなく、多摩川の河川敷《かせんしき》に向かってぞろ歩いた。これもまた、だれがそうしろと言ったという以前の成り立ちで、合唱祭を終えたクラスは多摩川の河原へ行くことになっているのだ。

「コンパ」という用語を、大学生はもう少しちがった意味で使うらしいけれど、辰川高校の生徒は、こうしてイベントの後になんとなく川の流れを見にいき、缶《かん》ジュースなどを飲むことをコンパと称《しょう》した。三年の男子クラスとかは、缶をアルコールにするといううわさがあったが、それもたぶん、あたりが暗くなってからの話だろう。河川敷はまだまだ明るかった。

多摩川にさらす手づくりさらさらに
なにそこの児《こ》のここだ愛《かな》しき

万葉集の東歌《あずまうた》だ。古文の教科書にのっているくらいだから、けっこう有名なのだろう。私たちの高校は、歩いていけるほどの距離《きょり》にその川べりがあって、切っても切れない場所なのだった。地元民より流入してくる人間のほうが多い西東京だから、祖先が東人《あずまびと》や防人《さきもり》だったという人物は、いくらもいないと思うのだが。

それでも、わが校運動部のロードワークはかならず多摩川べりを通るし、体育祭応援団《おうえんだん》の練習は河原で行うし、合唱練習もする。よきにつけ悪きにつけ、辰川高校生は川のほとりに集《つど》った。古めかしい伝統歌にも歌われている――「清涼《せいりょう》とゆく多摩川の、はるけき流れ前に見て……」と。

私たちの目にうつる多摩川は、中州《なかす》に人の背よりも高い雑草が生《お》い茂《しげ》る、コンクリートの堤防と水の流れのあいだに、草野球のダイヤモンドが描《えが》ける野原のある、疲《つか》れきってしまったような河川だった。上流や下流をながめれば、鉄橋や陸橋がいくつもわたって、ひっきりなしに車や電車が通り過ぎていく。

大都心に近く、汚染《おせん》の度合も一級であるような、そんな多摩川であっても、見た目には澄《す》んでいるし、流れる水を目にすることは快かった。なぜなのだろう。吹く風《ふ》も心地《ここち》よかった。

それは原始の何かにうったえるもので、日ごろ、自分の部屋にこもってTVやパソコンをながめることしかしない私たちも、今このときは、体の内部の原始に忠実であるような気がした。

とりとめのない会話を交《か》わし、ぼんやり川をながめて、私たちは時を過ごす。傾《かたむ》いた太陽が橋の向こうに斜《なな》めにさし、暑くも寒くもない。はるかな陸橋から、豆つぶほどの車の騒音《そうおん》がかすかに聞こえてくる。それすらも、広がる空と広がる景色の例証であって、今ここにいることの実感だった。今どきめったにないことだ、『今ここにいる』と感じることは。

「なあ、入賞したクラスの指揮者は、川に放りこまれるのがしきたりだってよ」

クラスのだれかが言い出した。もちろん友成クンは、顔色を変えていやがった。

「やめてください。功労のある者に、どうしてそんな仕打ちをするんですか」

「ねえ……多摩川の水って、このまま飲んだらきっと死ぬよね」

他の面々はケケッと笑った。私たちはこの日、友成クンにとっても感謝して、友成クンの気取り方にとっても愛情をもったものだから、ぜひとも彼を多摩川に投げこみたくなるのだった。

……最終的には、ズボンの裾《すそ》をぬらすだけでかんべんしたけれど。それでも靴《くつ》がガボガボでは、彼、電車で帰るにさぞ困っただろうと思う。

二年H組がいちまつの影《かげ》を落としたとはいえ、私たちは入賞クラスであり、無茶をする権利があった。勝利のおたけびの代わりに、宵闇《よいやみ》のせまる河原でもう一度歌いもした。その後のことは、日暮れとともに駅へもどってしまったので、私はてんまつを知らない。家が遠くにある者は、こういうところでクールに決めないとならないのだった。

休日をはさんで、合唱祭気分は一掃《いっそう》されたものの、まだまだまったく調子の出ない火曜日のことだった。中村夢乃が私の机に手をついて言った。

「ヒーちゃん、今日の昼、いっしょに執行部室《しっこうぶ》へ行ってくれないかな」

「執行部室ー？」

「話は例のカトケンなんだけどね。なんだかちょっと深刻で、他の生徒には聞かれたくないんだって」

私はまじまじと夢乃をながめたけれど、これはどうも、からかったりたくらんだりという内容ではなさそうだった。かるく眉《まゆ》をひそめた夢乃はうかない様子で、彼女自身にも不安があるみたいに見えた。

思いつけることは、ただ一つだった。

「……パンの売り子になにか問題があった？　だれかから文句を言われた？」

夢乃は首をふった。

「落ち度があったとか、そういうことじゃないと思うよ。でも、とにかくなにかがあったみたい。人払《ひとばら》いしてから話すって、やけに周りを気にしていて、私にもはっきり教えてくれなかった」

いったいなんだろう。胸《むな》さわぎがした。執行部室へ行くのは気おくれするとか、そういうことを言っている場合ではなかった。

クラス棟《とう》と特別教室棟をL字につらねた校舎の角の部分には、一階なら保健室、三階なら音楽科準備室がもうけてある。そして、二階の曲がり角には生徒会執行部室があった。二階のほとんどは二年生の領分だが、ここへはやたらに三年生が出入りするので、用もなくたずねる生徒はあまりいない。

逆に言えば、三年生――そのなかでも学校を牛耳《ぎゅうじ》る一部――に見込まれた下級生ばかりがここに集まってくるわけで、自主的活動というのは、実態から見るとずいぶん保守的だと思う。そういう上下関係にすんなり入ってしまえる人と、けむったくてきらう人と、両方いるんじゃないかな。

私自身は、どちらとも言えないけれど。先輩《せんぱい》が見つくろう人材のはんちゅう外なので、考える必要もないからだ。

夢乃につれられて、執行部室の前まで来たとき、後ろから「やあ」と声をかけられた。ふりかえると、鳴海知章クンが来たところだった。水色のボタンダウンシャツに薄茶《うすちゃ》のコットンパンツ。目立たない格好をしているのに、彼にはどこか良家の子息と見えるところがある。

「合唱祭当日はご苦労さんでした。手伝ってもらえて助かったよ。きみたちがひきうけてくれたのって、ずいぶんな人助けだったよ」

私の頭よりずっと高いところで、フレーム越《ご》しの目が笑っていた。それはきっと外交辞令だと思ったけれど、ていねいにそう言われて悪い気のする人間はいない。

だが、夢乃は社交的でない声を出した。

「私らは、カトケンに呼びつけられて来ているのよ。サワヤカなあいさつしている場合？」

「お礼を言いたいことに変わりはないよ。特に上田サンにはね……とにかく中へ入ろう。加藤はもう来ているはずだ」

生徒会執行部室に入るのは、私には初めてだった。好奇心《こうきしん》をもって見回すと、部室の中は、パーティションでさらに狭《せま》いコーナーに分かれているようだった。左手に一つ、奥に一つ、右手に一つコーナーがあり、右手の仕切りにはドアがついている。

目に入る手前のコーナーは、古いテーブルと、それを囲む木のベンチだけでいっぱいという狭さだった。デスクトップのコンピュータが一つ、壁《かべ》ぎわのラックに設置してあるが、その他は古びたあやしげなものが自然たい積した様子で棚《たな》にあふれ、一見した印象は、古くて乱雑な物置だ……この学校にピカピカで整頓《せいとん》された場所など、もう期待していないけれども。

チェックのシャツの加藤クンが、飛び上がるみたいに立ち上がった。三年生が複数、くつろいだ様子でブリックパックのコーヒーを飲んでいる。一人は合唱祭で壇上《だんじょう》に立った実行委員長だから、顔を知っている。たしか、川島《かわしま》さんといった。

加藤クンより先に、その川島先輩が口をきった。

「やあ、きみたち。合唱祭の昼は急を言ってすまなかったね。きみたちみたいに奇特な人がいるから、合唱祭という行事も存続するんだよ。本当にご苦労さん」

笑顔《えがお》も口ぶりも鳴海クンとそっくりなので、私はへんに感心してしまった。先輩から後《こう》輩《はい》へ伝授する「サワヤカなごあいさつ」なのかもしれない。

加藤クンのほうは、言葉につまりがちだった。

「あ、おれ。二人には、おれから話しますから……奥、使っていいですか」

「カトケン、女の子を呼ぶなら事前に片づけくらいしておけよ。お客様用のジュースを用意するとか。気がきかないのなー、おまえ」

「いや、灰皿は出てなかったっスよ」

「このバカ、しーっしーっ」

——と、いうようなやりとりが三年生とあった後、私たちは、窓があるので明るい、けれどもその他《ほか》は手前とそっくりな奥のコーナーへ進んだ。後ろから、鳴海クンがついてくる。

「じつはね……二人に聞きたいことがあるんだけど、まずは誤解しないでほしいんだ……」

私と夢乃に向かいあうと、加藤クンはくちびるを湿《しめ》して、決意したように話し出した。

「中村や上田サンが、自分にかかわりのあることだとは思わないでほしい。せっかく好意で手伝ってくれたのに、責任とか感じられると、おれたちもすごく困るんだ。このことを話すことにしたのは、現場にいたのはきみたちだから、何か気づいたことがあるかもしれないって——とりあえず聞くだけ聞いてみようって、ほんのわずかに望みをかけているだけなんだからね……」

私もじりじりしたけれど、夢乃はさらにはっきり言った。

「前おきはもういいから、要点を言いなさいよ、カトケン。要点を」

加藤クンは肩《かた》を落とした。

「おれたちが配った昼のパン……あのなかに、だれだか知らないがカッターの刃《は》を入れたやつがいる。運よく大さわぎにならなかったけれど……三年男子の先輩が一人、くちびるを少々切った。たまたま川島先輩と親しい人だったから、合唱祭が終わるまで黙《だま》っていてくれたんだ」

「カッター……パンの中に？」

なんてぶっそうなうっかり者だろうと、最初はそれしか考えられなかった。はずみで、だれかのもっていた替《か》え刃《ば》かなにかが、パンといっしょになってしまったのだと思った。けれども、話を聞いているとかなり変だった。パンをくるんだラップには、とりたてて穴はあいていなかったという。それなのに、三センチほどのカッターの刃が、コロッケをはさんだバーガーの間から出てきたのだ。

「わざと入れたの？……どうして」

カトケンは余裕《よゆう》のない顔で私を見た。

「上田サン、あの日、どことなく態度がおかしいやつとか見かけなかったかな。用もなくパン箱のそばをうろうろするとか、何度も買いにきたとか」

そのとき、私はようやくショックを受けた。思いもよらないことだったのだ。

「……生徒のだれかが、わざとそれをやったと言うの？」

「もちろん、外部の人間かもしれない。搬入《はんにゅう》のとちゅうでいじる機会がなかったとは言わない。でも……いつも購買《こうばい》に入れるパン屋さんが、社会教育会館まで運んでくれたんだし、おれたちも、放ったらかしにはしなかったはずなんだ。不審者《ふしんしゃ》がロビーにいたという話も聞かない。実行委員一同、あの日の経緯《けいい》をじっくり検討したけれど」

　夢乃がいきなり言った。

「すごく悪意がないとできないことだね」

　彼女は腕《うで》を組み、目つきが変わっていた。

「そうでしょう。食べ物にそんなものを入れて、まかりまちがえば大事故だし、死ぬことだってあるかもしれないのに。その、口を切った男子の先輩って、何か恨《うら》みをかうことをした人？」

「そこまで聞いていないけれど……たぶん、そんなことはないと思う」

「沢木《さわき》先輩は、恨まれるタイプじゃないよ。さわぎにしなかったことでわかるとおり、温《おん》厚《こう》な人物だ」

　口を開いたのは鳴海クンだった。メガネをちょっと押しあげて、彼は言葉を続けた。

「先輩がパンを持ち帰った後に、身近なだれかが混入した可能性もあるけれど、沢木先輩がそういう標的になるのは考えにくいと思う。川島先輩もいろいろたずねたけれど、痴情《ちじょう》のもつれとかも別にないみたいだよ」

　夢乃が口をとがらせた。

「痴情のもつれって――ふつう、そういう発想をする？　それで、こっそりカッターの刃を食わせたってわけ？　カッターで斬《き》りつけるなら話がわかるけど」

「まじで怖《こわ》いな。中村ならやりそう」

加藤クンが感心し、夢乃ににらまれた。私は息を吸いこんだ。

「私、あの日のパン売り場で、おかしな態度の人なんて見かけなかったと思う。パンを箱にもどした人などいなかったし、うろつく人も見なかったよ。だから、三年の先輩《せんぱい》のクラスがおこした、度がすぎた悪ふざけだったんじゃない？　クラス内で何かがあって……事情は知らないけれど」

そうであってほしいと願っている自分に気づく。ふりかかる火の粉を自分の身から払《はら》いたいのだ。早口に私は続けた。

「だって、ロビーのパンに刃物を入れようなんて、思いつくのはひどすぎるよ。それだと、まるっきり無差別――だれがカッター入りパンに当たって大けがしてもかまわなかったということになるじゃない」

答える鳴海クンの声には、抑《おさ》えたものがあった。

「そうだよ。それだと悪質の度がはねあがる。外部のしわざであっても内部のしわざであっても、そうなると犯罪で、おれたちだけで口をつぐんでいい問題ではなくなってくる。だから、売り場にいたきみたちの証言が聞きたいんだよ」

加藤クンは、情けなさそうに私を見た。

「無差別の悪意という見方もあるけれど、合唱祭実行委に向けた悪意って考えることもできるからね……」

もしも、お昼に救急車を呼ぶさわぎが起きていたら、合唱祭はその場で中止になり、私たちはステージに上がることもできなかったと聞かされて、あらためてがくぜんとした。夢乃と二人で、ことなく歌えてよかったと言いあった。

「それで、このカッター刃の件は、学校側はもう知っているの？」

加藤クンはうなずいた。

「黙っていられるような問題じゃないから、伝えたよ。けれども生徒指導部の小杉《こすぎ》ちゃんは、しばらくことを荒《あら》だてずに様子を見ようと言っている。真相が不明瞭《ふめいりよう》なところ、多いしね」

少し考えてから、夢乃は言った。

「私もヒーちゃんと同じに、不審な人物は思い当たらない。私らに気づけというのが、どだい無理な話だよ。めまいがするほど忙《いそが》しかったもの。見なかったと証言したと、当てにされても困るけど、でも、それでものごとが丸く収まるなら、それもいいだろうって気がする」

鳴海クンが私を見た。

「上田サンもそう思う？」

私はうなずいた。夢乃の言葉に異存はない。犯人がわかっているなら、何のためにやったのか知りたいと思うけれど、ことを荒だてずにというのが正解に思える。

私には関係ないもの。たまたま知りあいとして、たまたま手伝いをしただけだもの。

「……一つだけ聞くけれど、合唱祭実行委には、悪意をもたれる心当たりがあるの？」

加藤クンと鳴海クンが目を見合わせた。どちらも、なんとも言えない顔つきをしていたが、間をおいて鳴海クンが答えた。

「心当たりは、だれにもないよ。少なくとも個人的にはもっていない。ただ、やり場のない思いをかかえている人間がいるとして、おれたちのやったこと——イベント運営みたいなことが、いい標的になることはあり得るかもしれない」

……アナーキストのテロリストがいるという意味かしら。

ぼんやりそう考えたけれど、辰川高校の校内政治に党派や派閥《はばつ》があることなら、さらに私にはまったく関係ないものごとだった。知らないところで勝手に対立していてほしい。

「たいへんだね。リスクを背負って実行委員をやっているんだ」

ちょっとおざなりな私の言葉で、話し合いは終わりになった。私も夢乃も目撃《もくげき》証言ができないのだから、それ以上に話す内容はない。

けれども、この場で耳にしたことは、忘れたくても忘れられるものではなかった。パンに仕込んだカッターの刃は、さいわい沢木先輩の舌に刺《さ》さらなかったけれど、私の心には突《つ》き刺さった。いっしょに売り子をした夢乃にも、合唱祭実行委員の全員にも、この刃は突き刺さったことだろう。


生徒会執行部室《しっこうぶ》をさっさと出てきた私だったが、ふりかえると夢乃が続いて出てこなかった。代わりに後を追ってきたのは加藤クンだった。廊下《ろうか》で立ち止まった私に、加藤クンは心底すまなそうに言った。

「上田サン、ごめんね。こんなことになって……売り子をお願いしたときは、こんなはずじゃなかったんだけど」

「加藤クンがあやまるなんて、おかしいよ」

「でもさ、ずいぶん後味の悪い思いをさせちゃっただろう。何というか、せっかくよくできた合唱祭だったのに……これさえ知らなければ、本当にいい合唱祭だったと思うよ」

「まあ、F組は入賞させてもらったしね……」

二年C組は惜《お》しくも賞をのがし、男声合唱の三位はE組だったのだ。

私はふと、暗闇《くらやみ》の中で息をひそめたときに感じた、熱をおびた一体感を思い起こした。自分たちの歌を歌いきったとたん、割れんばかりの拍手《はくしゅ》を受けて感じた一体感も思い出した。

　めったなことでは、その境地にまで到達《とうたつ》できるものではない。私たちは——少なくとも私は——簡単なことで連帯するような人間ではない。けれども、合唱祭という特殊《とくしゅ》なあの日に限っては、日ごろの不信やためらいを捨ててみようとするお約束だったのだ。私は約束を守ったし、九百人が約束を守っていると信じていた。だからこそその一体感だった。

　でも、現実はそうではなかったのだ。

　無差別に、そのだれでもいいから傷つけたいと願っている、そんな人物があの暗がりにいたかもしれないのだ。

　悪意のこもるカッター入りのパンを、この私が売り子として手わたした可能性だってあるのだ。

「……いい思い出にしたかったって、ちょっとだけ思う……」

「本当にごめん。ごめんね」

　加藤クンがどんなにあせったか、想像するにあまりあるけれど、目がうるんでしまったものは、そうそうもとにはもどせないのだった。何をどうしても、それ以上に泣けてしまいそうで、息をつめてうつむくことしかできなかった。執行部室で話をするあいだ、冷静に距離《きょり》を保った自分を評価していたのに、なんということ。

　入賞発表のときにも泣かなかった私なのに、なんということ。

失望して涙《なみだ》がでるなんて、ずいぶん情けない話だ。おもちゃが壊《こわ》れたと泣く子どもみたいで、成長していないことおびただしい。しかも、あやまるなと言っておいて行動が伴《ともな》わないから、加藤クンの手前も恥《は》ずかしかった。けれども、加藤クンが私を泣かせたとも言える。

よくわからないけれど、無意識のうちだろうけれど、私を追ってきた彼が私を甘やかしたのだと、そんなことも感じていた。

第二章　砂糖とスパイス

一

合唱祭が終わると、目をふさいでいたお勉強の季節がやってくる。

もっとも、辰川高校には中間テストがない。試験期間があるのは期末のみだ。

それを言うと、中学の同窓生にうらやましいと言われてしまうが、それぞれの教科で、授業中に中間考査にかわるペーパーテストをしたり、レポート提出を要求するのだから、いっそのこと試験期間をもうけてくれと悲鳴をあげたくなる……試験休みがもらえないのも悲しいし。

辰川高校は、教師陣《じん》もかなり変わっているのではないかと思う。なんといっても、この高校の卒業生がやたらに多くて、しかも異動が少なくて、十年以上勤続のつわものがごろごろしているのだ。

卒業生が担任だと、合唱祭前のブランク要請《ようせい》などにはとても都合がいい。けれども、人をくった超絶《ちょうぜつ》授業をする先生も、卒業生に多いような気がする。わかる学生だけついてくればいいと、態度にあからさまに出ているような。

というか、すみません、たんに私がついていけないのでした……

この学校へ来て初めて、まじめに出席しても理解の及《およ》ばない授業を経験した。頭の上を素通《すどお》りするやりとりを聞きながら、ぼうぜんと教室に座っている気分がどんなものか、ようやくわかった。

わからなければ質問するべきなのだが、それができないのが、優等生だったことのある者のつらいところだ。他のクラスメートにとっては常識内で、先に進めたがっているような気がしてしまう。先生も、落ちこぼれのケアは決してしない。クラスに一人でも正解する者がいれば、解説抜《ぬ》きで次へ進む。

まったくのところ、教科書の予習をしただけでは歯がたたない設問に、鮮《あざ》やかに解答する生徒が、どの教科にも数名はいるのだ。シャープペンシルをかみしめて、上には上がいると感じ入る次第《しだい》。

いちおうは私も、中学時代にはまんべんなく高得点をとっていた生徒だった。努力すれば努力しただけ成績がとれ、入学願書に得意科目を記入する欄《らん》を見たとき、何を書けばいいかしばらく迷ってしまったくらいだ。

それはまったく自慢《じまん》にはならない。テストの点はそこそこ取るけれど、得意だとか好きだとか言える科目は一つも思い浮《う》かばなかったのだ。そのことに急に気づいて、ちょっとがくぜんとしてしまった。そのころ、自分のことを、勉強にしか能がないと苦い気持ちで考えていたから。

けれども、この高校へ入学したら、笑ってしまうほど簡単に判明した――苦手科目の存在が。

それまで、私が理数系をよく勉強する生徒だったのは、結局、それらを理解するのに時間のかかる脳みその持ち主だったせいなのだ。国語や英語などは、暗記以外に努力する必要がないので、好きになれない退屈《たいくつ》な教科だと思っていた。

けれども、その国語や英語のテストで三十点や四十点しかとれない場所へ来てしまった今、理数系の授業は私の頭上を飛び越《こ》えていた。何倍も時間をかければ理解できるかもしれない。でも、毎時間に展開するスピードには予習すら追いつかない。

地理や歴史といった教科は文系のものだが、これらにも必ずおそろしく博学なクラスメートがいて、先生とのやりとりに取り残されそうになる。

（なーんだ、私って、本当は頭が悪かったじゃない……）

もちろん、そう思った時点で、死にもの狂《ぐる》いの勉強をして追いつく道もあるにはあった。でも、もう、成績優秀《ゆうしゅう》な生徒を目指すのは飽《あ》きた。劣等生《れっとうせい》になったことで、解放されたようなほっとした気分を味わったのだ。

私はもう、勉強ができることを唯一《ゆいいつ》のとりえとする上田さんではない。中学校で三年間貼《は》られた、そういうレッテルが消え去ったとき、この私からは何が出てくるのだろう……

そんなふうに思って、去年一年はふわふわと過ごしてしまった。授業をサボって遊びにいくのも楽しかった。通信簿《つうしんぼ》には、赤点にならないぎりぎりの成績がならんでいた。けれども、今ではもう二年生だ。大学受験が徐々《じょじょ》に現実味をおびて近づいてくることだし、劣等生の身を喜ぶにも限りがある。そろそろ……なんとかしなくてはならないが……人間一度でも楽なほうに流れると、もどれないことが身にしみる今日このごろだった。

「化学レポートの枚数を増やすのは簡単だよ。余白になんでもいいから付け足すんだよ。関連したことが思いつけなかったら、今日の日記でも、趣味《しゅみ》の話でも、読書感想文でも」

加藤クンが言った。夢乃がいたずらっぽく言いそえた。

「最近見た映画の話でもね」

「うそ……落ちこぼれをからかわないでよね。みんな、そんなことを書いてAをもらっているはずないでしょう」

私たちは放課後の教室でおしゃべりしていた。三人で雑談をすれば、いつでも話は盛り上がる。私が加藤クンと一対一で話すよりも、ずっと気楽でおもしろく、しかも有益だ。

「ところが、これがけっこう有効なんだな。露木《つゆき》さんって、そういうのが好きなの。まともな考察や化学式は、参考書をまる写ししても書けることでしょう。だから、わかりきったことより、その上のオリジナリティで勝負しろってわけ」

夢乃の言葉に、加藤クンもうなずいた。

「C組に、セイシュンの悩《なや》みをめんめんとつづったらAプラスだったやつがいるぞ」

「信じられない。それなら、ドリちゃんは本当に映画の話を書いたの？」

「うん、それも書いた。他にもいろいろ」

なるほど。Aランクのつくレポートが例外なく分厚いわけが、ようやく私にも判明した。応用する化学式が正しいだけでは、Bにしかならないのだ。

「……化学って、意外にやわらかいものだったんだね」

「まあ、露木ちゃんの人柄《ひとがら》だよね」

「日常生活に密着した化学をめざせって、いつも言うものね」

「矢部《やべ》さんの物理は、やわらかくならないだろうなあ」

私の言葉に、加藤クンが応じた。

「いやいや、物理のレポート、読書感想文だってよ」

これは夢乃も知らなかったらしい。私といっしょに目を見はった。

「なにそれ」

「夏休みの宿題に、『哲学《てつがく》と科学』って本の感想を書かせるって。去年もおとしもそうだったという話だよ」

「……もしかして、彼の物理至上主義を理論的に後おしする本だったりして？」

「あり得る」

「げげーっ」

矢部先生は、担任になったクラス全員を、理系に改宗させるとうわさの立つ教師なのだった。学問の最高位は物理学だと公言してはばからないので、他の教員との人間関係は大丈夫《だいじょうぶ》だろうかと、つい、よけいな心配をしたくなる。

私は、矢部先生が担任になったらたいへん困るのだが、自分の教えることに絶対のプライドをもつ態度は好きだった。個性的なのは露木先生も同じで、物理も化学も授業はおもしろい……私の頭で追いつけないことを別とすれば。

「でもさ、文章で勝負するなら、ヒーちゃんに勝率高いよね」

夢乃が言うので、私はちょっととまどった。

「そんなことないよ。読書感想文は苦手なの」

「鬼《おに》の福沢《ふくざわ》国語で、Aをとったじゃない」

「そんなことないよ。たまたまだもの」

福沢先生のレポートは長くない。百字とか二百字ですませるものばかりだ。けれども一週間出ないことはないくらい、ひんぴんと出されるのが特徴《とくちょう》だった。

口調も穏《おだ》やかでもの静かな福沢先生が、学生に「鬼の」と呼ばれてしまう理由は、この短文レポートにあった。Bがついてもどってきたら、再提出しなければならないのだ……数がたまってくると地獄《じごく》を見る思いをする。

「そうだ、上田サンの二百字レポート、見せてほしいなあ。C組って福沢国語が初めての人間が多くて、このあいだはほとんど総勢で討《う》ち死に。情報が足りないんだよ。かわりに化学のレポート見せるから……だめ？」

「見せるのはいいけど、わからないのは私も同じだよ？」

肩《かた》をすくめて私は答えた。

「福沢国語が得意だって思わないでね。じつは、どうしてAをくれたか、わかっていないんだ。Bのついたレポートと見比べてもちがいが見えなくて」

「げげーっ、正解した人にもわからない？」

「神秘としか言いようがない」

夢乃が天井《てんじょう》をあおいだ。

「私、文学ってきらいだ。数式を使うほうがずっとましだよ。答えがどこにあるか、きっちりけりがつくもの」

「福沢さんのルールが、おれたちには見えないんだよね。上田サンは、直感でクリアするわけだ」

「うーん……そう言われると……」

私は頭をかいた。福沢先生の授業は、静かにとつとつと話すので、たいていの生徒と同じように私も眠《ねむ》くなる。そんな講義の最後に原稿用紙《げんこうようし》が配られ、「〜について、二百字以内で書きなさい」と言われても、先生が何をどう言及《げんきゅう》していたか、さっぱり思い出せなかったりする。

だから、ゲームで隠《かく》されたアイテムを取り出すように、ルールや裏技《うらわざ》があるものでもなさそうなのだ。

「文学的な設問なんて、出題者の胸の内一つだよね。真の解答だとは、だれにも言いきれないもの。福沢さんの答えが正しいかどうかも、本当はわからないよね。提出レポートの上では絶対だけど」

「だから私、そういうのがきらい。こそばゆいじゃない。白黒がつかなくて」

ふくれっ面《つら》で夢乃が言った。そんな彼女にちゃちゃを入れて笑ってから、加藤クンが言った。

「そういう多様な情報をさ、交換《こうかん》していくことが重要だと思うんだ。本当に頭がいいやつって、たぶん、情報をたくさん使えるやつのことだよ。おれたちはみんな、もっている時間は限られているんだもの」

そうだろうな……と、ぼんやり考える。私たちにはすることが多すぎる。どの教科も上位にいようと思うなら、家へ飛んで帰って勉強だけしていてもまだたりないところだが、勉強だけが高校生活ではないのだ。

「でね、上田サン。鳴海知章が今度、ついに生徒会長に立候補するんだけど」

いきなり話題が飛んだので、私は目をしばたたいた。

「え、鳴海クン？」

「うん、生徒会選挙の公示があっただろう。会長だけは選挙で決めるんだよね。でも、たぶん、信任投票だな。この学校、対立候補が立つほど生徒会に熱心じゃないから」

「そう、鳴海クンかあ……」

生徒会長というのは、雲の上にいる人物のような気がしていたから、自分の知っている人がなるのは変な気持ちだった。でも、一方では、彼が会長にかつぎあげられるのは、意外でもなんでもないという気もする。

夢乃の顔を見ると、もうとっくに聞き知っていたことらしく、すまし返っていた。

「彼、よく決意したね。最初から浪人覚悟《ろうにんかくご》じゃないと、生徒会長はつとまらないって、前に聞いたことがあるよ」

私は夢乃に言ったのだが、身をのりだしてきたのは加藤クンだった。

「そうだろう？　だから鳴海クンを盛り立てていこう——というような、クサいもの言いはしたくないけどさ、情報交換のできるスタッフは必要だと思うんだ。気軽に集まって、気軽にしゃべることのできる仲間が。上田サン、執行部《しっこうぶ》に来ない？」

「私？」

「鳴海本人も言っているよ。上田サン欲しいって」

加藤クンは「花いちもんめ」のような言い方をし、私はめんくらってひいた。

「私は、何の力にもなれないと思うよ。とりえもないし、家は遠いし、活動とか熱心になれないし……」

「負担になる仕事をさせる気はないよ。放課後だって、そんなに残らなくていい。寄り合う仲間になってくれさえすれば」

少々ためらうものがあったけれど、私は結局言った。

「それとね……私、このあいだ、ちょっと懲《こ》りたかもしれない。あんなことがあって……」

「うーん……それは……だけどね、だからこそ、ぜひ来てほしいと思うんだ」

加藤クンもずいぶん口ごもった。

「……学校行事をどうでもいいと思っていたら、あんなに真剣《しんけん》に深刻には受けとめないと思うよ。上田サン、熱心になれないと言うけれど……」

私たちのあいだで、あの日に泣いたことにここまで接近した話題は、じつはこれが初めてだった。次の日からお互《たが》い、知らぬ存ぜぬで通していたのだ。やっぱり、目を見合わせることができない。すっごく気まずい思いがする。

「いちおう考えておくね」

この話を早く切り上げたくて、私は逃《に》げ口上をうった。

加藤クンもたぶん、この場に居心地《いごこち》が悪くなったのだろう。応援《おうえん》演説の打ち合わせがあると言って、いそいそと教室を出ていった。夢乃はもう帰るというので、私たち二人はバッグを手にした。

「……純情だね、カトケンは」

夢乃がさとりすましたように言った。私は返事をしてやらなかった。そんな私を、彼女はおかしそうに見た。

「彼ねえ、責任をとりたくてたまらないんだよね。ヒーちゃんのナイトになりたいんだろうな」

私はぶっきらぼうにたずねた。

「聞いてるの？」

「少々。情報交換は、したよ」

「あっそう」

それくらいなら、先に自分の口から語ればよかった。いったい、どんなふうに伝わっているのやら……考えてみると恐《おそ》ろしい。でも、今さら言い訳してもむだなので、私はぐっとこらえた。

「ドリちゃんは、新体制執行部のメンバーになるんでしょう？」

「そうだね、たぶん。そういうことになると思う」

「鳴海クンだから……だよね」

「そうだねー」

夢乃は手提《てさ》げのバッグを元気よくふり上げた。

「人と人をひっぱるものって、そういうものだよね。うん。カトケンも田中大輔《だいすけ》クンも、今から参加が決まっているし。ヒーちゃんも来たら？　何もしなくても、彼ら、顔を見せるだけでありがたがると思うよ」

「私、そういうのもきらいなの」

「たしかに、ヒーちゃんは見た目より気むずかしいから、マスコットには向かないね」

「なにそれ」

私は、じつを言えば、中村夢乃が鳴海クンをどう思っているのかを聞いてみたいと思った。夢乃は彼にひかれている？　それとも、もうすでに彼とつきあっているのだろうか。けれども、それを問うには情報交換ということになってしまう。夢乃ばっかり、私と加藤クンの両方から情報を得るのは、なんだかおもしろくない。

それに、私の加藤クンに対する気持ちをうまく夢乃に話せるかどうか、かなり自信がなかった……なんといっても、私自身にさえ、まだよくわかっていないのだから。

例のパンにカッターの刃《は》を入れた犯人は、見つからずじまいだった。

加藤クンたちは探偵《たんてい》まがいに調べてまわったようだが、三年生の壁《かべ》というものもあって、結局つっこんだことは聞き出せなかったようだ。半月もすると、うやむやに闇《やみ》に葬《ほうむ》られることが必至となった。高校生はだれでも、二週間以上も前のことにかかずらってはいられないのである。

私もそう、目の前のテストやレポートのほうが大きな問題だった。数学はすでに、完全なお手上げ状態となりつつある。

けれども、これは私がにぶい性格だからなのだろうか……机に向かっている最中に、ふとしたはずみで合唱祭のパンのことを思い出すと、話を聞いたあの日よりもずっと、ふつふつと怒《いか》りがわいてくる気がするのだった。

あんなふうにイベントをだいなしにした人物はゆるせない……その人間が同じ辰川高校生なら、今もなにくわぬ顔で校内にいるなら、すました仮面を全校生徒の前でひっぱがしてやりたい。

私って、点火がにぶいのだと考えるしかない。あの日にあの場で怒《おこ》ればよかったのだ……いさぎよく徹底的《てっていてき》に。ばかみたいに泣いちゃったりしないで。

加藤クンの前で涙《なみだ》を見せたことは、何度思い返しても気がくじけた。

そのことが、私たちを親しくしたとは思えない。彼のほうはよくわからないけれど、私自身はかえって、加藤クンに距離《きょり》をおいたような気がする。現に私は、二人きりでおしゃべりするよりも、第三者がいるほうがずっと気が休まるのだ。
二、三度は、二人でいっしょに帰った。でも、私の家と加藤クンの家はまったく方向がちがうので、駅までいっしょに歩いたというだけだ。寄り道もしなかった。
「つきあっているの？」と聞かれたら、私はちがうと答える。個人的にどこかへ出かけたことはないし、そうしたいと思っているかどうかもわからない。けれども、クラスメートの見解がそのように傾《かたむ》いてきたことはたしかだった。

こういうものごとって、外堀《そとぼり》から埋《う》まっていくものだったのかしら……

「上田サン、午後の全体集会には出るの？」

クラスメートにたずねられた。立ち会い演説会のある日だった。

去年の私は、これを大きなブランクと見なして、さっさと遊びにいっていた。そういう、まったく興味のない生徒はたくさんいるし、だからってだれもとがめたりしないのだ。

どちらかというと、去年はそういう自由がまだめずらしくて、試《ため》してみたいところもあった。まさか翌年、自分がこれらとちょっとでもかかわりをもつとは、思ってもみなかったな。

「どうしようかな。川田《かわだ》サンたちは行くの？」

川田サンと岸井《きしい》サンは、顔を見合わせて、なぜかくすくす笑った。

「高飛びしようかと思ったけれど、E組の鳴海クンでしょう、聞いてみるのも悪くないと思って」

「クールに見えるのに、意外だよね、彼。どんなにたのみこまれたって、会長は蹴《け》ると思ったのに」

「でも、鳴海クンって、現会長より見映《みば》えするよね」

「そうそう」

なるほど、たしかに、それは言える。この様子だと、去年よりエスケープする人間は少ないのかもしれなかった。

「……ねえねえ、うちのクラスの中村サンって、鳴海クンとおつきあいしているの？」

少し声をひそめて川田サンがたずねた。聞かれるんじゃないかと、予感がしたまさにそのときだった。

「私、よく知らない。聞いたことないもの」

「うそー。上田サン、彼女と仲がいいじゃない。加藤クンと鳴海クンも、仲がいいんでしょう？」

全体集会に出るのは、どうも気がすすまないと思っていたけれど、やめようとはっきり思ったのは、彼女のこの言葉を聞いたときだった。

立ち会い演説のあいだ、彼女たちに、根ほり葉ほりこの話題を続けられるのはかなわない。だからといって、夢乃が当然そこへ行くように、鳴海クンの応援集団に加わるのも気がひける。私には、まだ、そこまでの覚悟《かくご》ができていなかった。

加藤クンが喜ぶことはわかっている。けれども、だからこそ、ためらうのだった。このためらいは、私のポジションがそこにぴったり収まってしまうことへの、原因のわからない不安からきている。

それに……そう……私と中村夢乃ははたして仲がいいのだろうか。ちょっとばかり一人で静かに考えたくなっていた。

昼食のあと、夢乃は早々とクラスから姿を消している。教室のみんなが移動をはじめるのを見てから、私はバッグをつかんで校門へと向かった。

梅雨《つゆ》の晴れ間のむしむしした陽気で、空はぼんやり白っぽかった。校門を出るとき、塀《へい》ぎわにうっそうと茂《しげ》っている樫《かし》だかクヌギだかが、青くさい匂《にお》いに強く香《かお》った。

（……そういえば、十七歳になったんだ。なんて年とってしまったんだろう……）

空をあおいでそう思った。私の誕生日は六月なのだ。雨が降らなければ降らないで、むし暑くてうっとうしい、こういう季節に生まれてきた。誕生石は真珠《しんじゅ》——涙を意味して、お葬式《そうしき》にもつけていくことのできる宝石である。

……どうしてか知らないが、誕生日前後は決まって絶不調な私だった。バイオリズムの低下ってやつだろうか。梅雨の季節の私は、たいてい落ちこんでいる。

今日も、滅《め》入《い》っていることがよくわかった。後ろ向きな行動をとっている、自分がふがいないせいだろうけれど……

こうして逃亡《とうぼう》するとき、私服はまことにありがたい。このままどこへ出かけても、どんな店へ入っても、不審《ふしん》に思う人はいない。それを承知しているのに、校門を一人で出たとたん、ぷつりと何かが途切《とぎ》れたような、おなかの底と背中がすうすうする気分におそわれるのは不思議だった。

属するものから切り離《はな》された、空にただよう風船になった気持ち。

孤独《こどく》の味わい、だと思う。

でも、いやな気分ではない……というか、これをいやな気分として怖《こわ》がる人間になるのはやめようと、私は決めたのだ。一人を怖がるのはやめようと。

考えてみれば、中学時代、私は臆病《おくびょう》なあまりに勉強をしてしまったような気がする。勉強をよくしていれば、親も教師も級友も文句をいえないからだ。だれからも誉《ほ》められるならば、だれよりも安全に溶《と》け込んでいられると思った。

友だちの輪からはずれることは、とっても怖かった。巨群をつくって泳ぐ小魚みたいに、群と同じことをしていないと危険だと思っていた……でも、そうだとしたら、私の方法論はまちがっていた。勉強ができるということは、孤立を意味するのだ。

今では、そのことがわかっている。

だから、高校受験をさかいにして、どこへ行くにも群れて歩かなくてはと思うことをやめたのだ。一番の女友だちをこしらえて、いつでもいっしょにいることをやめた。一人でいられる人間になってみようと、そういう自分を試してみようと思ったのだ。

(……ドリちゃんは、まったく自然にそうしている人に見えた……)

私が中村夢乃に近づいたのは、たぶん、だからだったにちがいない。彼女は妙《みょう》に男っぽくて、一人で立っていて、なれあう女友だちを必要としていなかった。私は彼女を見習いたくて、彼女のそばに寄っていったのだ。

だから、私は、夢乃の前ではいつのまにか、男女関係の微妙《びみょう》な話題を避《さ》けてしまう。夢乃がだれを想《おも》っているかを聞けないし、自分のことも深くは打ち明けられないでいる。


電車で渋谷《しぶや》か新宿に出れば、気分転換《てんかん》はよりどりみどりだ。心のなかにいくつも試案が浮《う》かんだけれども、おさいふとの相談も必要だった。とりあえず私の足は、駅前で折れて書店に向かった。

文学はきらいだと夢乃が言ったけれど、私も文学は知らないし、興味がない。私にとって、自分の読書と勉強は結びつかないものなのだ。本を読むのはただ楽しみのため。高《こう》尚《しょう》だの通俗《つうぞく》だのと考えなくてもいい。

本屋さんのいいところは、本棚《ほんだな》の背表紙をはしからながめていくと、なぜかしら鎮静《ちんせい》作用があるところだった。タイトルを続けざまに読んでいくと、お経《きょう》に似た効果があるのかもしれない。

しかし、あまり足しげく出入りしていると、めったに買わないと信じているのに、いつのまにかお金が本に消えていて、月末にショックを受けるのだった。

このときも、ついつい習性で本屋へ入ってしまい、顔見知りのだれかに会ってしまうということは、つゆほども思い浮かばなかった。文庫本コーナーで平積みの本を手にして、なにげなく隣《となり》を見やったら彼女がいた。

「あ……」

彼女は私よりだいぶ背が高い。夢乃よりも高い。首をかしげるようにしてこちらを見て、それから、おどけたまばたきをした。

「あらら、こんなところで。それじゃ、あなたもお帰り組なの？」

近衛有理さんだった。今日は白いヘアバンドをしていないが、一目でわかった。合唱祭以来、彼女を廊下《ろうか》や校庭で見かけると、私の目は自然に吸いよせられるようになっていたのだから。

「ええ、まあ……集会サボっちゃった」

「なんとなく意外だな。ええと、あなたはたしか、中村さんといっしょに合唱祭実行委員をしていたでしょう？」

「ううん。あれは、当日だけのお手伝いだったの」

「そうなの――」

彼女はちらりとほほえんだ。

「今日、二年の女子はみんな参加するのだと思った。鳴海知章氏の演説でしょう」

「一年の女子なら、そう言えるかもね」

「どこがいいんでしょうかね」

「見映えでしょうかね、やはり」

有理さんは小さく笑い声をたてた。乾《かわ》いて低く音楽的な声だった。

「女の子って、やっぱり外見に強く惑《まど》わされるものよね。視覚刺激《しげき》に弱いのは男性だと言われるけれど、それは目うつりの問題で、個人の外見に幻想《げんそう》をそそぎこむ能力は女性の比じゃないという気がする」

「要するに……ミーハーは女性の特権、ということ？」

私が自信なく口にすると、彼女は突然《とつぜん》つっこんできた。

「あなたはどうして、演説を聞きに行かないの？　ミーハー以上に何かこだわりを感じることがあったの？」

（……まいったな）

私が学校を抜《ぬ》け出すにいたった、このもやもやとした思いは、初めて口をきく人に説明できるものではない。けれども、近衛有理さんにつっけんどんにはしたくなかった。そう思うこと自体、彼女に対して弱みがあった——目で姿を追った経験のある弱みが。

「私は、鳴海クンに何のふくみも持っていないよ。彼、りっぱな生徒会長になるだろうと思うし……」

彼女はやさしくうながした。

「でも、肩入《かたい》れできないと感じるのね？」

「そうじゃなくて。ただ、迷っているだけなのかも……」

「何に？」

ふいに私は、反対質問する手もあることに気がついた。

「そういう近衛さんは、どうして演説を聞かないで帰るの？」

「ひとごとだから」

彼女は力をこめるでもなくその言葉を吐《は》いた。簡潔明瞭《めいりょう》だ。

「……そういえば、そうだね」

言いながら、私は少し驚《おどろ》いた。生徒会に興味がない人が多いのは知っているが、それにしても鮮《あざ》やかな切り捨て方だ。

「あなたもそれを感じるんじゃない？　全部がひとごとだって」

私は思わず髪《かみ》に手をやった。

「感じるけど、たぶん、これは性格とかいろいろあると思って……人のなかに入っていくのが、私、苦手だから」

そのとき、ふいに気がついた。中村夢乃は私と正反対の性格をしていて、だからこそ、夢乃が好ましかったのだと。私は夢乃の水先案内がほしくて、彼女のそばにいたのかもしれないと。

　それなのに、今になってしりごみを始めたのだ。

　近衛有理さんは、まじめな顔をして私を見つめた。前髪《まえがみ》をかるく下げているが、眉《まゆ》の美しさに気づいてしまってからは、さまたげにならなかった。うりざね顔と言いたいような、どことなく古風な美人の顔立ち……彼女も「見映《みば》え」の人だなあと、ぼんやり考える。

「感じるのが正しいと、私は思うの。まともな感受性をもっているなら、居場所がないと感じて当然なのよ。辰川高校はそういうところだもの」

「近衛さん、居場所がないって本当に思うの？」

　彼女はくちびるの端《はし》をほんの少し曲げた。

「私ね、結局はピンチヒッターでクラスの指揮者になったけれど、なろうと思えば最初から指揮者に立つこともできたかもしれない。けれども、生徒会長になろうとは絶対に思わない。そんな勝算のないことはしない……ばかげているから」

「そう？　近衛さんが会長に立候補したら、私はきっと一票入れるよ」

　お世辞のつもりではなく、私は言った。美人の女子生徒会長は、鳴海クン以上にかっこいいだろうと思う。

　近衛さんは、ちょっと驚いたように眉をあげた。

「いい人ね、上田さん。でもね、女子の生徒会長は開校このかたいないのよ」

「あなたが最初の一人になってもいいのに」

彼女なら、そうなってもおかしくないと、私は直感して思った。

「できない。だから、居場所がないと言うのよ。辰川高校は女子の存在を認めないところだもの」

「……そりゃあ、三分の一しかいない少数派ではあるけれど」

「その三分の一も、本当はいなくていいの。名前のない顔のないものがそう言うのよ」

私は目をしばたたいた。彼女の言っていることはのみこめなかった。

「だれ……匿名《とくめい》の人？」

「あなたには、わかってもらえるような気がしたのに」

すねた口調で言ってから、有理さんは手にしていた本をもとの棚《たな》にもどした。けれどもふりかえったときには笑顔《えがお》になっていた。

「ねえ、このあと用事がなかったら、私とお茶しない？　だれかとしゃべりたい気分になったのって、ずいぶん久しぶり。女の子同士にふさわしい、とびっきり甘いものを食べにいかない？」

二

近衛有理さんと私は、駅を通り抜けて北口へ出、近くのデパートのパーラーに入った。時間が時間であるため、店はずいぶんすいていて、床《ゆか》まで総ガラスの窓際《まどぎわ》の、座るに一番いい席がとれた。そこからは、通りを行く人々が見下ろせる。駅前の人通りはとぎれることなく、横断歩道にむらがっては去っていく。

はっきり言って、私はなりゆきに驚いていた。まさかこの人とお茶をのむ午後をすごすことになろうとは。けれども、ふさいでいた気分はもう思い出せなかった。課業中だと思うと少々後ろめたい……その後ろめたさが刺激になる。

「ここ、よく来るの？」

「ううん、たまにだけど。でも、ここのパフェはおいしいのよ。やけをおこしたときなどは最適」

「私も、今日は食べちゃう」

私は平凡《へいぼん》な女の子だから、メニューを開いた一瞬《いっしゅん》はダイエットが頭をかすめる。けれども、たいていは誘惑《ゆうわく》に負ける。

「甘くてきれいでおいしいものは、依存《いぞん》したら危険でも、やっぱり人生には必要なものよ。私、今ならそう言えるんだ。過食も拒食《きょしょく》ももう経験したから」

有理さんはさらりと言い、私は目をまるくした。

「本当？　あなたが？」

「うん、中学生のとき」

ほほえむ彼女は、私には理想的にスマートで、しかも出るべきところは出ていて、絵に描《か》いた少女のように何の努力もなくその姿でいるように見える。けれども、本当は苦労があったのだろうか。

「私、学年を一つダブっているって、聞いていない？　じつはそのせいなのよ。一年間休学したの」

「そうだったの……」

「登校拒否ぎみでもあったのね。今でも少しはその傾向《けいこう》ありで、ふらりとこうして抜け出しちゃう。ここへ来て、目的ありげに歩く人々をぼーっとながめるの、けっこう好きよ」

「いいんじゃない？　うちの高校は、好きにしていいところがあるもの」

イチゴパフェとチョコレートパフェが運ばれてきた。グラスにうずたかいクリーム、イチゴの赤やチョコの褐色《かっしょく》、ピスタチオやアーモンドのトッピング……ふるいつきたいほど魅力的《みりょくてき》だ。昼食後、じつはそれほど時間がたっていないのだが、こういうものはどうして別腹なんだろう。

「……だからなのかな。正直に言うと近衛さんのこと、合唱祭の日までよく知らなかったの。一年生のとき、たしか、応援団《おうえんだん》にはいなかったでしょう？」

体育祭応援団の団員になることは、一年女子にはわりと避《さ》けられない関門なのだ。数が三分の一だから、見映えのする応援演技をするために、ほぼ全員が駆《か》り出されてしまう。この私だって、恥《は》ずかしいけれど超《ちょう》ミニの赤いスコートをはいて、赤組の応援をしたのだった。

それというのも、応援優勝は、キャンバス優勝よりも総合優勝よりも尊ばれるからで、練習にも自然と熱がこもり、去年の夏休みの半分は練習につぶされていた。指導の二年女子が厳格で、訓戒《くんかい》されてみんなで泣いたこともあるくらい、体育会系のノリだった。いったいなぜ、こんなにまでしなくてはならないのかと思ったけれど……結局は赤組が応援優勝したものだから、私のなかでは不問に終わってしまっている。

有理さんはさらりと言った。

「ええ、そうなの。参加しなかった一年女子は、私のほかいくらもいなかったでしょうね。上田さんは、それじゃ、DGチームの応援をしたんだ」

私らしくないと言われた気がして、私はとまどった。

「……やってみると、それなりに充実感《じゅうじつかん》はあったと思う。あの、発声練習にはまいったけれど。DGチームの応援の型って、カンフーみたいだったの。踊《おど》るのおもしろかったよ」

「私には、みんなが無理しているように見えた」

有理さんはしずかに言って、ロングスプーンの先をなめた。私は少々むきになった。

「でも、やってみないことには、無理かどうかもわからないと思うの。私は、演技をするぶんにはオーケーだった気がする。今年、チームの応援演技を考案して、一年女子を指導する立場に回ろうとまでは思わないけれど」

あまり深くは考えず、私は言葉を続けた。

「でも、応援団って、やっぱり男子のほうがさまになるのね。学生服にたすき掛《が》けをしてはちまきをしめると、いつもはズボラな男子が別人に見えるのは不思議だよね。女子には扇《おうぎ》をもった演技はできないけれど、私は本当はあれが一番好きだった」

くすりと笑い、有理さんは流し目のような目つきで私を見た。

「もしもね、もしも私が応援団に参加するなら、思いっきりコケティッシュな型を工夫するな。男子を悩殺《のうさつ》しちゃうような、アメリカンフットボールの色っぽいチアガールのようなー―あのチアガールって、潜在的《せんざいてき》に乱闘《らんとう》のもとになるらしいけれど」

ぎょっとして私は見返した。

「色っぽい応援団？」

「そう、男子には無理でしょう」

「私にだって、無理だよ」

思わずいすの背にもたれかかった。ミニのスコートで人前に立つだけで、死ぬほど恥ずかしかったというのに。

「それに、そういう応援をするなら、容姿の審査《しんさ》が必要になりそう」

「そんなことないってば。色っぽいって言い方が悪かったけれど、女子にしかできない応援の型をつくりたいだけだもの。この学校の女子は、みんな無理をしている。応援団の男子のほうが映《は》えるって、それは当たり前よ。ここには男子のメソッドしか成立していないのだもの」

有理さんは、意味なく右手をひらひらと動かした。

「今、私の言った応援団は、現実問題として実現不可能よ。女子だけでなく、男子からも猛烈《もうれつ》な反感しか生まないでしょう。そういう発想は、辰川高校のフィールドからは閉めだされる異分子なの。だから、女子の生徒会長も生まれないわけ——わかる?」

私は考えこんだ。

彼女ほど過激に言い切ることはできないけれど、私もどこかで似た気分を味わっているという気がした。

「私ね……男子クラスが諸悪の根元だと思ったことはある。男子クラスへ女子が入ると、全員がいっせいに見るでしょう。あの違和感《いわかん》がたまらないの」

「そうそう、それ、近いかもしれない」

勢いこむでもなく、彼女はゆったりと笑った。

「彼らは何かを必死に守っているの。辰川高校は、全体で何ものかを守っている……それに加担している点では、男子女子の区別はないものだけど、ときに女子ははじかれるわけなのよ」

　私はほおづえをついた。

「守る……というのはピンとこないな。暗黙《あんもく》の了解《りょうかい》がある……というなら、少し思い当たる」

「暗黙の了解？」

「女子にはそうじをさせない、重いものを持たせないって。私、今どきそういうことを言う人はいないと思っていた。でも、あるものなのよね。それが三分の二も男子がいるって意味かな、と思ったけれど」

「まるで『タイタニック』よね。女と子どもは優先して救命ボートに乗せてもらえる。でも、当時の女性は参政権がなかったのよ」

「うーん……」

　男女平等は、理念としてあまりにも私の体にたたきこまれているので、歴史的なことなど考えてみたことは、正直言って一度もなかった。自分が女だから劣《おと》るとか、女だからえらいとかは、あまり考えられない。男女には決定的なちがいがある――と、ぼんやり感じることはあるけれど。

「近衛さんは、辰川高校の生徒会は女子に開かれていないって、そう言うの？」

　たずねると、一瞬思案してから、彼女は首をふった。

「ううん、言わないの。そうじゃないの。そんなふうに簡単に指摘《してき》できるなら、とっくに修正されているはずなのよ。私が言おうとしているのは、もっと微妙《びみょう》で、語られることがなく、空気の中にしか見つからないものごとなの」

「女子がはじかれているって……？」

「守りの態勢というのは、本来臆病《おくびょう》なものよ」

かるく肩《かた》をすくめて、彼女は言った。

「はた目には優秀《ゆうしゅう》な高校生の集まりなのに、その人々が守りにしか徹《てっ》することができないなんて、なんだかおかしくて情けなくない？　女子もそう、三分の一しか入学できない女子生徒は、偏差値的《へんさちてき》には男子より高いと思うのだけど」

「頭がよすぎるから、辰川高校の女子生徒はいろいろと放っておくんじゃないかな」

「まあ、そうかもね……」

私たちは、しばらくせっせとパフェを攻略《こうりゃく》した。それから、有理さんが口を開いた。

「……私も、放っておこうと思ったことはたしかなんだ。合唱祭の前夜に指揮をたのまれるまでは、無関心に近かった。でも、たまたまあんなことになって、やれることをやってみようと思ったのよ」

その口ぶりは、ごくふつうの女の子のもので、近衛有理さんにもっと超然《ちょうぜん》としたイメージを抱《いだ》いていた私は、彼女のそんな言葉を聞けてうれしかった。

「受賞式のときにしか聞けなかったけれど、H組は上手だった。最初から近衛さんが指揮していたみたいに見えたよ」

「でもね、本当は歌うほうが好き。声を出したほうが、気持ちのいいものよ」

彼女は声楽もピアノも長く習っていて、音楽には造詣《ぞうけい》が深いようだった。そんな彼女が歌からはずれて、H組はよく二位がとれたと思うが、たぶん、彼女の声がそれまでの練習全体をリードしていたのだろう。

私たちは、その場に二時間半もねばって話しこんでしまった。有理さんの言葉はときどき、どきりとするほど聡明《そうめい》に聞こえたが、態度に年上を意識させるものはなく、思った以上に気安くうちとけられる人だった。さしむかいで話すと、意外なくらい表情ゆたかで、相手の気持ちを楽しくさせてくれる。

この日のひょんな出会いが、私にはずいぶんありがたかった。鬱屈《うっくつ》がなおって、前向きな気分に切り替《か》わったくらいなのだ……私も、とりあえずはやれることをやってみようと。

彼女もまた、楽しかったと言ってくれた。

「また今度、おしゃべりしましょう。上田さんって、中村夢乃さんとはタイプがちがうと思っていたのよ」

夢乃のフルネームを言ったとき、有理さんの口調にかすかな含《ふく》みが感じられた。それは、夢乃が彼女の名を口にしたときと、ちょうど同じだった。

「ドリちゃんは——中村夢乃は、目立つ人だものね」

「そうじゃなくて……」

彼女は黒目がちな瞳《ひとみ》で私を見つめた。

「あなたのもっている柔《やわ》らかい受容性が、あの人にはないからよ。私、あなたのことなら、たとえ生徒会執行部《しっこうぶ》の一人になっても、好感をもつと思うな」


生徒会執行部の一人ね……

近衛有理さんと別れてからわが家までの、いつもの長ーい通学時間のあいだ、私は彼女が表に裏に匂《にお》わせる、ばくぜんとした生徒会への敵意についてじっくり考えた。

（……「名前のない顔のないもの」が女子を排除《はいじょ》するって、そんなふうに言っていた。あれは正確にはどういう意味だろう。わかっていないのに、私がなんとなくそれを知っている気がするのは、どうしてだろう……）

有理さんがそれを語るに至った、彼女のいきさつを私はまだ知らない。でも、この私が自分の何かを重ねて共感する部分があったとすれば、男子クラスや執行部室に感じる気おくれ——何か理解できないものがあると感じる、あの体験だった。

ただ、私は、正直言って「女子」とはいったい何かをきちんと把握《はあく》していない。

この学校へ来て、あまりに女の子として扱《あつか》われるので、まだとまどっているくらい、内面では女子ということをつかんでいないと思う。有理さんは、排除される何をもって女子だというのだろう。

（……こういうことがわからないから、加藤クンとのおつきあいにも積極的になれないのかな……）

結論としては、これが私の一番深刻な悩《なや》みだった。けれども、もう浮上《ふじょう》したからには、自分から進んで答えを探しにいこうと思った。

守りの態勢は臆病だって、有理さんも言っていたもの。

その夜眠《ねむ》って、次の朝目ざめたときには、私は執行部のメンバーになってみる決心をしていた。ふと、マザーグースの歌が浮《う》かんできた。

What are little boys made of?
What are little boys made of?
Frogs and snails
And puppy-dogs' tails,
That's what little boys are made of.

What are little girls made of?
What are little girls made of?
Sugar and spice
And all that's nice,
That's what little girls are made of.

男の子は何でできている？
男の子は何でできている？
カエルにカタツムリ
子犬のしっぽの毛
そんなもので男の子はできているの
女の子は何でできている？
女の子は何でできている？
お砂糖にスパイス
すてきなものみんな
そんなもので女の子はできているの

*

「……ですからね、いくら字数が少ないからといって、自分が知ってもいない難解な言葉をつらねては失格なのです。たとえば、『〜的』と一度でも書いたらBにします」

「はあ……」

よくわからない。返事もふやけてしまった。国語教官室で、私は一人で福沢先生に向かいあって立っていた。レポートについたB´の理由がどうしてもわからなかったので、体当たりで聞きにきたのだ。

福沢先生は意外にも、机で採点していた他の生徒のレポートを、あっさりと私に見せてくれた。何枚か見ての感想は、みんな、私よりずっとたくさんの語彙《ごい》を知っているなあ、というものだったけれど。

「上田さん、『人間的』とはどういう意味か、本当にわかりますか。『観念的』とは？『〜的』はごまかしですよ。自分に責任のとれる言葉を使わなくては」

私のレポートに『〜的』はないから、これは直接のヒントではない。でも、二百字しかないスペースに内容をもりこむには、漢字熟語の知恵《ちえ》がいると思っていたので、それはまちがいだということだけははっきりした。

「ありがとうございました。もう一度書きなおします」

福沢先生は、黒縁《くろぶち》メガネの奥の目をほそめた。

「平易な文章が一番ですよ、上田さん。平易なのが」

教室にもどると、中村夢乃がじっと私を待っていた。彼女は、国語教官室へは絶対行かないと断言したくせに、興味はあったらしい。

「どうだった？」

「……いろいろ話してくれたけれど、これを書けばいいってことは、とうとう教えてくれなかった」

「やっぱり、手ごわいねえ」

「でも、少しだけ、福沢さんが期待している答えがわかった気がする」

夢乃は感嘆《かんたん》したように私を見た。

「よく聞きに行けるよ。敬服する」

「私も緊張《きんちょう》するけど――」

でも、思ったよりも何でもなかった。質問に行けば気軽に話してくれる（……答え以外は）ということが、よくわかった。こうして何度も話をうかがえば、先生の胸の内にしかないレポートの法則も、理解できてくるのかもしれない。

そう夢乃に話すと、彼女はますます目を見開いた。

「だから、そうして鬼《おに》の福沢になつけるところが、ヒーちゃんはすごい。聞いてもやっぱりわからないって、みんなは言うよ」

「だって、私、これしかないでしょう」

私が、いくらかでも他の生徒に情報交換《こうかん》でもっていけるものといったら、このレポートのAくらいなのだ。国語教官室まで押しかける勇気をもったのも、一つはそのせいである。

「いえいえ、古文もよろしく」

「古文なんて、文法のまる暗記ですむって言っていたじゃない」

「そういう昔のことは忘れて」

夢乃はそれから、ごく自然な口調で「行こうか」と言った。私はうなずいた。

こんなふうにして、私は放課後に執行部《しっこうぶ》室をたずねるようになっていた。


新生徒会長が決定して、文化祭実行委員長もＦＳ《ファイヤー・ストーム》実行委員長も、二年生から名のりをあげた。今は、興味本位の人もそうでない人も、たくさん部室を訪《おとず》れている。

説明を聞いて初めてわかったのだが、奥のコーナーでは、ＦＳ実行委の会合がおもに行われ、扉《とびら》の向こうには文化祭実行委が集まるらしい。文化祭実行委は伝統的に執行部と険悪になるものだから、そこには扉があると、三年の先輩《せんぱい》がおどけて教えてくれた。

執行部メンバーもまだまだ流動していて、ある意味、気軽に加われた。二、三度訪れてからは、来ることで悩むのはばかみたいだったと、思いなおしたくらいだ。

鳴海生徒会長が「欲しいな」と言った人材は、きっと、両手で足りないほどいるのだと思う。そういう人たちがガヤガヤ集まって、適当に試行期間をもち、鳴海クンのそばにずっといられる人だけが残れば、それでいいのだ。

もっとも、加藤クンや夢乃は最後まで残ることが今からわかる。二人のどちらかが副会長になるんだろうなと、うすうす感じられた。

その日、夢乃と私が執行部室へ行ってみると、いつもなら三年生も交えて六、七人かそれ以上も居座っている古テーブルのコーナーに、鳴海クンと小柄《こがら》な男子生徒の二人しかいなかった。たまには、こういうこともあるらしい。

「あれーっ、暇《ひま》そう。今日、何かあった？」

鳴海会長が顔を上げた。

「ないと思う。スロットマシンのぞろ目並みにめずらしい日だよ」

彼は、生徒会長になってから、意識してモノトーン派になってしまった。スタンダードな白シャツに黒の学生ズボン。しかし、それでもどこかあか抜《ぬ》けて見える。ものがいいのか、真っ白なシャツの袖《そで》まくりは、清潔感があってかっこよかった。

これは、私の目が慣れてしまったせいなのだろうか。白と黒がもつ潔さ《いさぎよ》は、じつは、この年頃《としごろ》の男の子を一番かっこよく見せるかもしれないと、このごろは考えてしまうのだ――

—もちろん、どんなものも着方によるけれど。

生徒会メンバーには、モノトーン派が多い。そういえば、前生徒会長の田宮《たみや》さんもそうだった。なにげなく家でこの話をしたとき、母はそれを「硬派《こうは》」というのだと言った。

「硬派」だなんて、絶対に死語だと思う。けれど、この服装をしたら、付近の繁華街《はんかがい》をうろつくとばっちり足がつくことはたしかであって、そういう点では、覚悟《かくご》のユニフォームなのだろうとは思った。

鳴海クンといっしょにいる人物も白いシャツだったが、その彼は、会長よりはるかに高いトーンで叫《さけ》んだ。

「うわっ、なに、ここ。なんで女子が入ってくるの？」

夢乃と私があきれて見つめると、あわてて会長がフォローにまわった。

「ごめんね、こいつは免疫《めんえき》のないやつなんだ。一年も二年も男女クラスになれなかった幸《さち》薄《うす》い人物だから、かんべんしてやってよ」

男子生徒の体は小柄だし、一年生に見える坊《ぼう》や顔をしている。もっとも、そんなことを口ばしる態度の大きさは、一年ではあり得なかったが。

鳴海会長は、無礼な人物の頭をはたきながら言った。

「マナーをおぼえろよ、夏郎。うれしさあまっての嬌声《きょうせい》であっても、誤解はしっかり生じるぞ。もっとも、中村夢乃をひと目見て、女子がきたと叫ぶ眼力は認めてやる」

「ううん、おれ、とっさにこっちのを見たから」

彼は私を指さした。夢乃も私もむっとした。

鳴海クンはせきばらいして、ひと呼吸おいた。ここで笑ったら事態が悪化すると考え、がまんしたらしい。

「……そちらは上田ひろみサンだよ。彼女も中村夢乃も二年F組だ。二人とも、おまえよりずっと有望な人材なんだから、そそうをしないこと。それから、手も出さないこと」

坊や顔の彼は、きょとんとして会長を見た。

「なんでさ。女の子をぶったりしないよ、おれだって」

「いや、おまえは、たぶん……女の子からぶたれる素質がある」

夢乃は腕《うで》を組み、あごを上げて彼を見やった。

「きみさ、私と身長どっこいどっこいじゃない？　けんかして負けるのはそちらかもよ」

「なめんなよ、おれは剣道《けんどう》やっているぜ」

「私は空手をやっている」

「げっ、空手——」

（……まったく、才能ゆたかなんだから……）

威圧《いあつ》してかかる夢乃を見て、私は思った。この学校、マルチになんでもできる人間が多すぎる。中村夢乃の自信と落ち着きは、身体的なものにもあったのだとわかる。鳴海会長が、彼女はかまぼこ板の厚さの板を、素手《すで》で二枚も三枚も割ると保証した。

「おっかねー……」

小柄な彼はややおとなしくなった。にやりとした夢乃は手で私を示した。

「そして、こちらのヒーちゃんはね――」

「柔道《じゅうどう》でもやってるって？」

「はずれです。強力なナイトがついているから、ぼけを装《よそお》って手を出す魂胆《こんたん》だったら、闇《やみ》討《う》ちにあっても知らないよ」

「ちょっと、ドリちゃん……」

あわててひじで突《つ》いたけれども、夢乃は涼《すず》しい顔だった。

「わかったかい、小太郎《こたろう》クン」

「おれは夏郎だ！」

鳴海クンがやれやれという様子でメガネフレームを押さえた。

「なんだか、すごい自己紹介《じこしょうかい》の応酬《おうしゅう》になったけど……こいつは、おれのクラスの江藤夏郎。混声合唱でも高音が歌えるボーイソプラノの持ち主。こいつの場合、中身の成長速度は外見に正比例しているから、よけいな心配はいらないよ」

ボーイソプラノは会長をにらんだ。

「知章……紹介に悪意を感じるんだけど」

「そんなことはない。この場をまるく収めたいと思うだけだ。こういうときは、男性側を劣勢《れっせい》に仕立ててこそうまくいくものだよ」

「やだよ、そんなの」

——これが、江藤夏郎との最初の出会いだった。第一印象は、彼と鳴海クンとがクラスメートとは信じられない、というもの。中学生と大学生の開きがあるように見える。または、きかん気の子犬と血統書付きの成犬……

「あれっ、江藤が来ているぞ」

そのとき、どやどやと人が集まってきて、急にベンチはいっぱいになった。加藤クンや田中クンや、二年E組の数人、三年の増田さんや吉村《よしむら》さんや、一年生も訪ねてきた。どうやら、閑散《かんさん》としていたのはエアポケットのようなものだったらしい。

「夏郎、部活じゃなかったのか」

「顧問《こもん》出張で、一日早く試験前休みになっちまった」

「ぐわー、明日《あした》はもう一週間前か」

ふだんだったら、ここで期末試験の話題に流れが向かうところだ。ところが、鳴海会長が、もうこらえきれないというように肩《かた》をゆすって笑い出した。

「おい、聞いてくれよ。しょっぱなから夏郎のやつ——」

隣《となり》で本人が顔を真っ赤にして怒《おこ》るなか、今あったことが披露《ひろう》された。鳴海クンって、笑いだめをする人間だったのかしら。今の今まで、きりっとして応対していたのがうそのように、テーブルをたたいてずっと笑っている。

「知章、てめえ。おれが何したって言うんだよ」

「いや……大きくなったら教えてやる」

「てめえ、竹刀《しない》でぶっとばす」

憤《いきどお》った江藤夏郎は、夢乃にも指をつきつけた。

「その女も、いっしょにぶっとばす。そいつもおれのことをチビだと言った」

夢乃はへらっとかわした。

「そんな差別用語、だれが使った？　私は小太郎クンって言っただけだもん」

——この日から彼女は、ことあるごとに江藤夏郎を小太郎と呼ぶようになる。

「どいつもこいつもふざけやがって、ゆるさねえぞ、コラ。しまいには試合の審判《しんぱん》まで、おれをチビだとなめてかかるんだ。おれのほうが絶対に速く胴《どう》を抜いているのに、平然と面《メン》の判定をとりやがってよ。だいたい、タッパがなんだっつーんだよ。どたまが地面から離《はな》れているだけじゃんか」

江藤クンはどうやらまじめに怒っているのだが、周囲は笑いの渦《うず》だった。たんかをきっても声がかわいいので、どうしても真剣味《しんけんみ》がない。タッパの持ち主鳴海クンは、涙《なみだ》をぬぐっていた。

「強く生きろよ、夏郎。大地に足をすえ、頭もすえ……」

（……なんだか、すごい）

私はこっそり思ってしまった。来たばっかりで、身長のコンプレックスなどを、あっけらかんと言い立ててしまうところがすごい。鳴海クンを大笑いさせるところがすごい。彼一人いるだけで、この場の空気がちがって見える。

一方で、とりつくしまもない感じも受けた。何か、理解しあうものがない感じ。このぶけれども、これほど上機嫌《じょうきげん》な鳴海知章クンを見たのも、この日が初めてだった。このぶんだと、E組ではけっこう、大口を開けて笑っているのかもしれない。

思いっきり笑うと鳴海クンは少し目尻《めじり》がさがって、エリート専用の笑《え》みでは見られない、それはそれで気持ちのいい顔になった。けっこう悪のりもし、悪ふざけもする、彼もふつうの男の子なのだ。

（一年のクラスでは、あまり気がつかなかったな……）

同性の友人であれば、彼のそういう面に早く気づくのだろうなと、私は思った。クールな鳴海クンという評価は、たぶん女子が下したものなのだった。

試験前の部活動停止もあって、それから江藤夏郎は毎日顔を出した。そして、私は三日めには結論することができた——私はこいつがきらいだと。

まず、ごくふつうに友好的な会話が成り立たない。彼がそうさせないのだ。

「あっ、おひい様だ。おひい様がきた」

「……なによ、それ」

「中村夢乃だって、そう呼んでいたじゃん」

「ちがうでしょう」

すると、江藤夏郎はシマリスのような顔で言うのだった。

「だって、あんた、いつだって『よきにはからえ』って風にすまして座っているもん」

ぐさりとくるものがあるから、私には受け流せない。

「あなたのことは、よきにはからいたくない。向こう側へ行ってよ」

「おお、じいは悲しゅうござりまするぞ」

こういう、ひとが気にして不快になるところだけを突くやりとりって、小学校高学年を思い出す。キミは小学生どまりなのか。

もちろん、そこに鳴海会長がいれば、彼のそつのないフォローが入る。

「今の夏郎語は、翻訳《ほんやく》すれば、上田さんっていつ見ても上品だなあ、という意味だよ」

「ちがわい」

江藤夏郎はむきになる。

「この人、何がおもしろくてここへくるのか――って顔しているもん。本当に、なんでくるんだろう。ねえ、なんで？」

……これも、ぐさりとくる。けれども、言われるすじあいではない。

「私、笑いたくないときには笑わないよ。そんなの、ひとの勝手でしょう」

「不調和だと思うことない？」

「自分はいったいどうなのよ」

彼は鳴海クンをふりかえった。

「知章、おれって不調和？」

「子ザルはまったく、これだから……」

鳴海会長は大きくため息をつくと、おもむろに江藤クンをはがいじめにした。

「ようく聞けよ。上田サンは、執行部《しっこうぶ》のさそいにのってくれた稀少《きしょう》な女性で、われわれは平伏《へいふく》して『きて・いただいて』いるの。彼女に古文を見てほしくて、やってくる一年坊主《ぼうず》もいるの。くやしかったら、子ザルもその魅力《みりょく》で一年女子でも引きこんでみせろ。それができないのなら、その口をつつしめ。わかったか？」

「……痛いから、わかった」

彼が首をなでていると、E組の古橋《ふるはし》クンが笑って言った。

「そりゃあ、無理な注文だよ。夏郎に女の子をつかまえてこいって。女装して男子クラスの男を引きこめというなら話はわかる」

「てめえ、竹刀でぶっとばす」

(……甘ったれなんだ、こいつ)

私は心につぶやいた。他人を落ちこませておいて、「おれって不調和？」とはよく言えるものだ。自分のことはかえりみず、何を言ってもゆるされると思っている、こういうやつって知っている。お姉さんとか叔母《おば》さんとか、おおぜいにちやほやされながら大きくなった男の子。

何をしても、周囲はかわいいかわいいで済ませてしまい、今となると、同級生の男子でさえもがそうしているという。最低だと思う。

「……私って、おもしろくない顔しているかな」

夢乃にたずねてみた。彼女は、指先のゴミをふっと吹《ふ》くモーションをしてみせた。

「ああいうのはね、頭のてっぺんをはたいて終わりにしていいの。だめだよ、小太郎の言葉なんか真にうけては」

夢乃はレベル調整が上手だ。小太郎もそれをさとったのか、最初以外はあまり彼女につっかかっていかなかった。けれども、どうやら私は彼のもつ強弱スペクトルのなかで、彼より弱いほうに見定められたらしく、なにかと標的にされるみたいだった。

私に古文を教わりにくる一年生がいるというのは、本当だ。一年E組の八木《やぎ》クンと尾形《おがた》クン。今年、秋の体育祭チームはE組とF組が組むことになっており、応援《おうえん》もキャンバス作りもいっしょにする仲になるわけで、私もじゃけんにはできない。

生徒会の新体制が発足《ほっそく》するのと時期を同じくして、くじ引きが行われ、四つの決定チームとチームカラーが発表されていた。今年はAH、BG、CD、EFの組み合わせ。もちろん、男子クラスと男女クラスは必ず一対になる。チームカラーは、順に、白、黄、赤、青だった。

これを受けて、すぐさま応援団結成とキャンバス・デザイン作りが始動する。この立上がりが七月に入ってしまうと遅《おそ》きに失するという、とんでもなく長い辰高祭準備期間に突入《とつにゅう》するのだ。演劇コンクールもまた、学年は別とするもののこの組み合わせチームで計画される。

加藤クンはF組と組めないことを残念がっていたけれど、こればっかりはしかたなかった。男子クラスにとっては、このチームが唯一《ゆいいつ》女子と共同作業を行う場になるわけで、やけによく調べている。加藤クンの情報収集によると、F組の評判はいいが、美人度が高いのはH組だそうだ。

この学校でキャンバスと呼ばれているものが、よそでは何になるのか、私はよく知らない。英和辞典をひけば、Canvasはズック、帆布《ほぬの》、画布、油絵、絵画……と続く。そのなかでは、比喩《ひゆ》としての「背景」が一番近いかも。

と、いうのは、体育祭チームの背後にあって、応援団の反響板《はんきょうばん》の役わりをはたすことはたしかなのだ。でなければ、幅《はば》十六メートル、最高位四・二メートルもの建造物を設置する理由がない。

けれどもこれは、なによりもまずチームシンボルであり、チームの団結度を表すモニュメントとなるものだった。なにしろ、ボードの表面は新聞紙でつくられる。のりでひたした新聞紙を一枚また一枚と貼《は》り重ね、その厚さが一・五センチから二センチにもならないと、キャンバスのボードとして認められない。キャンバスにも賞が設けられるが、この審《しん》査《さ》基準として、デザインに匹敵《ひってき》する項目《こうもく》にボードの厚さがある。

この十六メートルのしろものを、作成中に収納する場所はどこにもないので、キャンバスは、デザインした設計者のみが全体像を把握《はあく》するところとなる、四十個から五十個に分《ぶん》割《かつ》したブロックとして準備される。ブロックの奥行きは木わくで一メートル。だから、一学期の終わりごろには、細木で一メートルほどの立方体に組んだブロックが、あちこちの教室にいくつも鎮座《ちんざ》することになるのだった。

当然、そうじがまったく行き届かず、春から秋にかけて、辰川高校はゴミだめのような様相を呈《てい》する。木くずとか、新聞紙とか、のりをつくる小麦粉がこぼれ落ちたりしているが、ちびちびブロックを作りかけている状態では、だれもが片づける気力をなくすのだった。

木組みブロックの設計も、表面に新聞紙を貼り重ねる方法も、先輩《せんぱい》から後輩《こうはい》へめんめんと伝授するのでなくては、今どき知る人もない技術だ。さらには、埋《う》めこんだ高さで四メートル半の丸木のやぐらを荒縄《あらなわ》で組み、キャンバスを設置する技術も……これらに関しては、男子生徒がたくさんいるからこそ受け継《つ》がれる技術と思わざるを得ない。

なんといっても、一年男子には、やぐらを立てるための穴掘《あなほ》りに動員される宿命があるのだ……逆さ吊《づ》りになって、背丈《せたけ》より深い細穴を掘るという作業に。

それをすでに知っている二年女子としては、同じチームの一年生男子には、やさしくしたくもなるというものだった。

ただ、私も教えられるほど古文が得意というわけではないので、これはただの気休めだよ、と言いおいてあるのだけど。

しかし彼らは、テキストを音読するだけで感心してくれるという、まったくの他愛のなさだった。外国語ならいざ知らず、古文だって日本語なのに、どうしてふつうに読めないのかわけがわからなかった。

「上田さん、あれですか。あの呪文《じゅもん》を覚えたら、古文がかんたんに読めるようになっちゃうんですか？」

八木クンが無邪気《むじゃき》な顔でたずねた。

「呪文？」

「ほら、『るーらる、ゆーらゆ……』っていう」

そういえば、伝統歌のひとつで、歌の最後に、理由もなく古文の助動詞活用表を暗誦《あんしょう》するものがあるのだった。

「る・らる・ゆ・らゆ・す・さす・しむ・す・ず・む・むず・じ・まほし・まし・ふ・き・けり・つ・ぬ・たり・たし・けむ・べし・べらなり・らし・めり・まじ・らむ・なり・り・なり・たり・ごとし」

これをおおぜいで朗唱すると、内容不明でりっぱな呪文に聞こえる。伝統歌は耳で覚えるしかないので、覚えたあとになってやっと、これが助動詞活用表だったことに気づくのだが。

「うーん、あまり意味がないと思うよ。第一、それで活用が覚えられるわけでもないし」

私が答えると、一年生ではなく向こうのほうから、がっかりした声がした。

「えっ、ホント。覚えても意味がないの？」

江藤夏郎だった。

彼は、鳴海クンに数学の問題をたずねていて、私もできたらそちらがよかったのだが、加わる勇気はまったくなかった。

鳴海会長が、シャープペンシルをふってため息をついた。

「だから、夏郎、意地をはっていないで、おまえも上田サンに古文を教えてもらえ。古文は二赤だったんだろう？」

「やだ。数学をやる」

だれであっても、教えを乞《こ》うほどの気持ちになれるには、それが少しでも得意分野である必要があるようだった。

三

期末試験が終わると、一週間の試験休み。あとは終業式を残すばかりで、夏休みに突入だ。

ああ、羽がのばせる……睡眠《すいみん》不足をいやせる。少なくも勉強に関しては、しばらく頭から追い出せる。

けれども、二年生の大半は、試験休み中も自主的に学校へ来る。

これからは、自分たちを中心とした辰高祭準備が本格化するのだ。どれほど寛容《かんよう》な三年生であっても、夏以降は校内事情にノータッチとなる。彼らの夏は、苛酷《かこく》な受験勉強の最初の山場なのだから。

チームのキャンバス中心メンバーと、応援団幹部と、演劇コンクール有志にそれぞれ役目を決定した人々、その他《ほか》にもクラス展示のブレインや、夏の大会に余念のないスポーツ部員、チームを越《こ》えて運営にあたる実行委員などを数えると、二年生のほとんどには登校してなすべきことがある、という情況《じょうきょう》になってしまうのだった。

執行部《しっこうぶ》メンバーも毎日ご登校だ。私は、生徒会が辰高祭にどう機能しているのか、あまりよく知らなかったが、目立たないものの重要な彼らの役わりとは、おもに「よろず苦情処理班」であるようだった。

「けが人が多すぎる」

顔をしかめて鳴海会長が言った。

「──って、保健の葉山《はやま》おばさんに言われちまった。ノコギリで手を切るやつ、釘《くぎ》をさすやつ、のりで火傷《やけど》するやつが引きもきらないって。前はこんなことなかった、ってさ」

「おれたちに防止しろっての、ちょっと無理がないか？」

「葉山おばさんの『前』って、半世紀前のことじゃないの」

私もそんな気がする。私たちの年代には、木工作業に慣れている生徒などそうそういないのだ。キャンバスの新聞紙を貼るのりは、水で溶《と》いた小麦粉を大なべやバケツで煮《に》て作るが、のりの製法として想像もつかなかった生徒がおおぜいいるはずだ。そんななかで、四苦八苦してキャンバスを作っているのだよ。

「とにかく、不注意すぎる。自覚がたりないってさ」

　鳴海会長は、ちらりとメモを見た。

「校舎の上から、カナヅチが降ってきたそうだ。運よくだれにも当たらずに地面に落ちたけれど、そばに生徒はたくさんいたって。昨日の五時ごろだそうだ」

　みんなも目をまるくした。

「そりゃ本当に危ない。当たれば頭がい骨陥没《かんぼつ》だ」

　手帳のページをめくって、鳴海クンは続けた。

「それから、これは小杉ちゃんに言われたことなんだが、屋上に出る扉《とびら》のカギが紛失《ふんしつ》している。まだ、演劇練習につかうやつはいないはずなのにな。校舎の施錠《せじょう》管理はおろそかにできないことだから、今からだらしのないことをするな、って」

　加藤クンが、あっというまに結びつけた。

「まさか、屋上のカギを開けて、下を見計らってカナヅチを落としたやつがいるんじゃないだろうな」

「やめとけよ、それじゃ殺人未遂《みすい》だろ」

「下にいたのは、どいつらなんだ？」

「AHの応援《おうえん》チーム……顔ぶれまでは聞いていない」

「だれに近かったか、調べたほうがよくないか？」

「うっかり落としたんだよ。もっとも、名のり出てあやまるべきだよな」

口々に言うなかで、加藤クンがひどく顔をくもらせて言った。

「……殺人未遂なら前にもあったよ。ほら、合唱祭のカッターの件」

私はどきりとした。隣《となり》の田中クンは、やや鼻白んだ様子だった。

「おい、ちょっと大げさだよ、加藤」

「そんなことないよ。あのときだって、飲みこんでいたら大事件だったんだぞ」

鳴海会長は、少し間をおいた。

「だれかを殺したいやつが、ずっと校内を徘徊《はいかい》しているって、ドラマとしては格好だけど、まじめに考えたくはないね。他に紛失したと申し出があるのは……二CD演劇チームのカツラ」

「それでわかった。ヅラで変装して屋上にしのび出て、カナヅチを落として殺人を企《くわだ》てたんだ」

加藤クンが脱線《だっせん》したので、私もばかなことが言いたくなった。

「犯人にかかわるものは、みんなカがつくね。カッター、カナヅチ、カギ、カツラ……怪《かい》人《じん》のカかもね」

「犯人、じつは加藤のカじゃないの。二CDのカツラ盗《ぬす》んで」

全員で笑ってしまった。冗談《じょうだん》にできるほうが快い。鳴海クンも調子をあわせた。

「カの項目《こうもく》がもう一個あるよ。学校備品の懐中電灯《かいちゅうでんとう》が見当たらない」

「懐中電灯って言い方、あまりに旧式すぎないか？」

「おれのボキャブラリーじゃないよ。小杉ちゃんがそう言ったの」

「怪人が盗んだのだとしたら、けっこうビンボーな怪人だな」

ちょっとせきばらいしてから、鳴海会長は言葉を続けた。

「じつを言うと、もう一つ、ちょっと聞き捨てならないことがあるんだ。きのう生徒が下校してから、ＡＨチームのキャンバスのチェッカーを故意に破いたやつがいる」

今度はみんな、しんとなった。

キャンバスのブロックは、木組みのブロックに新聞紙を貼《は》りつける、その最初の段階が一番むずかしい。ボードとなる面には、十センチ幅《はば》の格子《こうし》ができるように針金をぴんと張りわたし、最初はチェッカーのように一目おきに、細心の注意で新聞紙を貼らなくてはならない。針金わくに上手に紙を貼る作業は、ちょっと金魚すくいのすくい網《あみ》を作るのに似ている。

この手際《てぎわ》が悪くていねいに作られていないと、どれほど分厚く貼りかさねても、波うったり隙間《すきま》ができたり、最悪の場合ははがれ落ちたりしてしまうのだ。だから、設計の二年生としては、数をたのんだ動員をかける前に、日数をかけて、のりをよく乾《かわ》かしながら、心をこめて最初の数枚分を貼っておく必要があった。

「……じゃあ、怪人にねらわれているのはＡＨ？」

「ねらいが何にしろ、だれがやったにしろ、悪ふざけの度がすぎる行為《こうい》だよ。ＡＨチームの妨害《ぼうがい》になるだけでなく、辰高祭そのものの妨害と言ってもいい。今年の連中は自覚がたりないと言われてもしかたがない」

会長はいくらか強い口調になった。

「安全確認の意味でも、しめしをつける意味でも、執行部でパトロールを行ったほうがいいと思うんだ。現行犯を見つけるところまでいかなくても、そういう目があるとないとでは、ものごとがちがうはずだよ」

「異議なし」

「何時にする？」

みんなの動向を見るために三時ごろ一回、人気がなくなった五時半に一回の見回りをすることがあっさり決まった。警察みたいに見えるのはいやだから、連れ立つのは二人までにして、なるべく穏当《おんとう》にすませることになった。

加藤クンがこちらを見た。

「女性陣《じん》は五時半までつきあわなくていいよ。中村も上田サンも」

木戸《きど》クンが混ぜっ返した。

「あれっ、下心の加藤クン、言うことがちがうじゃん。だれもいない廊下《ろうか》、いっしょに歩きたいんじゃないの？」

「ばーか。さそうなら、学校の小汚《こぎたな》い廊下よりましな場所を歩くさ。おまえって、それだからカノジョできないのな」

夢乃が愉快《ゆかい》そうに私を見た。

「どうする？」

「……五時半だって今は明るいし、見回りすることくらいできるよ？」

私は思わず言っていた。なにかにつけて戦力にされないような気がしてしまったのだ。

「それなら、私と二人で回ろう」

夢乃は加藤クンに言った。

「カトケン、今日は私たちもつきあうよ。毎日の保証はしないけれど」

私はなんとなく、鳴海クンの顔をうかがってしまった。彼はうっすらほほえんでいるだけで、何も気にとめていないように見えた。江藤夏郎は剣道《けんどう》部の試合を控《ひか》えて不在なので、不愉快なつっこみもやってこなかった。

この季節の五時半は本当に明るい。まだ夕方になったとも言えないくらいだ。

西に傾《かたむ》いた日射《ひざ》しが校舎の一端《いったん》に入りこんで、長い廊下は昼より明るいくらいだった。

キャンバス作りもまだまだのんびりしたものだから、五時をすぎて残ろうという生徒はほとんどいない。閑散《かんさん》とした校内に、使いっぱなしの道具や木組みのブロックばかりが、奇妙《きみょう》なくらい鮮《あざ》やかに浮《う》かびあがるのが、なんとなく現代美術のようだった……キュビズムといいますか、シュールレアリスムといいますか。

「怪人Kがひそんでいるようには見えないね」

夢乃と私は言いあった。午後にはすっかり、ふとどき者の名称《めいしょう》が「怪人K」で定着してしまっていた。

少したためらってから、私は続けた。

「ねえ……本当にいるのかな。合唱祭や体育祭を妨害したいと思う人。何が気に入らないんだろう。合唱祭は結局無事に終わったし、辰高祭準備も去年と同じスケジュールで動いているけれど、のどに骨がささっているみたいに気になるんだ。どうしてそういう人がいるのか」

夢乃はうーんとうなった。

「いるはずがないとは、言えないよね。九百人もいれば、何を考えているかわからないやつだって何人かはいるでしょうよ。勉強のしすぎでサイコな人とかも、この学校ならいそうだし」

「やっぱり同学年かな、その人」

「一年と考える手もあるよ。なにしろ去年は何ごともなかったのだから。受験の反動で、この春にキレたとか」

「大学受験に悩《なや》んでいる三年生の腹いせとかは？」

「それもありそう」

結局、怪人は像を結ばない。どれもありそうだったし、どれもがなすりつけのようにも思えた。それはただの影《かげ》……いもしないものを、疑心暗鬼《ぎしんあんき》になって作りだしているだけかもしれなかった。

けれども、それは、たしかに影……全校をあげてイベントに取り組む私たちのネガだった。

思わず私はため息をついた。

「なあんで、私たち、こんなに必死になって、たった一日のためのキャンバスを作っているんだろう――そう考えるとばかばかしくなって、何もできなくなるよね。本当は私たちも、むだなことを知っているけれど、ばかばかしさの一時停止ボタンを押しているよね」

夢乃はにっこりした。

「そう、一時停止ボタンだよ。だけど、こんなことは二度とできないと思うから、私は押しちゃうな。たぶん、この先一生、これほど壮大《そうだい》な、ばかばかしいむだをする時間は残されていないと思うから」

（この先一生か……）

私のこの先というものは、早くも来年には暗転してぜんぜん見えない。大学受験は、電動で閉じる緞帳《どんちょう》みたいに容赦《ようしゃ》なく、未来に幕をひいている。今の私たちの努力も情熱も、せいぜいが半年でセミの殻《から》のように脱《ぬ》ぎ捨てるものなのだ。

「ねえ……一生続けられるものが欲しいと思うことない？」

私はなんとなく口にした。

「一生、情熱をもって取り組んでいられるもの――そういうのが欲しくない？」

夢乃は少し考えた。

「私、情熱っていうものは、一生ちびちび燃やすものじゃないと思うよ。そのときその場で上げる花火だよ。どどーんと咲《さ》かすの、なるべくたくさん。そういう場にいたいね」

夜空に花ひらく光景を思い浮かべた私は、現実の打ち上げに気がそれた。

「そういえば、この夏こそ花火を見たいな」

「おや、執行部《しっこうぶ》メンバーで見に行こうって話が出ているけど、ヒーちゃんものる？」

私はいろいろと考えめぐらせた。夢乃は浴衣《ゆかた》を着るのだろうか……いや、着ないだろうな、やっぱり。学校から直接行くとしたら、鳴海クンたちはあの白黒で行くのだろうか……いや、着替《きが》えを用意する人々じゃないな、やっぱり。

「考えておくね」

「あっ、もしかして、二人で行くことになっていた？　カトケンが言ったの――」

「ちがいます。関係ない」

　思わず声がとがってしまった。

　学校が休みになって、いつかは加藤クンが二人でどこかへ行こうと言い出すような気がして、私はどうも、それを恐《おそ》れていると言ってよかった。執行部内での私の立場がはっきり定められてしまうことが、いまだにとってもいやなのだ。

　彼に会うためにそこに来ている――「彼女」の身分で仕事もせずにそこにいる――と、見られることにがまんできなかった。もしも江藤夏郎が、ちょっとでもそんなことを口にするなら、私は二度と執行部室へは行かなくなるだろう。

「怒《おこ》らなくてもいいのにー」

「ドリちゃんはいいよね、有能だから。だれかとつきあおうとつきあうまいと、何の差し障《さわ》りもないんだもの」

　ちょっと八つ当たりぎみだと思ったが、勢いにまかせて私は言った。

「この見回りだって、ドリちゃんだったら、たとえ暗くなってからだって戦力になるよね。怪人《かいじん》を見つけたら、空手でエイとやっつけちゃえばいいんだし。でも、私はいつだって一人に数えられていないの。このうえ、加藤クンのおまけになっちゃうのはいや」

「そんなこと、気にしていたの？」

夢乃は驚《おどろ》いた顔をした。

「だれがおまけと考えるって？　それ、卑下《ひげ》のしすぎだよ。この学校がどんなに女の子を特別視するところか、ヒーちゃんももうわかっていると思ったのに。あなたはね、一人に数える以上に尊ばれているの。人足じゃないということだよ」

「特別視される理由、わからないもん」

「私は、ちょっとこんな人間だけど、それでも女の子だから、特権はどうどう振《ふ》りかざしているよ。生理はちゃんとくるし」

——けろっとそう言ってしまうところが、あんまり女の子じゃないと、私などは思う。返す言葉を思いつけずにいると、夢乃はしきりに考えこみながら続けた。

「そうだな、うーん、微妙《びみょう》なことをあえて言うけれど。たとえばの話、私と鳴海会長が組んで見回りをするとしてだよ。怪人Kとばったり出くわして、相手は逆上して襲《おそ》いかかってきたとする……私はどうすると思う？」

話にひきこまれて私は答えた。

「生徒会長を守って闘《たたか》う」

「まさかあ」

力のない笑《え》みを浮かべて、夢乃は手をふった。

「学校に関係ない場所だったら、場合によってはそういうことも起こるかもしれない。でも、校内だったら、私は絶対に後ろに下がって見ている。私が進んでのしたりしたら、鳴海会長、もう口をきいてくれないよ」

「そういうもの……？」

「かばって助けられる鳴海知章、絵にならないでしょ？」

「ポーズが大事？」

「と、いうかね。女子を守りたいって、けっこうストレートな大義名分なの。いいか悪いかは別として、この学校、ストレートなものが生き続けているんだよね」

わかったような、わからないような話だった。

「……でも、守られる女子って、今では旧式すぎると思う」

「この世からテディ・ベアが消え去らないように、かわいらしくて守りたいものはいつまでも残っているよ。ヒーちゃんはストレートにそういう女の子で、明快でいいと思うけどな。私、ヒーちゃんを守るためなら思いっきり闘えるもん」

「テディ・ベアですか……」

思わず肩《かた》を落とした。やっぱりダイエットをしなくてはと心に誓《ちか》う。

ブロックのない三階の廊下《ろうか》を一通り歩いて、端《はし》の階段から二階へもどってきたときだった。だれもいなかったはずの廊下の向こうで、かすかな物音がした。夢乃と私は立ち止まり、目を見合わせた。

「聞いた……？」

急いで廊下に出てみると、キャンバスブロックの並ぶ向こうを人影《ひとかげ》がかすめるのが見えた。男子生徒のようだが、あきらかにあわてて隠《かく》れる風情《ふぜい》だ。

「二Dに入った！」

夢乃は決然として前に出た。

「ドリちゃん、本当に？」

私はうろたえてしまった。たった今語っていたものごとが、現実になるなんてあり得るのだろうか。

「顔も見ないでおけないよ」

「でもでも――」

私と組んだせいで、夢乃が危ないことを進んでするなんて、そんなことは承知できない。けれども、四の五の言っているひまはなく、彼女に続いて全力で走っていた。

二年D組の開いた戸口に飛びこんだ瞬間《しゅんかん》は、心拍《しんぱく》が一拍飛んだような気がした。夢乃の肩ごしに男子生徒が二人見えた。それから――

深く深く脱力《だつりょく》した。まの抜《ぬ》けた笑顔《えがお》で立っている彼らは、木戸クンと加藤クンだった。

「なに隠れているのよ、あんたたち。まぎらわしいことして」

「いや――……その」

彼らの見回りは校舎の外なのだが、結局自分たちのキャンバスが気になってしまったのだそうだ。たははと笑って二人は言った。

「女の子二人で、やっぱり大丈夫《だいじょうぶ》かなーと思って」

「だけど、すごい形相で駆《か》けつけてきたもんな。取りこし苦労だったよ」

心臓に悪かったぶん、私たちは思いっきり怒った。十字屋のお好み焼きをおごるという約束をとりつけるまで、怒《いか》りは収まるところを知らなかった。


終業式の日。と、いっても、式はない。通信簿《つうしんぼ》をもらいにくるだけ。

この学校、朝礼風に全校生徒を集めて何かをすることが一度もない。教師がマイクで訓辞する姿には、ついぞお目にかかったことがない。校長先生であってもそう。入学式と卒業式は例外だろうけれど、あれは社会教育会館で行うものなのだ。

可もなく不可もない――五もなければ二赤もない――私の通信簿であった。数学に赤線をひかれずにほっとしたけれど、一番ましな国語と音楽も四どまりだ。まあ、こんなところでしょう。

通信簿が配られると同時に、EFチームの各チーフから、夏休み中のスケジュール表が配られる。キャンバス貼《は》りの登校日、応援団《おうえんだん》の登校日、演劇チームの登校日、合わせるとお盆《ぼん》あたりの数日を除いて、ほとんどいつでもだれかが登校していることになる。

（……執行部は、この全部が登校日とか言い出さないでしょうね……）

執行部や実行委員になってしまうと、競合するものごとの前面に立つのはあまり都合がよろしくない。自然、キャンバス首脳陣《じん》や応援団員や演劇キャストのように、身も心もチームにささげる役わりにつくことはできない。それが、夏のすごしかたとしては、ちょっとつまらないかもしれなかった。

ホームルームも早々に終わってしまい、時間が早いけれどもお昼を食べちゃおうかな、と思っているときだった。くっきりとよく通る声が私を呼んだ。

「上田さん」

ふりむくと、近衛有理さんがF組の戸口に、白いノースリーブと白いスカートのさわやかな姿で立っていた。思ってもみないことだったので、私はあわてて走り寄った。

「今日が最後の日だから、どこかへ食べに行かないかと思って」

「本当？　あとはだれと？」

H組の女の子が他《ほか》にもいると思ったのだ。有理さんは、えっという顔をした。

「私だけよ。私、おおぜいで食べるのは好きじゃないの」

パフェを食べた日から、もうずいぶんたっているので、私をおしゃべり相手として覚えていてくれたことは、意外でもあり、感激もした。二つ返事でいいよと答えた。

バッグをとりにもどると、中村夢乃が妙《みょう》な顔つきで見ていた。

「ヒーちゃん、あの人と親しいの？」

「親しいってほどじゃないけれど。一回、いっしょにお茶を飲んだの」

「えー、いつのまにそんなことをしていたわけ？」

私はむにゃむにゃと口の中でごまかした。立ち会い演説会の日だなどと知れたら、風向きが悪くなる。

「よかったらドリちゃんも、いっしょに行かない？　私、仲立ちするよ」

夢乃は表情を硬《かた》くした。

「行かない。そんな義理はないもん」

「それなら、私、彼女とごはんを食べてくるから、執行部室《しっこうぶ》には一時か二時ごろ行くね」

私は言いおいたが、夢乃がめったになくもった顔をすることは気になった。

「……どうしたの。近衛さんが何か気にさわる？」

彼女は首を横にふった。

「ううん、別になんでもない」

近衛有理さんと私は出かけていって、少しぶらぶらしてから、街角のイタリア料理店でランチセットのパスタを食べた。

お値段はそう高くないけれど、店と量が上品なので、男子生徒はあまり近づかないところだ。十二時前なのですいていて、今回も二人でゆったりできた。

彼女は、フォークをきれいに使う女の子だ。特別にこしらえている様子もないから、お家《うち》がいいのだろうかなどと考えてしまう。なんというか、おしゃべりをしながら食べても、話が食事にじゃまされない感じなのだ。

「破られたAHのキャンバス、どの程度だったの?」

「たいしたことはないのよ。ほんの二ブロックだもの。本気で妨害《ぼうがい》してかかる人だったら、ブロックそのものを壊《こわ》すでしょうよ。だから、どう見てもただの悪ふざけ」

有理さんの口ぶりでは、AHチームの人々はそれほど神経質になってはいないようだった。私は執行部警備隊と怪人《かいじん》Kの話をして、彼女をおもしろがらせた。

「そうそう、私ね、AHの演劇メンバーになったの。だから、この夏は学校へかよいづめにかよいそうよ。そう思うと暑いわねえ」

「わあ、演劇担当。スタッフ、それともキャスト?」

彼女はうふふと笑った。

「キャスト。じつを言いますとね、主演女優をはろうかと思って」

それしかないでしょうと言いたかったが、口にはしなかった。H組の美人度は、近衛有理が押し上げているようなものだから。チームがその有利さを、前面に立てて押し出さないはずがないのだ。

「いやだなー、またしても強敵になりそうだなー。もう脚本《きゃくほん》は決まっているの？」

夢見るように彼女は言った。

「まだまだ。これからメンバー全員で検討会をもっところだもの。だけどね、私のやりたい作品はもう心に決めてあるのよ」

ことわっておくけれど、辰川高校には演劇部が存在しない。どうしてかは知らないが、とにかくないので、日頃《ひごろ》から演劇慣れしている生徒は一人もいないのだ。けれども秋の文化祭には、四チームの一年二年、計八つの舞台劇《ぶたいげき》を上演しなくてはならない。どこの役者も演出家も、ノウハウを一から始める試行錯誤《しこうさくご》の夏になるのだった。

「ふうん、うちのチームだと、E組の倉持《くらもち》クンが別役実《べつやくみのる》の不条理劇をやりたいと決めていて、そこからキャストを募《つの》っているのに。やり方っていろいろだね。近衛さんのやりたい作品って、何？」

『サロメ』――オスカー・ワイルドの作品。上田さん、知っている？」

私は何度かまばたきした。

「あの、ビアズレーの悪魔《あくま》っぽい挿《さ》し絵のつく？」

「そうそう、十九世紀の世紀末文学。中身のほうは知っている？」

「……文庫の立ち読み程度には」

「どう思う？」

「なんだか怖《こわ》い話だったような。たしか、聖書のエピソードをもとにした作品でしょう。王女のサロメが、父親の王様に、キリストの預言者の首をねだる……」

つたないことを口走った気がしたが、有理さんはにっこりした。

「預言者ヨハネの首よ。戯曲《ぎきょく》のなかではヨカナーン。十九世紀の当時は、聖書の話をふらちな芝居《しばい》にしたって、イギリスでは上演がたいへんだったって。偽善《ぎぜん》と固定観念をぶちこわす世紀末だったわけ」

淡《あわ》いオレンジ色をしたお店のナプキンで、ひらりと口もとをぬぐってから、彼女は言葉を続けた。

「……本のページにすると、かなり短い劇なのよ。でも、それは一番かんじんの部分、サロメが首をもらい受けるために、ヘロデ王の前で誘惑《ゆうわく》の踊《おど》りを踊るシーンが『(サロメは七つのヴェールの踊りを踊る)』の一行ですませてあるからなの。やりようはたくさんあるのだと思う。私、やってみたいのよ、王女サロメを」

私は息を吸いこんだ。

「それは、この前近衛さんが言っていた、チアガールの応援団——女の子にしかできない演技をする応援団と、同じ発想からきている?」

有理さんはちょっと目を見開いた。

「あら、そんなことを言ったっけ……そういえばそうだったかもね。うん、そうなのかもしれない。上田さんって、ものすごくもの覚えがいいのね」

ものすごく印象的だったから、忘れられなかったのだけど、近衛有理さんにとっては気軽な発言だったようだ。私はいすの背にもたれた。

「舞台上でやっちゃうなら、文句をいう筋はないよね。でも『サロメ』がやりたいって、近衛さんって、やっぱり勇気のある人だなあ」

大胆《だいたん》だと感心せずにはいられない。王女サロメはたしか、「口づけさせておくれ」と何度も何度も言って、しまいには斬《き》られたヨカナーンの首に口づけをするのだ。それを全校生徒の前で、全面公開でやっちゃうのかな。お芝居だけど……それにしても。

私の考えを見透《みす》かしたように、彼女は小さく笑った。

「ひんしゅくを買うと思う？　もしこのお芝居が上演されるとして、みだらだから見たくないと言う人がいたら、それは偽善だと思わない？」

「それはもちろん……見たいと思う」

「偽善がいっぱい。いろいろな意味で、偽善がいっぱいな上に成り立っている場所よ――この学校は」

いくらかものうく有理さんは言った。彼女が何を思っているのか、私にはわからない。けれども、そのつぶやきは漠然《ばくぜん》としたものごとに向けられているわけではなく、具体的な標的があるように感じられた。

「生徒会も偽善だって、そう言いたいんじゃないの？」

水を向けるように言ってみると、有理さんは急にいたずらっぽい顔になった。

「上田さん、オスカー・ワイルドはゲイだったたって、知っている？」

「えっ、知らない」

「妻子はいるのにゲイだったたって。つまり、両刀づかいと呼ばれるやつ？」

ふってわいた話に、まばたきしかできなかった。楽しげに彼女は続けた。

「文庫の解説にさえ書いてあるから、読んでみて。そういう人が『サロメ』を書いたって、おかしくて、うがった見方をしたくなるよ。問題はサロメのヨカナーンへの執着《しゅうちゃく》ではなくて、サロメに迷って自殺した隊長と小姓《こしょう》の関係にあるのでは、とかね」

私はこわごわ言った。

「オスカー・ワイルドって、『幸福な王子』を書いた人だよね？」

「そう、童話集がある」

「うーん……そうだったのか」

有理さんは、大きな黒目を輝《かがや》かせて私を見た。

「上田さんって、本が好きなのね。話をしていてわかるの。小さいころに本をよく読んだでしょう」

私はびっくりして、それから認めた。

「ええ、そう。かえって中学生以降のほうが読まなくなったと思う」

上手に話をかわされたような気がしたけれど、それからは延々、昔に読んだ本談義になった。

近衛有理さんは、本当にたくさんの本を読んでいた。私が小さいころに読んだ本のたいていは、有理さんもまた読んでいる。彼女と私が、同じような子ども時代のエピソードを語るなんて、なんとも不思議だった。

「……本当に同じような子ども。そうであっても、十年たてばこれだけ開きのある人間になっているのだから、わからないなあ」

思わず私がしみじみと言うと、有理さんは笑顔《えがお》のまま言った。

「それは、私のほうが一年分辛酸《しんさん》をなめているからよ。まっすぐに来た事例が上田さん。あなたのほうが幸せなの」

「私だって、思いっきり屈折《くっせつ》したことはたくさんあるよ」

「それでもね……」

少し考えて、彼女は髪《かみ》をゆすった。

「私があなたとちがうのはね……私は少し、攻撃的《こうげきてき》すぎるのかもしれない。でも、そのパワーを使って、全力で自分自身を攻撃してしまうよりは、外へ向かって発散したほうがずっとましで、まっとうな使い方だって、ようやくわかった気がするの」

有理さんには、どこか過激なところがある。それは私も感じていた。けれども彼女はそのことをしっかり自覚しているし、そこから逃《に》げずにいる。その態度が潔《いさぎよ》いし、私にとってはあこがれにもなるし、超然《ちょうぜん》として見えるのだと思った。

「近衛さん、好きな人いる？」

ぽろっとその言葉が出てしまった。中村夢乃には、こんなふうに聞いたためしがないのに、どうしてなのかわからなかった。

有理さんは一瞬《いっしゅん》探るような目をして、それから、きちんと応じようと決めたように座りなおした。

「私にはいる……現在つきあってはいないけれど。上田さん、なにか好きな人のことで悩《なや》んでいるの？」

しばらくためらってから、私は口を開いた。

「……すごく変だと思うかもしれないけれど。私、どこにもいない人が好きなのかもしれない……」

有理さんは表情を変えずに、頭をかたむけた。

「もう少し、くわしく教えて？」

「夢に見たとしか言えない人が、ずっと好きなの。それで、どうやら、ふつうに学校の男の子とつきあえないのかなと、このごろになって思えてきて……」

これは、だれにも絶対に語るまいと思っていた話だった。こんな極端《きょくたん》な話を、ありがちな恋愛《れんあい》相談を期待している人に話したら、ふつうはあきれかえって、たいした変人だととられるに決まっている。

けれども、私がひそかに隠《かく》しもっている、この通常値に収まらない過剰《かじょう》な部分が、近衛有理さんの個性にひきあうものを感じたのだと、本当は勘《かん》でわかっていたのかもしれなかった。

私はとうとう打ち明け話をしていた。

中学三年生のとき失恋して、その後、夢のなかで別世界へ行ったとしか思えないような体験をしたこと。とても長い夢を見たような気がするのに、細部は時とともにどんどん薄《うす》れてしまい、今ではわずかなシーンしか思い出せないこと。

夢のなかで出会ったその人の風貌《ふうぼう》も、ぼんやりしたものになってしまったけれど、背の高い日に焼けた人で、私を残して帆船《はんせん》で海へ出ていってしまったこと。

「……私はその人の恋人《こいびと》でもなんでもなくて、それどころか、何ごとにも当事者にならない脇役《わきやく》だったのだけど。それ以来かな……なんだか、男の子にさそわれても、いつでも当事者になった気がしないの。困ったなあと思うけど、どうしたらいいかわからなくて」

言葉がとぎれ、私は自分がしゃべったことに後悔《こうかい》するかどうかを計りかねて、しばらく待った。口に出してはならないことだったかもしれない……猟師《りょうし》の女房《にょうぼう》だった「雪女」が去っていったように、心の内から外にもらしただけで壊《こわ》れてしまうものごとも、きっと世の中にはあるのだ。

有理さんは、ゆっくりと息を吐《は》いた。

「いい話だね」

「いい話？」

「うらやましい、そういうの。文句のつけようのない自分一人のヒーローがいるのね。タレントでもミュージシャンでもスポーツマンでもなく。そういう大事な人が、ふつうは一人で見つけられないから、肩代《かたが》わりする芸能人に需要《じゅよう》があるんじゃないかな」

「でも、まともじゃないと思うでしょう」

「恋愛なんて個人的な体験なのに、どれがまともかだれにわかるの？　私だって、好きな人のことがどうして好きかは、きっと他人と合わないよ」

「近衛さんの好きな人は、現実にいるからいいと思う」

私はため息をついた。

「この一点だけ、私は非現実なの。他《ほか》の部分はかなりばっちり現実家だから、さそわれたときに、どこにもいない人のためにことわる理由が思いつかなくて……」

「なあんだ。さそわれてことわりきれないって、ただたんにそれが問題なのね」

彼女があっさり言ったので、私は困って見つめた。

「そういう問題じゃないと思うけれど」
「いいえ、そういう問題よ。あなたね、さっさとふっちゃいなさい。本当はわかっているくせに引き延ばすから、ことがまずくなるのよ」

有理さんと話しこむあまり、店を出てから、さらにファーストフード店に腰《こし》かけて続きをしゃべってしまった。気がついたら四時近くになっていて、夢乃に言いおいたことはうそになってしまった。

彼女と別れてから、いくぶん後ろめたかったけれど、学校に足を向けずにこのまま帰ることにした。頭のなかがいっぱいだったので、言い訳を考えることすらめんどうだったのだ。

近衛有理さんは不思議な人だ――特に私にとって――と、この日はしみじみ考えた。彼女はいつも、どういうわけか、私を執行部《しっこうぶ》から引き離《はな》す力を発揮する。彼女のパワフルな口調は、執行部内の細かなことでうじうじ考えている私のちっぽけさを、きれいに突《つ》き抜《ぬ》けてしまうように感じられる。

駅へ行く前に書店に寄って、私は「サロメ」の文庫本を買いもとめた。手元において、この夏にしっかり読んでみようと考えたのだった。

四

八月に入ってすぐの花火見物。執行部仲間は七人も八人も集まることになって、ちょっと団体ツアーのおもむきがあったが、私も結局ずるずると加わっていた。自宅から直接くる人がいるということで、待ち合わせは現地駅の改札になった。

学校より三つほど手前の駅だから、私も家から出かけることにした。それで、着ていくものにはさんざん迷ったのだが、ついには水色のすとんとしたワンピースを選んだ。浴衣《ゆかた》で女の子をアピールするには、どうしても気のひける顔ぶれだし、だからといって、ふだんのスタイルでは自分があまりにつまらないという、私なりに考え抜いた妥協《だきょう》案なのだ。

駅の改札口を出てみると、学校から来たメンバーがもうかたまって立っていた。鳴海会長、中村夢乃、田中クン、八木クンが見えた。

夢乃はやっぱり、Tシャツとジーパンだった。何よりもそれが似合うのだから、言うべきことは何もない。すらりとした姿で雑踏《ざっとう》に立っていると、そのことがなおさらよくわかる。

けれども意外だったのは、鳴海クンたち男の子が、ラフな私服でTPOをわきまえていることだった。八木クンのアロハっぽいシャツには、コメントを控《ひか》えたいけれど。

「おお、上田サン、助かるよ。これでヤローばかりと哀《あわ》れまれずにすむ」

田中クンが言い、夢乃にこぶしでどつかれた。

花火会場へ流れる人通りには、親子づれもグループもいて、浴衣の女の子同士など目にも華《はな》やかだったが、やっぱりカップルが一番目につくのだった。みんな横目でそれをながめていたと思うとおかしくなる。

加藤クンが合流し、木戸クンも続いてやってきた。そろそろ全員そろったかなと思っているところへ、「ウッス」というあいさつがそぐわない声でなされた。

「あれっ、みんなどうして、浴衣着ないの？」

一同、江藤夏郎にたまげて目をみはってから、たまらず大笑いになった。浴衣に下駄《げた》をはいた彼が、砂ネズミのようにきょとんとした顔で立っているのだった。

「くそー、姉貴にいっぱいくわされた。花火を見に行くなら、男も女も浴衣を着なければいけないって、力ずくで言い張ったんだぜ」

――やっぱりお姉さんがいたんだと、私は一人で納得《なっとく》した。彼の自宅は、私が南の通学圏《けん》ぎりぎりなのと反対に、学区の北のぎりぎりにあり、かなり山のほうだと聞くけれど、それにしてもどういう家？

「かわいそうに。おまえ、家でもけっこう遊ばれているのな……」

「でもさあ、男ものの着物でよかったじゃないか。金魚柄《がら》とか着せられなくて」

「いやあ、金魚柄を着てきたら、おれたち自慢《じまん》して練り歩くのにな」

なぐさめとは思えない言葉を、さんざんに浴びせられた江藤クンは憤然《ふんぜん》とした。

「うるさい。さっさと行って場所とりするぞ」

ぷりぷりして先に行ってしまう江藤夏郎。

でも、外またでがしがし歩いているわりに、彼の和装は板についているように見えた。剣道《けんどう》を習っていることと、何か関係があるのだろうか。お姉さんの名誉《めいよ》のために言えば、男性の浴衣姿もちらほら見かけられ、彼一人というわけではなかった。ただ、私たちがまったくそういう集団でなかっただけなのだ。

「いやー、小太郎ってユニーク。私、見なおしたかも」

夢乃がけっこうまじめに感心している。

「あいつって、あれで、旧家の坊《ぼっ》ちゃんなんだよ。家へ遊びに行ったやつがびっくりしていた」

「山がせまっているしね。東京都に見えなかったってさ」

「天狗《てんぐ》に剣道習ったとか、そういうふんいきだよな」

「それ、牛若丸《うしわかまる》だろ。ＥＦの演劇コンクール、夏郎主役でそれにすりゃよかったのによ」

後ろの私たちは、言いたいほうだいなことを言いながら固まって歩き出していた。

私と加藤クンは、なんとなく意識してわざと並ばない。こういうときに、個人的な話をする様子を見せるのは、どこかルール違反《いはん》な気がしてしまうからだ。鳴海会長と夢乃はいつだって、人前では二人きりで話しこむ様子を見せない。

人の流れにのってしばらく歩いてから、たった一人で先頭をきっていた江藤夏郎は、怒《いか》りが冷めた様子で体ごとふりむいた。

「おれ、おひいさんといっしょに歩く」

彼の宣言に、みんながびっくりした。

「なんだよなんだよ。そんなワガママがゆるされると思ってるのか」

「ゆるされる。浴衣を着ているのはおれ一人だ」

うってかわって胸をはり、彼はきっぱりと言った。

「浴衣を着た男は全員、女の子と歩いているぞ。このなかで、おれと並んで歩けるのはおひいさんだけだから、いっしょに歩く」

うーん、形勢不利を逆手にとるやつだったのか。

「おい加藤、なんとか言ってやれ」

「……小さい子にはかないません」

「残念でした。今日のおれはあげ底をはいている」

江藤クンは言い返している。私も、あげ底なんですけど。かかとのあるサンダルをはいてきたもの。

「上田サン、悪いけれど、お子様の引率《いんそつ》してやって」

「そうそう、迷子《まいご》のアナウンスは恥《は》ずかしいものな。『浴衣を着た十六歳くらいのお子様が……』っての、引き取りに行けないぜ」

私も日ごろのお返しに、なにかしら痛烈《つうれつ》なことを言ってやってもよかったのだけど、すんなり並んだ彼が笑っているのを見たら、阻止《そし》する気が失《う》せた。

私たちの後ろから、やっかみ混じりの声がかかる。

「コラ、夏郎。調子にのって手なんかつないだら、後ろからケリ入れるからな」

「へーんだ。蹴《け》られるか」

まったくもって……小太郎。

(これで、キツネのお面を頭にかぶせたら、まんま座敷《ざしき》わらし……)

そう考えたら、あまりにはまっているので、一人で吹《ふ》いてしまった。

江藤クンはめずらしそうに私を見た。

「その水色の、浴衣だったらよかったのに。二人で大いばりできたんだぜ」

「あなた、私のことときらいじゃなかったの?」

「なんで?」

聞き返されて、私はつんとした。

「ずいぶんいろいろ言ってくれたじゃないの」

「わっかんねー」

やっぱり会話が成り立たないかと考えていると、ふいに彼が言った。

「おれ、思ったことは全部その場で言っちまうけれど、きらいなやつってめったにつくらないよ」

「ひとが不愉快《ふゆかい》になることは言わないのが、社会の常識でしょう」

「社会じゃないもん、学校だろ」

「学校だって社会です」

「ちがうよ」

断言するので、私はびっくりした。

「ちがうはずないじゃない。人が集まれば社会になるのよ。どんなところでも」

「おんなじだったら、学校にかよう意味がないだろ。本音を言わなきゃ。おれたちが学生でなくなって、本音を言ったらたたきつぶされる場所へ行く前に」

もう一度びっくりして、私は隣《となり》を見やった。江藤夏郎はあいかわらず、座敷わらしにしか見えない外見をしている。気のない声で彼は言った。

「知章はさ、そういうことをすぐ忘れちまうやつなんだよ。だから、おれが言ってやってんの。役割分担？　適材適所？　なんか、そういうものなんだろうな」

後ろの彼らには聞こえていないことを確認したうえで、私は用心深く言った。

「鳴海クンって、大人だよね。何を考えているか私などにはわからない。でも、これだけは言えるけれど、キミと鳴海クンとはぜんぜんちがうよ」

彼はあっさり認めた。

「まーねー。おれには、中村夢乃の取り扱《あつか》いはできねえもん」

あまりに正直なので、いけないと思いつつ、私はまた吹いてしまった。

「……おひいさんって、けっこう笑うね」

「取り扱いって、ふつう言う？」

「だって、あいつ、扱いにくいだろ。おだててもけなしても効果ないし、顔で笑ってばっさり斬《き》られそうな気がするし」

中村夢乃の評価としては、興味深いかもしれないと思う。私などからは、見えてこない側面だ。

「鳴海クンって、彼女を女の子扱いしないけれど、基本のところではわかっていて、それが伝わるから、そこがいいんだと思うよ」

「うわー、誉《ほ》め誉め。知章って、本当に女子に誉められるやつよのう」

「見習えばいいのに」

「ばかいえ。知章が二人も三人も四人もいたらどうするんだよ。日本沈没《ちんぼつ》だぞ、それじゃあ」

私は今度も笑ってしまった。

「ドンは一人でいいって話なの？」

「女にはわからないって話だよ」

「あっ、差別した。金魚柄が着られる人に、差別されたくない」

これは後知恵《あとぢえ》だけど、どうやら江藤クンと私は、後ろからとても楽しく談笑しているように見られたようだった。だれにとっても意外だったようで、私にとっても意外だったのだが。

その結果、しめしあわせた執行部《しっこうぶ》は、花火の打ち上げが始まるころ、江藤夏郎をひっぱり寄せて、総勢で私と加藤クンのそばから姿をくらますはこびとなったようだった。

最初にはじける、どぉん――パラパラという音が聞こえてからは、点火した花火が宙を切り裂《さ》いてのぼる、笛のような音色も聞き分けられるようになった。

いつのまにか、空はもうすっかり暗い。気がつけば土手のこのあたりは、立錐《りっすい》の余地もない人だかりだった。もうこのまま、花火の打ち上げが終わるまでは、身動きをする余裕《よゆう》はどこにもないだろう。

真円のかたちに広がる赤。それから、緑。もう一つ、赤。続いては、小さな花がいくつも重なる連続花火。それから、乱れ咲《ざ》きの菊《きく》のような花火——私はこれがけっこう好きだ。白熱灯の色した人魂《ひとだま》が、自分の居場所を探しているように見える。

空に見入っていた私は、ふりかえって、加藤クンの向こうにだれの顔も見えないことを、ようやくさとった。やられたな、と思ったけれど、あせったわけではなかった。いつかはこういう時がくることを、覚悟《かくご》していたのだから。

「お茶、のむ?」

加藤クンは、手にもっていたコンビニのビニール袋《ぶくろ》をもちあげた。私はうなずいて、麦茶を見つけてキャップをひねった。

「これこれ。日本の夏」

「麦茶が好きなんだ」

「ウーロンよりはね」

「和風が似合うよな、上田サンは」

「ううん。たぶんちがうよ」

広がる花火を見ずに、私は加藤クンを見た。

「見かけと中身がものすごくちがう人って、どこかにはいると思うけれど、私はたぶんその一人だと思う。加藤クン、古典的でかわいい女の子が好きでしょう?」

「え?……いや……おれは、べつに……」

真円のかたちに広がる赤。それから、緑。もう一つ、赤。続いては、小さな花がいくつも重なる連続花火。

有理さんが、自分を攻撃《こうげき》せずに外へ出すと言っていたことを思い出す。それを聞いて、私も決心がついたのだ。よけいなことをあれこれ考えずに、自分の気持ちは自分の気持ちとして外へ出そうと思ったのだ。

「私ね、加藤クンがくれたいろいろなものが好きだなと思う。こういう友だちでいられるのが、一番すてきだって。でも、他《ほか》のだれともおつきあいしようと思わないから、私はそういう変わった人間だと、そんなふうに思ってくれないかな。正直に言うと、自分を女の子だって考えるのが得意じゃないの。中村夢乃みたいに、外見も中身もすべてそれがふさわしい人間じゃないことは、よくわかっているつもりだけど、やっぱり、そうなっちゃうみたいなの」

加藤クンはしばらく何も言わなかった。ペットボトルに口をつけて、何か話し出すと思いきや、やっぱり沈黙《ちんもく》が続いた。

「……怒《おこ》った?」

彼は首をふった。

「……なんとなく、わかっていたと思うんだ。もちろん、聞くまでは期待もあったけれど、こうなると、やっぱりわかっていたような気がする。上田サンが執行部へくるの、おれのせいじゃないって、そういう気がしたからな……」

「ごめんね」

どう言っていいかわからずに、それしか言えなかった。

「あやまることじゃないよ。いっしょに何かができるのは、それでもうれしいと思えるし、これからも……って思うし」

しばらくためらってから、加藤クンはたずねた。

「上田サンが好きなのは、やっぱり、鳴海？」

私は目をまるくした。

「どうして？　鳴海クンにはれっきとした――」

「中村のことは知っているよ。でも、好きになるってことは、そういう問題じゃないだろう？」

今度は私が何も言えなくなる番だった。

まさか加藤クンが、そんなふうに切りかえすとは思ってもみなかったのだ。私のこと、そう怪《あや》しんで、ずっと懸念《けねん》しながら顔をあわせていたとでもいうのだろうか。

けれども、一番思ってもみなかったのは、加藤クンに言われて、事実無根だととっさに口にできない自分だった。驚《おどろ》いた。

言いきれないということを、初めて自分でも意識した。

中村夢乃とこの私はちがっていると、何度も何度も自分に言い聞かせたことの根底にあるものは、本当のところはそういうものだったのだろうか。

「上田サンの目が知章を追うの、気がついたことがあるよ。でも、知章はやめておいたほうがいいな。すごく不毛だから、やめておいたほうがいいよ」

真円のかたちに広がる赤。それから、緑。もう一つ、赤。続いては、小さな花がいくつも重なる連続花火。

乱れ咲きの菊のような花火は、めったに上がらない。私はあれが好きなのに──居場所を探してさまよう魂《たましい》の一つは、私自身のような気がするのに。

私は考えめぐらせていた。私の夢の中の人物は、たしかに、とても背が高かった。それくらいしか、鳴海クンにあの人を重ねる理由は思いつかない。

とはいえ、いろいろな垣根《かきね》をとっぱらったうえで、もう一度考えてみると、私が執行部にいようとした大きな理由が、鳴海会長の存在にあることはたしかだった。夢乃の彼氏だと、最初から思いこもうとした鳴海クン──

「好きじゃないと思う……加藤クンが言っているようには思っていないよ。つきあいたいとは考えたことがなかった」

私は慎重《しんちょう》に言った。今までそうだったことはうそじゃない。ただ、気づいてしまったこの先、自分がどう変わっていくのかが自分にもわからないだけだ。

「……でも、気にはなっているかもしれない。鳴海クンを信奉《しんぽう》することができなくては、彼という人にひかれるものがなくては、執行部にはいられないものじゃない？」

加藤クンはため息をついた。

「あーあ、そうなんだよな。男女がいっしょにいると、やっぱりややこしくなっちまうな。知章はいいやつだって、ヤローが言えばうれしいのに、上田サンが言うとすごく複雑な気分になっちまうって、どうしたものだろうな」

「やっぱり、私、執行部にいないほうがいいかな……」

ついに私は口にした。加藤クンに気持ちをはっきり告げようと決意したときから、そうなる覚悟はできていた。

「上田サン、やめちゃう気？」

「だって。もともと私は、加藤クンやドリちゃんにさそわれて入っただけだもの。二人と仲よくできなくなったら、もう、いる理由がなくなっちゃうし……」

「そんなことないよ」

「生徒会には女子がほとんど入らないわけが、今初めてよくわかった気がする。女子がいると、結束がややこしくなるってことでしょう。私も、そんなふうにしたくないし……」

夢乃のようなキャラクターでなくては、仲間になれないって、最初からなんとなくわかっていた気がする……そのことを今ここで突《つ》きつけられるのは、あまりに痛いので、私は逃《に》げだしたほうがましだった。

少し間をおいてから、加藤クンは言った。

「そういうのはいやだな。上田サンがそう言うのは……ものすごく、不本意だという気がする。男だから女だからって、排除《はいじょ》する何かがあるはずはないのに」

「でも、現に、そういうことじゃない？」

加藤クンはしばらく黙《だま》っていた。その間に何発もの花火の打ち上げが響《ひび》いた。

「……今までどおりが、一番いいってことだよね」

ついに結論が出たように、加藤クンはそう言った。

「今すぐ何かをどうしたいって、そういう問題じゃないんだ。上田サンのファンだってこと、わかってもらえたらそれだけでいい気がする。おれたち、まだまだ……うん、仲間ってどういうものか、よくわかっていないし、本当はそれが大事なのかもしれないしね。でも、おれ、同性の友人と上田サンとでは話が別なんだ。それはうそじゃないんだ」

「……何が別なのだと思う？　私に自信がないのはそこなのだけど」

これは、私の切実な問いだった。加藤クンの好意をかさにきてのセリフではなかった。

私は、夢乃のようになれない理由をぜひとも知りたかったのだ。でも、加藤クンに聞くのは、筋ちがいだったかもしれなかった。

「えっと……さわりたいとか……そういうところがちがうかも」

彼は口のなかで言い、私がぎょっとするのを見て、思いっきり否定した。

「あっ、今のはなし。絶対に何もしないよ。上田サンに執行部《しっこうぶ》にいてもらったほうがずっといい。女子だから仲間になれないと思われるよりはずっといい」

私はすごく困る。困るけれど、加藤クンは正直だ——その一点には敬服できた。触《ふ》れてみたいって、恋愛《れんあい》の一番正直で原初にある本能だと思う。

私にも触れてみたい人がいるのだ……

「おれ、上田サンが執行部にいてくれるなら、このままでいいよ」

「いいの……本当に？」

「うん。上田サンは中村の友人で、おれは知章の友人で、それで毎日はけっこうおもしろいんじゃないかな」

私は夜空を仰《あお》いだ。それは私の花火にはならないだろう……私が打ち上げたものにはならないだろうと、そう思った。けれども、世の中はそうしたものかもしれなかった。花火を上げられる人と、上げたくても上げられない人、両方がいるのだ。

「そうかもね……」

「これも縁《えん》だと思って、これからもいっしょに仕事しようよ。鳴海知章は、近年まれなくらい優秀《ゆうしゅう》な生徒会長だよ」

「そうね」

同意して、私はその居心地《いごこち》のよさに驚いた。むずかしいゲームを最短でクリアしたような、そんな気分がした。少なくとも私にとっては、これは一つの終わりであり始まりとなるできごとだった。

二時間近く続いた花火が終わって、群衆が動きだし、私たちは少しばかりわざとらしく残りの仲間に再会した。

かすかにあった気まずさも、たてつづけに冗談《じょうだん》が飛び交《か》ったために、あっというまに溶《と》けてしまった。加藤クンはまったくそれまでと変わらない陽気さで、私は、彼をはじめて男らしいと思った。

来るときには目をくれるひまのなかった、道ばたの屋台のタコ焼きや焼きソバが気にかかる。こういう食べ物は、味に文句をつける余地なく、おおぜいでパクついてしまうのが正しくおいしい食べ方だ。

全員にいきわたるように買ったはずなのに、なぜか熾烈《しれつ》な戦いとなるタコ焼きを奪《うば》い合い、さわぎたてて食べている最中だった。なにごとにも目ざとい八木クンが、まず一番に気がついた。

「うっわー、すっごい。浴衣美人《ゆかた》」

私たちがたむろしていた場所とは、道の反対側の屋台のならびだった。浴衣のカップルとおぼしき二人がいて、よく見ると女性のほうは近衛有理さんだった。

紺地《こんじ》に白く模様を抜《ぬ》いた浴衣に、朱赤《しゅせき》の帯を胸高《むなだか》にしめ、髪《かみ》はくずれそうな緩《ゆる》いお団子に結《ゆ》っている。すんなりした手に巾着《きんちゃく》を下げ、笑顔《えがお》でしきりに隣《となり》の相手に話しかけていた。

私が、八木クンと同じくらいぼんやり見とれていると、夢乃がわきから突っついた。

「ねえ、あれ、だれ。近衛さんの彼氏？」

「あの人……ヨカナーンだよ」

「なにそれ」

二ＡＨの脚本《きゃくほん》が「サロメ」に決定したことも、王女サロメの相手役とも言うべき預言者の役に、Ｈ組の桑原誠《くわはらまこと》が抜擢《ばってき》されたことも、私は聞き知っていた。

こうして見ると、背のつりあいといい、なかなか絵になるお二人だ。けれども、有理さんの口から、彼が彼女の意中の人だと匂《にお》わせる言葉は聞いたことがなかった。

睦《むつ》まじげな二人は、なかなか焼けないお好み焼きを待っている様子だった。有理さんが、こちらの集団に気づいていないのか、気づいていながら知らないふりをしているのかは、さっぱりわからなかった。

「食べたら行くぞ、やくざども」

鳴海クンがすっと足をふみだした。彼は私をふりかえって、少し笑《え》みを浮《う》かべた。

「おれたち、どこか一軒《いっけん》、カラオケでも行くけれど、上田サンはどうする?」

「私……今日はこれで帰る」

「うん。それなら今度、いつかはつきあってね」

とてもさりげない口調だったけれど、私は鳴海クンの表情がどことなく硬《かた》いと思った。

とっさに思ったのは、H組のカップルを彼も目にしての反応だというものだったが、これは、私が自分の心情にひきつけて考えすぎなのかもしれなかった。

まったくそれには関係なく、加藤クンと私のいきさつをうすうす察してのものだということも、おおいにあり得ることだったので、私は見極《みきわ》めようなどと思ってはならず、早めに退散することにした。

第三章　月の諸相

一

「キョウハク状？」

十日ほど学校を離《はな》れて、その間に家族旅行など行って（私は、弟が一人いる四人家族なのだが、来年は私が高三、保《たもつ》が中三だから、これが最後の機会だと説き伏《ふ》せられた……）、久しぶりに執行部メンバーと顔を合わせたら、なんだか大変なことになっていた。

八月十五日に、生徒会執行部あての匿名《とくめい》手紙が届いていた。封筒《ふうとう》に切手はなく、学校のポストに直接入れられたものらしい。

「笑えるほど古典的な脅迫状《きょうはくじょう》だよ。新聞の活字を貼《は》ったやつ。今どきやるのかね、こんなこと――」

加藤クンはそう言って、私に手紙をまわした。レポート用紙がただ一枚。ごわごわしているのはのり付けのせいだ。半分に折ってあるのを開くと、一字ずつ切り取った新聞の見出しの文字が、不ぞろいなまま並べて貼りつけてあった。

「わっ、初めて見た、こういう本物……読みにくいね」

私は今一つ反応が鈍《にぶ》かった。

「だろ？　昔だったら、筆跡《ひっせき》とかタイプライターのくせとか、ごまかす手段だったかもしれないけれど、封筒の宛名《あてな》はあっさりワープロですませているんだぜ。こんなに手間ひまかけて」

「キャンバス用の古新聞やのりが、学校に山ほどあるものね……」

「でも、ちゃめっ気を出したいたずらにしては、ユーモアのない文章なんだよ」

本当にそうだった。

読みづらい文章は、こうつづってあった。

生と会しつ行部に告グ
たつ高さいは今年デっブれる　死者　負傷者がでる
お前たチのせいだ　せきにンのがレをするな

何度も読み返して、ようやく背筋がぞくりとした。これがワープロの手紙だったら、同じくらいあくどくても、こんなふうには感じないだろう。

この手紙を作成するために、作り手が新聞をひろげ、切り取った文字を並べ、何度も何度も紙にさわったことを考えると、手にもっていることさえ気味が悪くなってきた。その時間のかけかたに、なにか偏執的《へんしつてき》なものがある。

あわてて加藤クンに返すと、彼は夢乃にまわした。夢乃はちらりと目をくれただけで、すぐに鳴海クンにまわした。鳴海会長は江藤クンにわたした。江藤クンは私と同じくらい、感心していつまでもながめていた。

「ふーん……こいつが怪人《かいじん》Kってこと？」

「そうかもしれないし、そうじゃないかもしれない。ただの悪ふざけかもしれないけれど……」

鳴海クンは言葉を切って、ふうっと息を吐《は》いた。

「まいったな。今年になってから『ただの悪ふざけかも……』と言ってばかりなのはたしかだよ。この際、怪人Kという特定の人物がいて、一連にかかわっていると考えたほうがいいのかもしれない」

加藤クンが顔をしかめた。

「おれは最初から、おれたちに悪意をもつやつがいると思っていたよ。合唱祭のカッターのときからずっとだ」

　木戸クンが指摘《してき》した。

「合唱祭は、執行部《しっこうぶ》がこの体制になる前だろう。おれたちへの悪意とはちがうんじゃないの？」

「いいや、知章もおれも大輔も、合唱祭の運営に一枚かんでいたもの。特に知章がそうしていたのを、知らないやつなんていないんだし」

「……まあ、そういうことになるね。悪意をもたれているのは、きっとおれ個人だな」

　鳴海クンは表情も変えずに言った。

「要するに、こいつの言う責任のがれをするなって、おれに会長を辞任しろって意味だろうね」

　彼のこんな発言を、冗談《じょうだん》にシフトさせずにおくことなどできない。さっそくだれかが茶化した。

「あっ、思いあたるふしがあると見たぞ。今のうちにざんげしろよ。また女の子を泣かせたんだろう」

「ほらほら、もてない男の恨《うら》みは根が深いぜー」

　会長は苦笑いのように少し笑った。

「なに言ってんだよ。女子にもてているのは、おれじゃなくて、文化祭実行委員長。この前なんか、演コン関係の女子が宮崎《みやざき》にむらがり寄っていたぞ。あいつが『正義の味方』で、おれは悪役だと思われている」

生徒会執行部と文化祭実行委員会の確執《かくしつ》は、はやくも表面化しはじめていた。例年のことのようなのだが、辰高祭の改革やら、たいていは拡張の方向を打ち出す文化祭実行委と、予算面やら学校側との折衝《せっしょう》やらで、たいていは抑制《よくせい》にまわる執行部とでは、立場上正反対であって、険悪にならずにすむものではなかったのだ。

それに、祭りが終わるまでは、文化祭実行委員長が生徒会長以上に采配《さいはい》をふっているように見えるものであり、執行部としておもしろくないことも多いのだった。さらには、委員長の宮崎クンの茶髪《ちゃぱつ》を後ろで束ねたキャラクターが、それらを上ぬりしている感がある。

「怪人Kの目的が辰高祭をぶちこわすことなら、脅迫状は文化祭実行委に送りつけるのが本当じゃないか？」

一人が言い出し、私たちは顔を見合わせた。

「もしかしたら、実行委のほうにも届いているんじゃない？」

「聞いてみる？」

みんなでドアを見やったけれど、扉《とびら》の向こうはことりとも音がせず、だれもいないことが明らかだった。まだまだ夏休みで、人の出入りは不定期なのだ。

校舎内のほとんどの場所も、同じくひっそりしずまっている。それゆえよけいに、新聞を切り取った脅迫状の存在が忌《い》まわしく思えた。

「気になることだから、この際、宮崎に問い合わせてみるか……」

そう言って、鳴海会長はおもむろにポケットから携帯電話《けいたいでんわ》を取り出した。

「おおっ、大統領ホットラインみたい」

「この二人、ドアをなるべく開けたくないばかりに、番号教えあっているんだよ」

「ここそこに座って電話で会話しているのを、このあいだ本当に見かけたぜ」

さんざんに言われながら鳴海クンは通話をし、用件だけを短くやりとりして切った。

「……宮崎は知らないと言っている。怪人Kの攻撃《こうげき》は、やっぱり執行部に向けられたものらしいな」

「じつは犯人、宮崎信宏《のぶひろ》クンだったりして」

「いやいや、推理小説の場合だと、こいつだったらいいと思うやつはたいていがシロなんだよ」

「あっ、おれ、推理小説好き好き」

江藤クンが元気よく手をあげ、周囲から、無邪気《むじゃき》でいいなあという目で見られた。

「夏郎の場合、アニメか児童書のホームズだろう？」

「シャーロック・ホームズをばかにするものじゃないぜ」

「なら、怪人Kをつきとめたら認めてやるよ」

「その手紙、ルーペで見たら何がわかる？」

脅迫状は、まだ江藤クンが手にもっていた。けしかけられて、彼は何を言うかと思いきや、確信ありげに言ったのはごく当たり前のことだった。

「犯人は、この学校にいる人物」

「ばーか。そんなこと、だれにでもわかっているだろう」

「わかってないよ。パンにカッターが入っていたときは、外部のしわざも否定できないからって、小杉ちゃんも様子を見ると言ったんだろう。でも、これではっきりしたじゃないか」

江藤クンの言うことは、よく聞けばけっこう鋭《するど》かった。

「この学校のだれかが、悪意をもってイベント妨害《ぼうがい》をしようとしているって、この手紙を見たら言えるよ。何かそういう、性格の暗ーいやつがいるんだよ」

鳴海クンは真顔で彼を見た。

「夏郎は、カッターをしこんだやつとこの手紙の主が同じ人物だと言うんだな」

「だって、似ているじゃん。うじうじしたところがさ」

「だめだよ、探偵《たんてい》。ホームズが一番大事にしたのは物的証拠《ぶってきしょうこ》だ」

それからみんなで、あれこれとひとしきり言いあったが、手紙から何かを鑑定《かんてい》できるものではなかった。きのう今日の新聞とは限らないし、指紋《しもん》だって、もう全員のがついている。

けりをつけるように、鳴海会長が言った。

「この手紙については、小杉ちゃんに伏《ふ》せておくことにする。何かが起きたわけじゃないし、また、起こしてもらっては困るんだ。生徒のだれかを疑うのは不愉快《ふゆかい》だけど、つきとめなくてはならないとも思う。おれたちにできることを考えよう」

「これ、私らを振《ふ》り回すことが一番の目的じゃないの？」

夢乃がすねたような声で言い出した。

「手口が陰湿《いんしつ》だもの。自分はぜったいに矢おもてに立たない。私たちがあたふたすれば、それをおもしろがるに決まっている」

「言えるかもしれないけれど、見なかったですますには不穏《ふおん》だよ……」

鳴海クンは手を組んで考えこんだ。

「……こうして考えてみると、辰高祭のイベントって、事故の機会が山ほどあるものだね。キャンバスのやぐら組みばかりでなく、その前の演劇コンクールだって、どたん場の大道具作りでは、みんなそうとう無茶なことをやっているだろう？」

「まあ、それでこその辰高祭だからね」

「小杉ちゃんたち教師は、毎年こんなふうにはらはらしていたのかな」

「やめておけよ、会長。老《ふ》けこんでるぞ。白髪《しらが》になっちまうぞ」

「この『死者負傷者』に、それほどの意味はないよ。新聞にあんまりよくのっている見出しだから、ついつい貼《は》っちまったってやつだよ」

結局、私たちにできることは、今まで以上に活動に目をくばって、不審《ふしん》なことが起きていないか注意することくらいだった。特別に何かを決議することなく、執行部の集まりはお開きになった。

じつを言うと私は、さっきの鳴海クンの電話にいまだにびっくりしていた。あまりに意外だったので、思わず言ってしまった。

「鳴海クンって、宮崎クンの番号を入れているんだ」

彼は、えっという顔をしてからほほえんだ。

「そんなに変?」

「きらいな人の番号って、いつも持って歩いたりできないものだもの。私だったらそう感じる。鳴海クンたちって、じつは仲が悪くないんだね」

「あはは、ヒーちゃんご明察。この二人、じつはアヤしい関係なの」

夢乃がわりこんできた。

「ばか、そりゃ問題発言だ」

「だって、そうだもん。思いっきり悪口が言える相手ができて、お互《たが》いにうれしくてたまらないって、そういう屈折《くっせつ》した愛情なの」

鳴海クンは憤慨《ふんがい》しようとしたが、笑ってしまっていた。

「何と言われようと、おれは宮崎を認めてやらないよ。あいつが委員長なら理論武装をおしまない。目立つところだけ取ればいいってやつだから」

「ほら、うれしそうでしょう」

「わかった。けんか友だちってやつね」

「『並び立たず』と言ってくれよ」

なんとなく思ったのは、鳴海会長も宮崎委員長も、小さいころからお利口さんで通ってしまい、だれかをクソミソにやっつけることには抵抗《ていこう》があるのだということだった。正面きったけんかには、それなりのポジションが必要なのだろう。生徒会長VS.実行委員長は、気がねなくけなしあう幸福なポジションということか。

一人で納得《なっとく》していると、鳴海クンが私の意表をついた。

「上田サン、なんなら、おれの携帯《けいたい》番号教えようか？」

「えっ……」

「おれだって、宮崎の番号を持って歩くより、上田サンのほうがずっとうれしいよ」

喜ぶべきことなのに、私は一瞬《いっしゅん》ためらった。

鳴海クンの携帯番号をもらって、いつでもどこでも話ができるようになったらと思うとどきどきする。けれども、ある晩、夜中にありがちのすっごく偏《かたよ》った気分におちいったときに、魔《ま》がさしてコールを押してしまうかもしれない。

翌日死ぬほど後悔《こうかい》するような、夢乃と顔を合わせられないような、そんな言葉を簡単に吐《は》いてしまうかもしれない……

私ときたら、よせばいいのに、一瞬のうちにそこまで想像してしまった。

「ええと……どうしよう」

鳴海クンは笑いだした。

「やっぱりガードが固いなあ。上田サンって、夏郎がおひい様と呼ぶのも、それほどまちがいじゃないよね」

彼が私をそんなふうにからかったのは、これが初めてだった。ちょっとかなり複雑な気分だ……

学校へ来なかったこの十日ほど、私はよく鳴海クンのことを考えていた。家にいても、旅行先でも、寝《ね》るときでも、始終彼のことを考えてしまうのは、恋《こい》かもしれないと思ったりもした。

でも、加藤クンのことも何度も考えた。私は彼に言われたことが気になって、それで鳴海クンのことを考えているのかもしれない。それだけだと思ったりもした。

つまり、毎日気持ちに変動があって、自分にも確定したところがわからないのだ。

一つだけ言えることは、夢乃にむかって宣言する度胸は、私にはまだまったくないということだった。

私は自分が、今現在そこまで鳴海クンと対峙《たいじ》していないことをよく知っている。

執行部《しっこうぶ》室を出て、二人きりになってから、夢乃がふいに言った。

「あーあ、妬《や》けちゃうな」

思わずぎくりとしてしまう私。

「何のこと？」

「宮崎クンのこと」

夢乃はまるで気づかずに続けた。

「鳴海会長の口ぶり、聞いたでしょう。いがみあって喜んでいるって、なんだかゆるせなくない？　私がアヤしいと思っているのって本気だよ」

「ドリちゃん……アヤしいと言ってしまうと、もっと別の、いけない関係に聞こえるよ」

「聞こえてもいいもん」

私の独りよがりな気分は、さーと音をたてるほど急激に冷めた。

「……まさか……それって」

鳴海クンは女子にもてるけれど、夢乃との関係の淡泊《たんぱく》さからわかるように、女の子と目立ったつきあいをする人ではない。それよりは、同性の友人に囲まれていることのほうがずっと多いのだ。同性の——

「そうだとは言っていないよ」

私の顔を見て、夢乃は意地悪く言った。

「やめてよ、もう。けっこうシャレにならないものを感じた」

「そうでしょう。ヒーちゃんだって、そう感じとる部分があるということだよね」

夢乃にからかわれたと思ったが、そうではなく、彼女はゆううつそうに続けた。

「私ね、ときどき立ち入れないものを感じる。宮崎クンでさえ、結果的には鳴海会長をささえる役になっている、そういう構造を目にするとね。妬くといえば、私、小太郎にも妬けちゃうんだ。男の子って、どうしてあんなふうに、デコボコをうまく合わせてスクラムを組んでしまうんだろう……」

「ドリちゃんでも、そう思うことがあるんだ」

私は声に驚《おどろ》きをこめた。

「私からは、ドリちゃんはりっぱにスクラムの一員に見えるよ。女の子なのに執行部でそれができて、周りにもけむったく思わせないから、とにかくすごいと思っているよ」

「うん、ありがと」

少し間をおいて、彼女はつぶやくように言った。

「でもね、それだけじゃだめだと思うんだ。それだけじゃ……負けてしまう」

「宮崎クンに？」

「……ううん」

ため息をついてから、夢乃は言った。

「男子と同じ土俵で勝ち負けを言うのは、やっぱりまちがっているよね。私は私だってことを、見失うのはみっともない……私なりのやり方で、今はここにいるんだし。だから、私が負けたくないのは、女子ってことかもしれないな。私の中の女の子……」

夢乃が悩《なや》みをかかえていることが、それとなく伝わってきた。私が自分の気持ちにかまけている間に、夢乃は夢乃で何かの壁《かべ》にぶつかっているのだ。

けれども、彼女が具体的には打ち明けてくれないことも、同じ言葉のなかから察せられた。私は、相談相手として適任ではないのだ。だから、水を向ける言葉をかけるのも気がひけた。

（……このことで、私と夢乃は並び立てない。でも、共通に立ち向かえることだってあるはずだ……）

自分が焦点《しょうてん》をずらしたことを意識しながら、私は言った。

「私は、スクラムの外にいるかもしれないけれど、これだけは言える。怪人《かいじん》Ｋは私にとっても敵だよ。この前も今回も、卑怯《ひきょう》で本当にむかつく。これが同じ学校の人間だなんて、ゆるせないと思う」

「そうだね」

夢乃はうなずいた。

「取りおさえてスカッとしたいね」

「執行部全体を恨《うら》んでいると思う？　それとも、鳴海クンが言ったみたいに、個人攻撃《こうげき》なのかな」

「その区別は、あまり必要がないと思う。鳴海知章のパーソナリティがそのまま執行部だもの、この学校の執行部の場合」

夢乃は少し調子をとりもどし、考えてから言いなおした。

「……それとも、辰川高校生徒会長に一番はまっていたのが、たまたま鳴海知章のパーソナリティだったってことかな。この区別もあまり必要がないよね」

私はなんとなく変な気分になった。辰川高校に手ぐすねひいている古池があり、そこへポチャンと飛び込んだ鳴海クンという、妙《みょう》な想像をしたのだ。

「ねえ、鳴海クンって、中学校でも生徒会長だった？」

「当たりです」

「やっぱりね。そういう運命の男子っているよね。それで、ドリちゃんも生徒会役員だった？」

「はずれです。私はおとなしーい女の子だったのだ」

「こらこら、見え透《す》いたうそを言って」

笑い声をたてた夢乃に、思わずほっとする。彼女はやっぱり明るいのが似合う。だから、私は夢乃が顔をくもらすことは言いたくないのだと、そう思った。

夏休み中には、演劇コンクールのための講習会がいくつかある。やるからには徹底《てってい》してやる、辰高祭の気っぷでもって、プロの演劇関係者が学校に呼ばれ、演技のこつやメーキャップ方法などを伝授してもらうのだ。

こうして学校へ来てくれる人たちは、やっぱりOB、OGかそのつての人しかいない……謝礼など、なきに等しい微々《びび》たるものなのだから。合唱祭の審査員《しんさいん》もそうだけど、縦のつながりがささえている毎年の辰高祭なのだった。

それを言うなら、一年生全員参加だった夏の臨海教室には、二十名ほどもOB、OGがつきそって指導員のボランティアをしていた。二年の冬に行われるスキー教室も、きっと同じような様相のはずだ。この学校、卒業生の支援《しえん》なくしては何ごとも行えないかもしれない。

それだけに、生徒会の代表者には、翌年に無事に送りわたすための顔つなぎが必要だった。だれもそうしろとは言わないけれども、なんらかの来校者のいるときは、執行部のおもだった面々はちゃんと待機していた。

私は、そういう場面に駆《か》り出されなかったし、駆り出されたいとも思わなかったが、脅《きょう》迫状《はくじょう》を見てからは、そうそう知らん顔もできなくなってしまった。次の日、キャストを対象としたメーキャップ講習会があるのを知って、私も出かけていった。

そう言えば聞こえがいいけれど、じつは舞《ぶ》台《たい》用のメーキャップに、自分自身の興味があったからだった。

執行部に足をつっこんだりしなければ、私はきっと、今年の演劇コンクールスタッフに参加していただろうと思う。ただひたすらに新聞紙を貼《は》るだけのチーム貢献《こうけん》って、やっぱり冴《さ》えない気分なのだ。

執行部室をのぞいてみると、そこにたまっている人々はのんびりトランプをしていた。学校へ来てはいるものの、メーキャップ講習を受けるつもりはさらさらないようだ。私は一人で講習のある教室へ行き、後ろの隅《すみ》へそっとすべりこんだ。

講師は意外と年のいった、中年の男性だった（三十代だったらゴメンナサイ）。何年もこの講習へ来ているのか、じつに手ぎわのよい進め方で、効果的なかつらのつけ方やドーランのぬり方を説明し、男子生徒一人と女子生徒一人をモデルにして、その実演をしてみせる。

講義の中心は、「高校生をいかにして老《ふ》けさせるか」だった。考えてみれば、若者の配役は地でできるのだから、中高年の登場人物にこそ、本物のメーキャップが必要なのだ。

女性雑誌の化粧法《けしょう》にはぜったいに載《の》ってこないしろものだから、ひどくおもしろかった。

（……でも、メーキャップした人物がふつうに街角を歩いたら、一瞬《いっしゅん》でばれるにきまっている。シャーロック・ホームズみたいな変装は、やっぱり物語の中だけだな……）

老人用のメーキャップは、ほとんど歌舞伎《かぶき》の隈《くま》どりに近いものだ。舞台照明の下に立つ場合にのみ通用するのであり、近くからは見られたものではない。脅迫状と推理小説が頭にあったものだから、そんなことを考えてしまった。

脅迫というのは、やっぱり犯罪だと思う。一人の悪意の表明が、私の周りの世界をぬりかえてしまう。裏があり、正体をひそめ、すべてが目に見えるままではないものに変わってしまったような気がする。

いや、世界はもともとそういうもので、私が今まで、子どもっぽく単純におめでたかっただけなのか。

執行部《しっこうぶ》のみんなは、冗談《じょうだん》で終わらせてもそれほど気にやむことなく、悪意の一つや二つにはびくともしない様子だった。懸念《けねん》するべき問題も意見対立も、彼らにとってこればかりではないのだから、いつまでもかかずらっていられないというところだろう。忘れようとすれば、簡単に忘れられるようだった。

私も、執行部の空気を吸っているあいだは、本気でたいしたことじゃないと思うことができる。それなのに、一人離《はな》れてぼんやり考えているときに、ふいに不安が押しよせるときがあった。陽気な高校生のお祭りが、それだけに終わらなくなるような、冷たく不吉《ふきつ》な予感……たぶん、気が小さいのだろうな、私って。

リーダーとなる人物は、多数の人間の好意を集めるとともによけいな悪意も背負《しょ》いこむものであり、そのどちらにもタフになるのだと思うと、私にはなれそうになかった。そう考えて、さらにゆううつな思いにとらわれる。

メーキャップ講習は続き、今度はわれわれを西洋人に見せかける技術が披露《ひろう》されていた。もっとも、こちらは女の子ならばけっこう知識のあるものごとだった。目をぱっちりさせるとか、鼻を高く見せるとか。まあ、パテをつかってまで鼻を高くするひとは、通常はいないけれど。

講習が終わったら、いち早く教室を抜《ぬ》け出すつもりだったのだが、一、二秒長くぼんやりしていたところへ声をかけられてしまった。

「上田さん、どういう風《ふ》の吹き回し？」

近衛有理さんが、にこにこして立っていた。

「執行部メンバーもメーキャップをするつもり？」

私は照れ笑いでごまかした。

「……できるとおもしろいと思ったんだけど。ふだんにやれるものではなさそうだね」

「やあね。なに考えてるの」

有理さんはおかしそうに笑った。夏休みのあいだに、彼女はますます生気をましたように見えた。タンクトップの肩《かた》が小麦色になっている。海へ行ったのかな、だれとかな。

「せっかく会えたのだから、今日は私とお茶をつきあわない？　うちのチームは午前中みっちり稽古《けいこ》をつんだから、このあとは解散なの。そちらに仕事があるなら、私、待っているから」

演劇スタッフの手前、かなり遠慮《えんりょ》していたのだが、主演女優にてらいなく言われて心がはずんだ。私も、有理さんと話をしてみたかったのだ……あれから私は「サロメ」を旅行先にまでもっていって、念入りに読んだのだもの。ヨカナーンのセリフには、特に注意をはらって。

「とりたてて仕事があるわけじゃないの。三十分もあれば出られると思う。待っていてもらって、本当にいい？」

「もちろんよ。じゃあ、H組にいるから、終わったら声をかけてね」

三十分ともう少しかかったかもしれないけれど、私が二年H組へ顔を出すと、午後は稽古がないと言ったにもかかわらず、けっこう人々が残っていて、机に腰《こし》かけて話しこんでいた。

のぞきこんだ私はちょっとひるんだ。近衛有理さんがいるから、みんなが帰らなかったって、そんなふうに感じるふんいきだった。

辰川高校の男女比を逆転させたような、ほとんどは女子という面々だ。けれどもヨカナーン役の桑原クンはしっかり残っていて、有理さんの隣《となり》の位置を占《し》めていた。

長い手足をした、キツネ顔の男の子……足をもてあましたみたいにだらしなく腰かける様子に、預言者らしさはかけらもないが、ちょっとかっこいい男子であることはたしかだ。

彼は私に気がつくと、敵意に近い目つきでにらんだ——ような気がした。

「……」

AHチームの人々は、とたんにそれまでしていた話をとぎらせた。けれども、気まずい空気が広がるよりも早く、有理さんがひらりと座を離れ、明るい声で言った。

「あっ、来た来た。私、彼女を待っていたの。これで帰るね」

「彼女と？」

「そうよ。上田ひろみさんとデエト」

私は、自分が作り出した効果に、ちょっとびくついていた。

「めいわくじゃなかったの？」

「何を言っているの。さそったのは私のほうじゃないの」

廊下《ろうか》を歩きだす有理さんは、涼《すず》しい顔だ。

「あの人たち、ちょっとばかり了見《りょうけん》が狭《せま》いからいい薬よ」

「了見が狭いって？」

「いくつか執行部と意見が合わなかっただけ。たいしたことじゃないの」

私は、文化祭実行委員長の周りに演劇コンクール関係者がむらがっていたという、鳴海会長の話を思い出した。宮崎委員長が「正義の味方」だという話も。

「……あそこにいた人たち、全員キャスト？『サロメ』には、それほどたくさん女性の登場人物は出てこなかったと思うのに」

「あら、すごい。上田さんったら、内容がしっかり頭に入っているのね」

有理さんは、感心した目で私を見た。

「それは執行部の一員としてなの？」

「ううん、ただの個人的な興味」

「二ＡＨの『サロメ』はね、『七つのヴェールの踊《おど》り』をメインにすえることにしたの。サロメの他にも七人の侍女《じじょ》が群舞《ぐんぶ》する、ほとんど楽劇と呼べるものにしようと計画しているのよ」

彼女の癖《くせ》であるひらひらした手の動きをまじえながら、有理さんは語った。

「女の子が舞台でたくさん踊る演劇って、辰川高校のなかでは画期的だと思わない？　そうしたら、四角四面な生徒会のクレームがついたわけなの。教師のだれかの言質《げんち》をとって、解釈が奔放すぎるって。でも、宮崎くんが肩をもってくれて、疑問視する理由はどこにもないって論陣《ろんじん》をはってくれているから、大丈夫《だいじょうぶ》。きっと突破《とっぱ》できるわ」

　そういうなりゆきだったのかと、私は思わず感心した。鳴海クンがしぶい顔をしていたわけも、二ＡＨの演劇チームが（たぶん）執行部の悪口を言っていたわけも、それで納得《なっとく》することができる。

「教師のだれかって、ええと、福沢さんのこと？」

「ワイルド原作だから、英文の柴田《しばた》さんかもね。私としては、そういう角突《つのつ》き合《あ》いは、演出家にまかせておくことにするわ。そんなことでぐずぐずしていたら、群舞の振付《ふりつけ》と特訓がまにあわないもの。これらをどう隠密《おんみつ》に進めて、当日にあっと言わせるかも知恵《ちえ》をしぼるところなのよ」

「なんだか、すごいなあ」

　心の底から、私はそう言った。

「近衛さんのアイデアなんでしょう？」

「どう言われようと、私の解釈が不自然だとは思わない」

　有理さんはにっこりした。

「ヨカナーンの処刑《しょけい》に慎重《しんちょう》だったヘロデ王の、理性を吹き飛ばすような踊りなのよ？　サロメ一人ではなく、なんというか、女性の力を結集したような、そんな踊りを踊ったはずなの。サロメは王女であって、ありきたりの舞姫《まいひめ》ではなかったのだから。王女の侍女たちが、彼女の意志をバックアップして当然なのよ」

「みんな、のり気なのね」

「H組の女子は、踊ることが好きみたい」

彼女は本気でそう思っているようだけど、有理さんの個性にひきずられただけではないかなと、私は思った。

ともあれ、二AHの舞台が目を奪《うば》うものになることだけは、たしかなようだった。


私たちは、以前に行ったパーラーへ寄って、今回は二人ともかき氷を食べた。

クーラーの効いた店内で氷を食べると、体が冷えきって舌もまひして、さんざんな思いをすることがわかっていても、夏じゅう食べないでいることはやっぱりできない。私は小豆《あずき》のたぐいがあまり好きではないけれど、かき氷だけは宇治金時《うじきんとき》が好きだ。小豆のおかげで、少しだけ、舌のまひが遅《おそ》くなるから。

「ねえ、上田さんの『サロメ』の解釈が聞きたいな」

いたずらっぽい目をして、有理さんが言った。

「原作を読んでどう思った？　サロメはどうしてヨカナーンに恋《こい》したのだと思う？」

「うーん、恋したって言えるのかな。彼女がひきつけられたのは、ヨカナーンの外見ばかりなのだし」

ヘロデ王の宴会《えんかい》を抜《ぬ》け出してきた王女サロメは、王が井戸《いど》の牢獄《ろうごく》にとらえた預言者の声を聞き、彼に会ってみる気をおこすのだ。そして、牢から出されたヨカナーンを目にして、心をうばわれる。原作が書かれた当時にひんしゅくだったにちがいない、あられもないことを口走るのだ。

おまえの髪《かみ》は黒い、おまえの肌《はだ》は白い、おまえのくちびるは赤い、そのくちびるに口づけしたい……と。

サロメに思いをよせ、彼女の願いに負けてヨカナーンに会わせた若い親衛隊長は、これを聞いて自殺してしまう。それでもサロメはやめないのだ。

有理さんは私にたずねた。

「外見以外の何を見て、恋におちればいいの？」

「そりゃ、一目惚《ひとめぼ》れってあるでしょうけど。でも、美男なら中身はどうでもいいというものじゃないと思う。それなのにサロメは、ヨカナーンの言うことは全部無視して、ぜんぜん会話になっていないんだもの。口づけしたいってことだけ押し通して……サロメには、ほとんど感情移入できない。ヨカナーンは彼女のこと、最後まで嫌悪《けんお》の目でしか見なかったし」

「そうよ、ヨカナーンは世俗《せぞく》を脱《だつ》した荒《あ》れ野の行者だもの」

ゆったりした口調で彼女は言った。

「新約聖書のマタイ伝にでてくる、バプテスマのヨハネ。聖人よ。その肌が白いとか、そのくちびるが赤いとか、言うだけで天罰《てんばつ》が下りそうな人。この劇は、どこまでも清らかな聖人に、よこしまな思いをかける邪悪《じゃあく》な女……という構図だと思う？」

私はちょっと考えこんだ。

「……基本はやっぱりそうだと思う。でも、それに収まりきらない何かはあるよね。サロメを魅力的《みりょくてき》にしてしまう妖《あや》しさが舞台の全部にある。ヘロデ王も親衛隊長も、彼女を月や鳩《はと》や銀の花になぞらえて語るでしょう。それを聞くと、サロメは母親の王妃《おうひ》とはちがって、妖精《ようせい》みたいに可憐《かれん》で、青白くて、少しも淫乱《いんらん》ではない感じがするし」

有理さんは、うれしそうに両手を合わせた。

「私もそう読めたのよ。サロメ自身が、お月さまについて語るでしょう……冷たく清らかで、一度も身を汚《けが》したことのない生娘《きむすめ》だって。月を見てそう言えるのは、彼女自身がそうだからよ。この作品、どの登場人物も月にかこつけてセリフを言うことには気がついた？『月』が『サロメ』の鍵《かぎ》なのよ」

私にもうなずけた。月に関するセリフがもっとも印象的なのだ。舞台の幕開けからして、小姓《こしょう》が「お月さまをごらんなさい」と言う。月が屍《しかばね》をあさり歩く女のようだと。

「だれもが月を女になぞらえるのよね」

「たぶん、女神《めがみ》なのよ。女神の原理を象徴《しょうちょう》するものは月」

あごの下に手を組んで、有理さんは言った。

『『ほかの女神たちとちがって、男に肌をゆるしたことがない』と、サロメは言うの。これはワイルドが、ギリシャ神話にでてくる月の女神、アルテミスを想定しているのでしょう。でも、私、少し文献《ぶんけん》を調べたのだけど、その昔のアルテミスはただの処女神ではなかったのよ。エフェソスのアルテミスって知っている？」

「ううん」

「エフェソスのアルテミスは、処女であり妻であり母でもあるの。それが矛盾《むじゅん》しない存在……女性性のすべてを持っている女神だったのよ。バプテスマのヨハネやイエス・キリストが地上を歩いていた時代、中東から地中海沿岸には、そういう女神信仰《しんこう》が広がっていたの。聖書に出てくる異教徒たちというのは、女神をまつった人々だったわけ」

「へえぇ」

有理さんが進める話の深さに、私は驚《おどろ》いた。学校の授業よりすごいかもしれない。

「ギリシャ神話のアルテミスのほうが、イメージとしてわかりやすい。潔癖性《けっぺきしょう》な感じで、男のように狩《かり》をする処女神だから。処女で、妻で、母で、その全部が矛盾しない女性って、どうもイメージが固まらない気がするな。ああ、だからこそ神さまなのか……女性だと思ってはいけないのよね」

私が一人で結論していると、有理さんはうなずいた。

「そう、全部を合わせた存在だから、女性のよい部分もおぞましい部分も、やはり全部そなえている……よいところは夢のようにすばらしいけれど、裏を返せば身の毛がよだつほど恐《おそ》ろしい神。ユダヤ教やキリスト教の神が、男性性を超越《ちょうえつ》して残酷《ざんこく》なのと同じように」

「サロメは、そういう女神信仰の人だったということ？」

私がたずねると、有理さんは背筋を伸《の》ばし、きまじめな顔で首をふった。

「ヘロデ王はユダヤの王よ。娘《むすめ》のサロメが異教徒だということはないでしょう。作者のワイルドも、そんなことは考えていないと思う。だから、これは演じる私のサロメの解釈《かいしゃく》なの。サロメがどうして、首を斬《き》らせてまで、ヨカナーンを自分のものにしなければならなかったか。それはたぶん、ヨカナーンがサロメのすべてを拒絶《きょぜつ》したからよ」

「拒《こば》まれたから、復讐《ふくしゅう》したの？」

「サロメは、とてもまっすぐにヨカナーンの聖性を見抜《みぬ》いたのよ。ヘロデ王に好色な目で見られて、うとましく思って逃《に》げてきた彼女は、みんながサロメを形容する言い方でヨカナーンのことを言っている。月のように清らか、冷たい、銀の像のようだって。そして、純真な乙女《おとめ》だから、慕《した》わしさと触《ふ》れたい思いを区別しなかったのよ。でも、もともと区別なんてできるものかしら。サロメは、素直《すなお》な方法でただ賛美したかったのだと思うの」

私は言葉をかみしめた。

「そうなのかもしれない……少しわかる。それなのにヨカナーンは、サロメを否定して邪悪なバビロンの娘と呼んだのね」

「もしかしたら、ヨカナーンは恐れたのかもしれない。彼女が手管を使って誘惑《ゆうわく》する女ではなく、ただひたむきだったから。サロメにはサロメの聖性があったのに、彼にはそれが見えなかった。それを切り捨てた。けれどもそれは、してはならないことだった。女性性を全否定することは、命を枯《か》らすことと同じだから」

「……サロメも、最後に殺されるよね」

「ほとんど心中よね。拒絶を受けた時点で、サロメはすでに死んでいたんだと思う」

こんなふうに、私たちはパーラーで浮《う》き世離《よばな》れした談義を続けた。楽しかった。

「サロメ」の分析《ぶんせき》には、へたをすると恋愛《れんあい》の生々しい部分につっこみかねないものがあって、だからこそ、その一歩手前で論じることが刺激的《しげきてき》だった。踏《ふ》みこみすぎると危険だけど、演劇論だから気楽でもある。こんな話はだれともしたことがなかった。

（うらやましいな……）

聖書の時代に思いをはせてまで、チームの演目に熱中している有理さんがうらやましかった。時代も場所も自在に行き来する、こういう話題で話せるってすてきなことだ。やりとりのなかで気づくことがどんどん広がって、いつまでも話していたい気持ちになる。

学校内の脅迫状《きょうはくじょう》でゆううつになっているより、ずいぶん有意義だ。

しばらく忘れていたのに、また思い出してしまって、私はげんなりした。そういえば、二ＡＨチームの人たちは執行部《しっこうぶ》に反感をもっているふんいきだけど、これも疑ってかかるべきなのだろうか。そう考えるだけで、気分が落ちこむ。

「どうしたの？」

表情に出てしまったのか、有理さんがたずねた。私はあわてて言いつくろった。

「なんでもない。私も演劇コンクールに参加すればよかったなと、思っただけ。ちょっともったいなかったかな、って。来年はもうできないことなのにね」

「上田さんが同じチームだったら、私もそう言う。でも、参加されたらライバルになっちゃって、こんなに内情をおおっぴらに相談できないから、今のままでよかったと言うわ」

おどけた口調で彼女は言い、テーブルにかがみこんだ。

「ねえ、なんだったら、近衛有理の個人アドバイザーになってくれないかな。本当なら、よそのチームの人にたのめることじゃないけれど、あなたは中立の人、辰高祭全体の成功に貢献《こうけん》する人だもの。目的としてはまちがっていないでしょう？」

私は、びっくりして見返した。

「個人アドバイザーって、何をするの？」

「今日みたいに、私と話してくれればいいの。とっても意気が上がる気がする。上田さんって、的確にわかってくれるんだもの。なかなかこうはいかないものよ」

「そうかな……」

「うん」

有理さんは、小さな女の子のようにうなずいて笑った。本当に、いろいろな表情ができる人だ。

「それなら、あまり周りを刺激しないかたちにして、そうしよう」

有理さんの申し出は、気がねなく話のできる友だちになろうと言ってくれているのと同じだから、私にはうれしかった。

「そうね。隠密《おんみつ》に。私の秘密のブレインになって」

「私が応援《おうえん》できることとって、そんなにないとは思うけれど」

とまどって言うと、有理さんは長い髪《かみ》をゆすった。

「ううん。私、あなたには見ていてほしいの。近衛有理が、ちゃんと、全力でがんばったということをね」

二

九月になり、二学期がはじまった。

（もう、早くも二学期になってしまった……）

残暑はあいかわらずで、授業がだるいのは毎年のことだ。けれども今年はかくべつに、二年の二学期になってしまったという、あとがない気持ちにおそわれた。

私たちが受験から目をそらせていられるのは、たぶん今学期かぎりだ。それは、忘れようとしながらも意識してしまうものごとだった。九月末の文化祭、十月初めの体育祭が終わってしまえば――この夏の暑さが遠ざかり、木枯《こが》らしが吹《ふ》きはじめれば――私たちは、お遊びのゆるされないものに向きあうことになる。たった一日の勝敗で、その後の人生設計が変わってしまう試みに向きあうことになる。

まだまだ雲をつかむものごとではあるけれど、明るい陽射《ひざ》しの下でイベントに熱中している現在から見れば、受験勉強は暗い迷路《めいろ》にもぐっていく行為《こうい》に感じられた。言ってみれば、手探《てさぐ》りのダンジョンだ。できることなら逃げ出したい未来……地球の自転が、この場で止まってしまったらいいのに。

すでにダンジョンの中にいる三年生、前生徒会長の田宮さんが、げっそりした顔で執行部室に現れた。とり散らかったなかに座りこんで、ここはいいなあ、心が洗われるなあと、かみしめるように口にする。

「先輩《せんぱい》、そんな調子だと、伝説の浪人生《ろうにんせい》になっちまいますよ」

「おれ、もういい。もう、そういうものだと腹をすえた」

スランプなのか、ちょっと投げやりな田宮先輩は、わりにちょくちょく出てきては、文化祭実行委に対抗《たいこう》する秘策などを、執行部メンバーに授《さず》けていくのだった。

こういう、二学期になっても顧問《こもん》を続けてしまう三年生は何人かいて、生徒会の大学合格率に関するうわさを裏打ちしてしまうようだ。けれども、経験者の知恵《ちえ》がひどく貴重なこともたしかで、彼らのおせっかいがまったくなくなってしまえば、辰高祭運営はやっぱり立ち行かないかもしれなかった。

あとがないと、もっと具体的にさわぎたてているのはキャンバスのチーフたちだ。

夏休み前から新聞紙貼《は》りがはじまっているものの、休み中、チーフの計画を満足させるほど律義《りちぎ》に貼り続けた人々は、たぶん四チームのどこにもいないのだった。

必然的に勝負は二学期につくことになり、総動員態勢が告げられる。キャンバスボードは、乾《かわ》かしもせずにいっきに貼り重ねられるものではないし、しかも、これから雨の日や台風の日だってあり得るのだから、チーフたちの目がすわるのもしかたがなかった。

もちろん、応援団幹部だって、演劇スタッフだって、同じような気持ちであせっているにちがいないが、彼らの場合は当日効果をねらい、二学期に入ってますます人目に立たずに特訓するようになっていたので、陰《かげ》では目の色を変えているにせよ、おおっぴらには目立たないのだった。

大勢がキャンバスを貼るようになると、作ったのりもあっというまになくなる。大なべいっぱいののりを煮立《にた》てるには、けっこう時間がかかるもので、ガスこんろの順番を待っていたのでは、とてもまかないきれなくなってくる。

こうなると出没《しゅつぼつ》しはじめるのが、野外炊飯《すいはん》のノリで校庭でのり作りをする光景だった。キャンバスわくに使った残りの、いらない木切れは山ほどあるから、それらをたきぎにして、石油缶《かん》でつくった簡易かまどで焚《た》きつけ、水溶《みずと》き小麦粉の入ったバケツを火にかけるのだ。

これらもみんな、先輩から後輩《こうはい》へ代々伝えられる、キャンバス作りの大事な技術の一つだった。

のり作りというのは、じつはそれほど簡単ではない。二リットルも三リットルもののりを上手に仕上げるには、作る人の根気と修練がいる。水溶き小麦粉は、たえずかき混ぜていないとダマになったり焦《こ》げてしまったりするが、毎度毎度、きっとだれかが濃度《のうど》をまちがえて、こいつは絶対に粘《ねば》りださないだろうと、本気で疑わせるところがあるのだった。

火力が不安定な焚き火になってからは、疑いはいや増すばかりだ。

そういうわけで、すぐによそ見をしてしまう、気の散りやすい高校生の私たちは、底を焦がしたバケツをいくつも洗うはめになるのだった。

のりで失敗すると、焼いたお団子の匂《にお》いがあたりに強烈《きょうれつ》にただよってしまう。洗い場のある廊下《ろうか》も校庭も、学校じゅうにこの匂いがたちこめると、ああ、辰高祭が近づいたと実感させられるのだった。

こうして本腰《ほんごし》をいれたキャンバス作りがはじまると、みんなの楽しみが一つ増える。せっかくアウトドアライフな石油缶かまどを作ったのだから、本物の炊《た》き出しもやってみない手はないというわけだ。

炊き出しを仕切るのは、伝統的にチームの二年女子ということになっている。でも、たいしたことができるわけではない。チームの面々からお米を集めて、炊いたごはんをおにぎりにするのが精一杯《せいいっぱい》だ。

とにかく数が必要だから、梅干しすら入れる余裕《よゆう》がなく、ふりかけを混ぜこんだごはんを小さなおにぎりに作るだけ。それでも、ずらりと並べた様はけっこう壮観《そうかん》になる。

「うわーい。上田先輩のにぎったおにぎり、どれですか」

キャンバスを手伝っていた一Eの八木クンと尾形クンが、大はしゃぎでたずねにくる。

「いいから、はじから取っていって」

「二コもらってもいい？」

「だめ。応援団が帰ってくるから」

私が一年生の応援団員だった去年、多摩川べりで遅《おそ》くまで練習をして、暗くなって帰ってきたところへ、女子の先輩からこういうおにぎりを差し出されたときには、本当に感激したものだった。

おなかの足しになるとか味とかの問題ではなく、ただ、本当にうれしかった。ふだんだったら、ありがたみを感じることなどあり得ない食べ物なのだけど。

こうした感情も、私たちが現にやっていることも、なんだかとっても戸外ならではのもので、言ってみれば野性的だった。辰高体育祭の準備は、私たちを、粗削《あらけず》りで野蛮《やばん》な場所へぐいぐいと引っぱっていくような気がする。その歯止めとして、前段に文化祭が用意されているのではないかと疑うくらいだ。

じつを言うと、ごくふつうの高校文化祭らしい、教室展示や催《もよお》しの用意もそれなりにある――それなりにとしか言いようのない力点のちがいが、辰川高校の変なところだけど。

クラス単位の展示発表や、クラブによる催しで、一日学校開放を行うことも文化祭のプログラムに入っている。演劇コンクールの翌日だ。

けれども、模擬店《もぎてん》のような愉快《ゆかい》なものは一切やらないし（……はっきり言って、私たちにも、さすがにそこまでの余力がない）、研究発表は郷土研究のような真面目《まじめ》なたぐいが多くて、若者らしくはしゃげるとしたら、かろうじて軽音楽部のコンサートくらいのものだろう。

外部から来た人々は、保護者もよその高校生も、この程度の手堅《てがた》いものしか見せてもらえないのだった。そして、たぶん、「やっぱり名門受験校だから、生徒は催しごとなどにかまけていられないのね」という感想をもって家に帰るのだろう。

辰川高校生が真に燃える、合唱祭や演劇コンクールは、社会教育会館ホールに余裕がないから外部公開しないし、体育祭は見物人を一切《いっさい》入れずに行う。イベントはすべて、外から見えないところにある。文化祭であっても、在校生が密《ひそ》かに楽しみにしているのは、校内から外部者が立ち去った後のフォークダンスだったりするのだ。

そんな文化祭だったが、いくつか奇妙《きみょう》な伝統があって、首をかしげたくなった。たとえば、辰川高校剣道《けんどう》部の生徒は、毎年文化祭で寄席《よせ》を開くことになっている。どうして彼らが落語をやらねばならないのか、だれ一人、剣道部の人間であっても知らないそうだ。

毎年この時期が近づくと、剣道部の三年生はこれと見込んだ一年生に、自分が持ち技《わざ》とするたった一つの落語を伝授するのだそうだ。それが剣道部員としての使命だそうな。

「時そば」なら「時そば」、「目黒《めぐろ》のさんま」なら「目黒のさんま」を、身振《みぶ》りから何から先輩が教えてくれたとおりに教える。そうやって伝統芸能をつないでいくのだと、江藤夏郎が話していた。

「なんでそうなのか、疑問をもつひまないよ。人前で最後まで話せるようになるの、教えるほうも教わるほうも、やたらに大変なんだぜ」

そう言って彼は、執行部室《しっこうぶ》へ来て、みんなが聞き飽《あ》きた自分の噺《はなし》をふたたび演じはじめるので、周囲からとってもいやがられた。

もう一つ奇妙な伝統の例をあげれば、文化祭後のダンスのために、男子は全員が学生服を用意するというのがある。制服廃止《はいし》の学校だというのに、この日があるせいで、男子は校章入りボタンのついた学生服を仕立てるはめになるのだ。(その結果、もったいないからと、ふだんの日にも着ることになるのだ。)

もちろん、フォークダンスを学生服で踊《おど》る人間はめったにいない。女子は三分の一だから、ダンスの輪をつくっても女性の手をとれない人が出てくるのは必至であって、みんな目の色を変えているものだから、ふだんよりも身なりは気にする。

けれども、フォークダンスをいくつか踊って短くなった秋の日が暮れ、すっかり暗くなると、奪《うば》い合われていた女子は逆に追い出されてしまうのだった。危険だからという理由で、会場は女子の立ち入り禁止になってしまう。

それからは、学生服を着用した者だけが踊ることのできる、伝統の「嵐踊り《あらしおど》」というものを踊ることになっていた。

去年、クラスの男子をつかまえていろいろ問いただしたところ、「嵐踊り」とは、ムカデのようにつらなってただ蹴飛《けと》ばしあうだけの、踊りとはぜんぜん言えないしろものだそうだ。

奇妙だし、ばかばかしいし、よくわからない。それでも、これを踊らなくては辰川高校男子とは言えないと言われるようだった。オミットする男子もきっといるとは思うのだけど。


そんな文化祭が、あと十日というところに近づいてきた日、突然《とつぜん》、中村夢乃が学校を休んだ。

前日あまり元気がなかったから、風邪《かぜ》でもひいたかなと思い、午後になって電話をかけてみたが、留守電になっていて通じなかった。

それでもその日は、翌朝になれば「どうしたのよ、きのう」と声をかけることができると思っていた。けれども夢乃は、翌日になっても学校に来なかった。私はあわてて執行部室へ行った。

「中村夢乃が休んでいるの、知っている？」

鳴海会長と加藤クンがそこにいたが、彼らはどちらも、ためらうように私を見た。

「うん――具合が悪そうだね」

「鳴海クン、様子を聞いた？　私はきのう連絡《れんらく》つかなかったのよ」

「休むって、電話はあったよ」

「どんなふう？　熱を出したのかな」

鳴海会長は、さらにためらってから言った。

「……中村は、執行部から手を引きたいって言っている。このままでは、自分がけがをするからって」

「なにそれ」

思いもよらない返答に、私は一瞬《いっしゅん》立ちつくした。すぐには理解ができない。夢乃の言葉とも思えなかった。

「何かの冗談《じょうだん》？　けがってまさか、この前届いた脅迫状《きょうはくじょう》のことを言っているんじゃないでしょうね。ドリちゃんがそんなことを言うなんて、いったい何があったの？」

鳴海会長は手を組み、思いあまったようにたずねた。

「上田サンこそ、何か知らないかな。中村が執行部に、どういう不満をもっていたのか」

私は困惑《こんわく》して彼を見た。

「彼女、同性にぐちをこぼすような、そういう性格をしていないもの。私なんかに言うはずないよ。言うなら直接、鳴海クンや加藤クンにぶちまけたでしょうに」

加藤クンがむずかしい顔で私を見た。

「いや、中村は、おれたちに最後まで本音を言わなかったんじゃないかな。でなかったら、こんなに急に、あいつの言うことがわからなくなったりしないよ」

「鳴海クンにもわからないの？」

私がたずねると、彼は少し肩《かた》をすくめた。

「どうしておれなら、わかると思う？」

「だって——彼女とつきあっているでしょう」

これを言うには勇気がいった。けれども、鳴海クンは動じた様子を見せなかった。

「個人的に親しいという意味なら、そのとおりだよ。他《ほか》の女子よりよっぽどよく知っている。でも、特別な関係という意味なら、おれと中村はそういう仲じゃないよ。上田サン、どういう意味で使っているの？」

落ち着いて切り返されて、私のほうがあせってしまった。鳴海会長と正面きって「特別な関係」の定義づけをするほど、性根《しょうね》のすわった私ではない。もっとも、心のどこかでは「なあんだ、そうなのか」をくり返していた。

それにしても、こういう局面で平然と相手を見返すことのできる鳴海クンって、なんだか場数をふんだ人間を感じさせるなあ……などと思ったりする。

「私が言っているのは、私などより鳴海クンのほうが、ずっとよく中村夢乃の本心を思いやれるはずだし、そうあるべきだということよ」

「そう思っていたよ——きのうまでは」

少しゆずった様子で鳴海会長は認めた。それから、あらたまった口調で言った。

「これは要請《ようせい》でも何でもなくて、ただの希望なんだけど、上田サン、彼女の言い分を聞いてやってくれないかな。きっと、本当に体調が悪いわけではないと思うんだ。執行部のトラブルのせいで、中村が学校に来ないとしたら、ずいぶんゆゆしい問題だし、彼女が気持ちをすなおに話せるのは、上田サンくらいだと思うんだよ」

私は彼の端整《たんせい》な顔を見つめた。

「会いに行けという意味なら、彼女が本当に来てほしい人物は会長だと思うけれど」

「じつは、門前払《もんぜんばら》いをくった」

「本当？」

「加藤もやっぱり会えなかったんだ。かくなるうえは、上田サンに期待するしかないんだよ」

「期待されても、うーん……」

夢乃が執行部を放棄《ほうき》するなんてことは、私にとっても青天のへきれきだ。執行部内で何か、人間関係や仕事上にうまくいかないことがあるとは、私の目には見えなかった。顔を出してはいても部外者なのだということを、こういうときに思い知らされる。

「……とにかく、クラスメートとして彼女の家へ行ってみるけれど。くわしい話が聞けるかどうかはわからないよ。私、事情がわかっていないし」

「行ってくれるなら、それだけでいいよ。顔を見て、どんな様子だったか教えてくれたら」

ありがたそうに鳴海会長は言った。彼なりにとっても困っているのだということが、その口調に表れていた。

加藤クンがぼやくようにつぶやいた。

「まいったよな……こんなふうに、感情的に出るやつだとは思えなかったのに。おれだって思っていたよ、抗議《こうぎ》があるなら直接言ってくるって」

「加藤クン、ドリちゃんが休んだ理由に心当たりがあるの？」

私がたずねると、彼は古テーブルの上に平たくなりながら言った。

「いや、ない。ないと思っていたいな——おれとしては」

追及《ついきゅう》しようと口を開きかけたとき、鳴海クンがわきから言った。

「中村は、おれたちにとって重要なメンバーだし、今でも彼女のメンバーとしての力に期待しているんだ。不満があるなら改めるから、もどってきてほしいと言ってくれないかな。逃《に》げたりしないで、向きあって話せば、きっと納得《なっとく》できるはずなんだ」

この二人、何か知っている——そう思ったけれど、彼らの口から言いたくないのだということも、ありありとわかった。夢乃に会いに行って、聞き出すしかなかった。

何が進行しているのか、いまだによくつかめなかったが、とりあえず、執行部室《しっこうぶ》わきの廊下《ろうか》で窓から身をのりだして、携帯《けいたい》で夢乃に電話をかけてみた。今回も出ないかと半分は思っていたけれど、コール音を辛抱強《しんぼうづよ》く待っているとふいに通じた。

「あっ、ドリちゃん？　上田です」

『……ヒーちゃん？』

「そうだよ。他の人の電話を待っていた？」

『ううん。いや……そうだね。そうだったら切ろうと思っていた』

「おおっと。ねえ、具合はどうなの？」

『やだなあ、わかっているんでしょう。ずる休み』

夢乃は投げやりに言った。これには返す言葉もない。

「あのね、私、放課後お宅へ行っていいかな」

『ヒーちゃんが来るの？』

いかにも意外そうな口ぶりだったので、私はがっくりした。そうだよね、私たちって、その程度でしかないおつきあい。

「あのう、めいわくする？」

『そんなことないよ。でも、私の家、知らないでしょう』

「何とでもなるよ。クラス名簿《めいぼ》で住所はわかるし、行き方はだれかに聞くから」

『……うん、それなら……来てくれる？』

ためらいがちな夢乃の声は、私が派遣《はけん》特使になった経緯《けいい》をだいたい察しているようだった。

「じゃあ、三時すぎになると思うけれど、必ず行くからね」

言いおいて電話を切って、私は一瞬ぼんやりした。夢乃の声ははかなくたよりなげで、とてもあの中村夢乃とは思えない。本当に、どうしちゃったんだろう。

きびすを返そうとして、ぎょっとしたことに、そこに江藤夏郎が立っていた。つぶらなまなこで私に注目していて、どうやら夢乃との電話を聞いていたみたいだ。

「おひいさん、中村夢乃の見舞《みま》いに行くって？」

「そうよ。それがどうかした？」

切り口上で聞き返したが、彼の申し出は案外親切だった。

「つれていってやろうか。おれ、知っているよ、中村夢乃の家」

「どうして、江藤クンが知っているの？」

「だって、鳴海知章の家からそう遠くないんだもん。一回、いっしょに送っていったことがあるんだよ」

そういえば、夢乃と鳴海会長は同じ公立中学だった。同じような場所に家があって当然なのだ。

（ふうん、そうか……鳴海クンの家の近くなのか）

門前払いをくったと言った意味がわかった。彼にとっては、学校帰りに簡単に寄れるところだったのだ。

江藤クンは、しきりに足を踏《ふ》みかえながら——いつでも、少しもじっとしていないやつなのだ——おもしろそうに言った。

「知章はさ、二日続けて行くやつじゃないよ。仕事を大量にかかえているし。カトケンだって、中村夢乃が放り出したぶんをしょいこむわけだろう。それに、あいつじゃまずいよ。なんたって副会長だから」

「加藤クンが副会長？」

「そう、文化祭のパンフにはそう載《の》るよ」

「夢乃が、執行部を抜《ぬ》けたくなった原因って……」

思わず私は言っていた。でも、加藤クンと夢乃は対立したりしていなかった。ずっと仲のいい友人だったはずなのだが——

「さあねー。おれには、わかんねえ」

気の抜けるような声で彼は言った。私以上に部外者で、どちらかというと執行部をかきまわしにくる江藤クンに、聞くべきではない内容だった。

「で、江藤クンだけ、放課後ひまなの？」

「そうだよ、おひいさんと同じく」

「私はひまじゃないわよ」

「おれだって、落語があるんだぞ」

落語と聞いて、思わず体が後ろにひいた。彼に無理やり聞かされた面々の条件反射なのだ。けれども彼は、くったくなく言った。

「だけど、今の時点では中村夢乃のほうが大事だろ？　だれかが行ってやらないと、一日のばしにできるものじゃないよ」

ちょっと意外で、私はまばたきをした。

「江藤クン、ドリちゃんの心配しているの？」

「あの女、強がっていてかわいくない。人を見下しておもしろくない。だけど……能力あるんだよな」

しみじみ言うので、私はおかしくなった。ある意味、夢乃にばかにされても、まったくへこたれない人物だと評することもできる。なんだか、ごく自然に申し出ていた。

「それなら、彼女の家までつきあってよ。六校時が終わったら、すぐでいい？」

たとえ地図を描《か》いてもらっても、よっぽど精密でない限り、迷うことがとっても多い私としては、彼の申し出はありがたかった。江藤クンと待ち合わせの約束をして別れ、男子クラスの男の子と校内で待ち合わせすることに、ものすごく抵抗《ていこう》があったことを思い出したのは、しばらくたってからだった。

夢乃の家は、学校の最寄《もよ》り駅から四つほど都心寄りの駅を降りた地域にあり、JR駅から都営バスで十分以内、私の家に比べれば、格段に学校近くにあるものだった。

そうは言っても、バスを降りて閑静《かんせい》な住宅街を目にしたときには、一人で来なかったことを天に感謝したくなった。目立ったマンションなどは見えず、似かよった分譲《ぶんじょう》住宅がどこまでも続く。こういう道は、迷いはじめると際限なく迷ってしまうものなのだ。

「一回来ただけで、本当に覚えている？」

「まあ、なんとかなるでしょう」

江藤クンの返事はあいまいだったが、本気で心配する私をからかうのが楽しいだけで、実際はずいぶんよく覚えていた。こういうところ、私にはできない芸当だと心から思う。

場所を一度で覚える人物が、圧倒的《あっとうてき》に男の子に多いのは、いったいどうしてなのだろうな。

江藤クンは学校の外にいても、足の先がむずむずしている動物みたいに、ごくふつうに歩くということをしなかった。飛んでみたり跳《は》ねてみたりで、いっしょにいる私を閉口させるのだが、それでも退屈《たいくつ》だけはしなかった。

気づまりにならないってことは、それだけで楽しいと言えるかもしれない。他愛のないことばかり言うので、私は彼に一切遠慮《いっさいえんりょ》をしなかった。弟の保に言う口調になっていることに、気づいたこともあった。

私たちは、長くは歩かなかった。バスを降りてから五分ちょっとで、江藤クンは中村家の表札を見つけ出した。しかし、私の中で彼への評価がいつになく高まったとたん、足を止めて江藤クンは言った。

「おれ、やっぱりやめとくわ」

「なによ、それ」

「中村に会うのはやめておく。おれが会っても、話すことは何もないもんな」

「ちょっと待ってよ」

私だって、江藤夏郎が夢乃と向かいあってどうするか、想定できていたわけではなかった。けれども、こんなキャラクターがそばにいることで、重苦しい話におちこむところで場がなごむかもしれないと、(評価を高めて)思っていたのだ。

「ここまで来て、私一人に背負《しょ》わせる気?」

「だって、あんたは中村夢乃の友だちじゃん」

「ずるい、帰っちゃうなんて。明日《あした》、会長に言いつけてやる」

「人聞き悪いなあ、帰るなんて言ってないだろう。いいから、中村と会見してこいよ。おれは、そうだな……駅ビルで待っている。あそこにはたしか、ゲーセンがあったし」

私は納得《なっとく》しなかった。待っていれば誠意があるというものでもないと思う。

「そんなこと、できると思って？　何時になるかわからないというのに」

「それなら、携帯《けいたい》番号教えておくよ。もどるときに連絡《れんらく》くれたら、駅の前で待ってる」

裏切り者、無責任――という気分は消えなかったが、いちおう携帯番号は教えてもらった。バス停へ向かって駆《か》けていく彼を見送って、株を上げてやろうと思った私がばかだったと、ため息がでた。夢乃の家のインターホンを鳴らす決心がついたのは、もう数分してからだった。

夢乃のおかあさんに会えるかと思ったけれど、家にはやっぱり不在だった。今どき、どこへもいかずに家庭の主婦をしている、うちの母親のほうがめずらしい存在かもしれない。

玄関《げんかん》に出てきたのは、夢乃自身だった。

紺《こん》のシャツとショートパンツの夢乃は、その顔つきが、この二日でやつれたように見えた……本当の病欠だったとしてもおかしくないくらいに。彼女は、扉《とびら》を閉めた私にたずねた。

「一人？」

「うん」

「道、すぐにわかった？」

「うん、なんとか」

江藤夏郎がそこまで来たけれども逃《に》げ出したとは、とても言えない。

「あがって。ごろごろしていたから、片づいていないけれど」

二階にある夢乃の部屋は、私が彼女という人物からイメージしていたものよりは、ずっと女の子らしかった。カーテンも壁《かべ》もピンク系統で、家具は白が基調になっている。もっともこれらは、生まれた娘《むすめ》に「夢乃」と名づけた、ご両親の夢見がちな意図がいまだに反映されているのかもしれないが。

でも、それればかりとは言えないものもあって、彼女は私よりずっとたくさんのぬいぐるみを持っていた。ずらりと並んだそれらをながめれば、全部が古いものとは限らないようだ。彼女が以前テディ・ベアに言及《げんきゅう》したことを、いやおうなしに思い出す。

「ドリちゃんって、一人っ子だっけ」

「そうだよ」

少し照れくさそうに、夢乃は言った。

「その向こうの部屋に、一年だけ、大学にかよう従兄《いとこ》が下宿しにきたことがあってね。まだ、小学生のころだけど……すっごくうれしかった。兄ができたみたいで、毎日わくわくしていた。あの従兄から受けた影響《えいきょう》は大きかったな」

「空手とか？」

「そうそう、よくわかるじゃない」

「ほのかな恋心《こいごころ》だよね。そういうものじゃない？」

「そうかもね……紅茶、のむ？」

私は辞退したけれども、夢乃は台所へ行って、茶葉をつかったきちんとしたポットティーを入れてきてくれた。野イチゴ模様のティーカップ。白いお皿にはクッキー。なんだかすべてそぐわなくて、私としては気持ちが落ち着かなかった。

「ええと、何から切りだせばいいんだろう……とりあえず、授業ノートのコピーをわたすね」

コピーを受け取った彼女は、覚悟《かくご》しているようにしずかな面《おも》もちだった。ノートの内容を見ようとはせずに言った。

「ヒーちゃん、会長から聞いてここへ来たんでしょう」

「うん、まあね。ドリちゃんが、執行部《しっこうぶ》を辞《や》めたいと言っているって聞いたよ」

「他《ほか》には？」

「けがする前に辞めたいって、ドリちゃんが言ったって。私には、何のことだかわからなかった。それは、脅迫状《きょうはくじょう》の予告にかかわることなの？」

「そう、怪人《かいじん》Ｋの予告……そうだよ」

視線を落とし、夢乃はつぶやくように言った。

「私、怪人Ｋがだれか、たぶん知っているんだ……」

私は息をのんだ。

「いつから？」

「つい最近だけど、前から少々あやしいと思っていたことはあった。似ているんだもの…

…以前にあったことと」

「以前って、まさか。去年もこんなことがあったの？」

夢乃は小さく首をふった。

「もっと昔のこと。でも、証拠《しょうこ》なんてどこにもないし、昔もやっぱりないままだった。こういうことって、お話みたいに簡単に、真相が明るみに出たりしないものなんだよね。だから、似ていると思うことさえ、私一人の考えなんだと思う」

「何があったの？」

「言ってもたぶん、わからないことだよ。私自身でさえ、口に出して言うと妄想《もうそう》に思えちゃうから」

私は思わず、テーブルをこぶしでたたき、紅茶をこぼしそうになった。

「あのね、私は、いつもいつも何も知らされずにいるの。いつもいつもドリちゃんは、何も言ってくれない。今回だって、学校を休むまで、ドリちゃんは一言も打ち明けてくれなかった。はっきり教えてよ。そんなふうに隠《かく》していたんじゃ、一つも理解できないじゃないの。私なんてテディ・ベアみたいなものだから、強がる必要はないでしょう」

夢乃は、目をまるくして私を見つめた。

「ヒーちゃん、もしかして――キレてるの？」

「だって、ひどいじゃない。執行部メンバーからは、一番親しいみたいに思われていて、それでいて、あなたのこと一番知らないのは私なんだよ？」

言いながら、情けなくって涙《なみだ》が出そうになった。本当に、少しばかりキレたのかもしれなかった。夢乃が取りすました表情で迎《むか》えるのを見るまで、自分でもあると思っていなかった強い感情だった。

「驚《おどろ》いた……怒《おこ》るとは思わなかった……」

ため息をつくように夢乃は言い、私はややわれに返って、きまり悪く居ずまいをただした。それでも、つっかかる口調になってしまった。

「相手の家に上がりこんでまで、言うことではなかったですけれども」

「ううん、言ってくれてよかった。今初めて、心配してくれたんだってわかった」

夢乃は言い、しばらく口をつぐんだ。私は彼女が泣き出すのかと思った。もしも夢乃が泣いたら、私も泣いてしまうだろう。けれどもさすがに、中村夢乃は涙に逃げる人ではなかった。だいぶたってから、彼女は口を開いた。

「私もね、ヒーちゃんに話そうかと迷ってはいたんだ。でも、何を言っても中傷みたいに聞こえるから……そういう人間だと思われるのはいやだった。とくにヒーちゃんには、私が陰口《かげぐち》をきくと思われるのが怖《こわ》かったの」

「中傷？　陰口？　どうしてそうなるの。執行部内の悪口を聞いたからといって、私が全部そのままに受け取ると思う？」

ようやく判明してきたように思って、私は言った。私にそれほど言いづらいということは、そうにちがいない。

「加藤クンのことなのね？」

夢乃は大きくため息をついた。

「私がカトケンとの主導権争いに負けたって、そう聞いてきたんでしょう。ああ、それもたしかに、全部投げ出したくなったきっかけかもしれないけれど、そんな単純なことで落ちこむだけなら、私は学校まで休まない。死ぬほど悩《なや》むことじゃないでしょう、そんなこと」

「え、ちがうの？」

「ヒーちゃん。ねえ、私がこう言ったら不愉快《ふゆかい》になる？　近衛有理がヒーちゃんに近づくのは、彼女のもくろみのうちだ——って」

「え？」

はげしく思いちがいをしたあとだったので、私はよけいにとまどった。どうしてここに、ひょいと有理さんの名前が出てくるのだろう。わけがわからなかった。

「なんだか、近衛さんが悪だくみをしているように聞こえるけれど」

「私、そう言っているの」

「どうして？」

少しのあいだ私を見つめてから、夢乃はしずかに言った。

「ほらね、中傷に聞こえるでしょう。でも、私は言いたくてたまらなかった。ヒーちゃんは知らないんだもの……近衛さんって、鳴海クンの従姉《いとこ》なんだよ。それも、すごく事情のある従姉だったんだから」

「えええっ」

私はのけぞり、クッション形のいすから落ちそうになった。鳴海クンの親戚《しんせき》？　あの二人が？　どちらも毛筋ほどもそぶりに見せないのに。

「近衛さんが一年間休学したのは、鳴海クンにあわせて進学するためだったと私は思う。彼女の病気も……そのためだったかもね」

「うそ……」

息がつまる思いで、私はあえいだ。

「だって、鳴海クンも近衛さんも、まったく他人同士の態度を続けているじゃない。血縁《けつえん》があるってだれにも言わないし、本人たちが知られないようにしているってこと？」

「鳴海クンは、断《た》ち切りたいのだと思う——彼女の執着心《しゅうちゃくしん》を」

思いつめた目をして夢乃は言い出した。

「近衛さん、中学は私たちと同じじゃなかった。彼女は私立の女子校へかよっていた。でも、目に焼きつけられるくらい、あの人の姿はよく見かけていた。とくに鳴海クンが中学の生徒会長になってからは、本当によく校門のところに立っていた……ほら、美人だから、お嬢様《じょうさま》学校の制服を着て立っているの、とにかく目立つんだよね。いつも、遠くを見すえるような目をして、ナンパの男の子など太刀打《たちう》ちできない感じで……」

「鳴海クンを待っていたわけ？」

「そう。そして、しばらくして、生徒会役員に中毒さわぎがあったの。だれかが買ってきたペットボトルのお茶を飲んで、みんなの具合が悪くなったという話だった。警察も来たけれど、だれのせいかはっきりしないままで終わってしまった。さわぎのあと、近衛有理さんはふっつり来なくなっていたよ……それから一度も見たことがなかった。去年の入学式にあの人を見るまでは——」

私はだんだん不安になってきた。たまらなくなって、さえぎるように口をはさんだ。

「ドリちゃん、そういう関連づけた言い方をするの、よくないよ。それではまるで、名指ししているのと同じじゃない？」

夢乃は無表情に私を見た。

「だから言ったでしょう。こんな憶測《おくそく》をヒーちゃんが聞きたくないこと、私にもわかっていたって。このごろヒーちゃんが近衛さんに夢中なこと、はたから見てもわかっていたもの。隠さずに打ち明けろと言うから、あえて教えたんだよ、私」

（……そうだった）

夢乃が口をつぐんでいたわけが、目がさめたようにはっきりとのみこめた。たしかに私は、反射的に彼女の見解をはねつけたくなっていた。そしてそれは、すでに私が、ずいぶん深く有理さんに入れ込んでいるせいなのだった。

冷静になろうとつとめながら、私は口を開いた。

「でも、証拠がないよね。その中学の件も、怪人《かいじん》Kは彼女かもしれないってことも――」

「それ、私がさっき言ったよ」

「だって、とても信じられない。頭がぐるぐるする――」

夢乃は察するようにしばらく黙《だま》った。だが、うつむいてから言った。

「……ヒーちゃんは知らないだろうけど、この前近衛さんがF組に来たとき、私は絶対に彼女がクロだと思った。カッター刃《ば》の入ったパンは、この私に食べさせたかったんだろうって。私を見た目つきで、そうわかった。でも、言えなかった。彼女、『言えるものなら言ってみろ』という顔をして、ヒーちゃんをつれていったんだよ」

「でも、それだって、ドリちゃんが心に感じただけのことでしょう。妄想かもしれないし……」

「それも、さっき言ったよ」

「わーん、どうしよう」

「どうにかしてと言っているわけではないよ。どうにもならないと思う」

私がパニックにおちいったのとうらはらに、夢乃は、打ち明けたことでいくぶんすっきりしたように見えた。私が一番怖かったのは、彼女が被害妄想《ひがいもうそう》のような非現実の世界へ行ってしまうことだったけれど、落ち着いてそう言う夢乃の様子は、充分《じゅうぶん》理性的だった。

「疑惑《ぎわく》はどこまでも疑惑でしかないから、ヒーちゃんにも、これを絶対に信じろとは言わない。それに、怪人Kのしわざもまだ、犯罪だとは言えないしね……これからどうなるかは、わかったものではないけれど」

私はまだ動転していたけれど、かろうじてここへ来た理由を思い出し、顔を上げた。

「執行部《しっこうぶ》を辞《や》める気になったのは、それでだったの？　身の危険を感じたから？」

「私、身の危険なんて怖くない」

夢乃は強い口調で言った。

「自分でも他人でも、危害を加えようとするものには立ち向かえる。そういうものから引こうとは思わない。ただ――」

「ただ？」

ふいに肩《かた》の力を抜《ぬ》き、夢乃は声を落とした。

「だめだってことが、わかった。私のやり方ではだめだって。何を一人で意気ごんでいるのか、もう、わからなくなっちゃった」

私はおそるおそるたずねた。

「鳴海クンとのことを……言っているの？」

「そう、わかるでしょう。中学時代からずっと片思い。彼のことはずっと見ていたし、おかげで近衛さんのことまで見守るはめになったわけ。だから、同じ辰川高校になれたとき、チャンスだと思った。まさか、近衛さんまでこの学校に来るとはね……」

ため息まじりに夢乃は続けた。

「ふつうに合格したって、鳴海クンと同じ高校になる確率は五十パーセントだよ。近衛有理だってそうなのに。三人そろってしまったところが、運命としか言いようがないよね。でも、鳴海クンが彼女を避《さ》けていることは明白だったし、彼、断ち切ると言っていた……それができると信じていたし、私も、忘れさせる自信があったと思う」

夢乃が三角関係に悩んでいるなんて、今日の今日まで思いつきもしなかった。しかも、生やさしい三角ではなく、取りあう相手は有理さんなのだ。世界がいっきにベールを取りはずし、生の姿を見せられたような気分だった。自分は今まで、半透明《はんとうめい》のとばり越《ご》しにしか周囲を見ていなかったのだ。

「それで、このまま手を引いちゃうの？　執行部からも抜けて……」

ためらいながら、私は言ってみた。

「鳴海クンが生徒会長である以上、一番そばにいられるのは、やっぱりドリちゃんだと思う。彼、浪人覚悟《ろうにんかくご》で会長になっているんだし……」

夢乃は、短い髪《かみ》をかきあげた。

「私、少し頭を冷やすことにする。執行部メンバーでいるには、動機が不純だってわかっていたし……気持ちを切り換《か》えられるかどうか、やってみる。辰高祭が終わって、あたりが落ち着いて、それでも居場所があったら執行部にもどってみる」

「ドリちゃん……」

「私の妄想のなかではね、近衛さんと私は対等だったの。私が彼女の具体的な攻撃《こうげき》対象になったとき、知章がどう出るかに賭《か》けることができた。でも、そういう考えが働くこと自体、私が女だってことで、生徒会執行部の壁《かべ》にはなれないって、今になってわかっちゃった。近衛さんに負けているの……彼女は手段を選ばない。最初から一貫《いっかん》して、ずっと女だったから」

「あのう、女だから手段を選ばないって、ちょっとくり方が大きすぎない？」

私が力のない抗議《こうぎ》をこころみると、夢乃は肩をすくめた。

「うん、ちょっと言いすぎ。要は、彼女は手を取りあわないってことかな。知章が信じようとしたものに、私はついていこうとしたけれど、彼女は最初から信じなかった。それが、言ってみれば生徒会執行部だということ」

私は結局、二時間ほど夢乃の家にいて、思いつくままに話す彼女の話を聞いてから別れた。話せてよかったと夢乃は言い、本当にそういう顔をしていたから、私は来てよかったのだと思うことにした。もっとも、彼女が一人でかかえていたものが、どっとこちらに手わたされたわけで、その重さに足がよろよろする思いだったけれど。

それでも、少し誇《ほこ》らしかったし、これまで以上に夢乃にかかわれたことがうれしかった。私がかかわることで、夢乃の心境も新しい局面を迎《むか》えるのだとしたら、それが私自身の存在証明にもなるのではないかな。

「明日《あした》はちゃんと登校するから。ノートありがとうね」

ドアを閉じる前、夢乃は少しはにかんでそう言った。その瞬間《しゅんかん》、私は彼女が好きだと心から思った。

三

　あれこれ考えることがいっぱいあって、上の空で帰りのバスに乗ったものだから、私は、もう少しで江藤夏郎がいたことを忘れるところだった。

　駅への階段を降りようとして、すんでのところで駅ビルに彼がいることを思い出した。あわててバッグから携帯《けいたい》を取り出す。

「江藤クン、まだ遊んでるの？」

『おうよ。今どこ？』

「私、もう駅まで来ちゃった。今日はこのまま帰るね」

『ちょっとちょっと。二分でそこまで行くから待って』

　江藤夏郎は、本当にものの数分で姿を現した。雑踏《ざっとう》のすみに立っている私に、ポケットに手をつっこんで駆《か》け寄ってくる。

「待っているあいだに、散財しちまったー。ねえ、何かおごって？」

「あのねえ、なに言ってるの。人に全部押しつけて、勝手に遊んだのはあなたでしょう」

　私はあきれ返った。なんというつらの皮だ。けれども、まったくこたえない彼は、私の顔をのぞきこんで、発見したように言った。

「うわー、機嫌《きげん》の悪い顔」

「当たり前よ」

「何か食っていこうよ。このまま帰ったら、おれの家って遠いんだもん、途中《とちゅう》でいきだおれちゃうよ」

言いつのる彼を見れば、私の機嫌がよかろうと悪かろうと、主張は同じになるようだった。思わず脱力《だつりょく》してしまう。

まあ、私だって家は遠いけれど、彼の家まで、ここから一時間半以上かかるのはたしかだった。それでも、文句も言わずに案内してくれたのだと、私は少し思いなおした。

善意に考えれば、彼が今日の話に加わったとしたら、夢乃の打ち明け話はけっして聞けなかったのだから、門前で逃亡《とうぼう》した彼の判断は正しかったとも言える。それに、役に立たないとはいえ、待っていてくれたこともたしかなのだ。

結果として、私は江藤クンがハンバーガー二個を平らげるのを、目前に見ることになった。私がポテトの小袋《こぶくろ》をつっついているあいだに、バーガーは魔法《まほう》じみたすばやさで消え去った。

「……じゃあさ、中村はもう執行部にもどらないわけ？」

「もどるとしても、辰高祭が終わってからになるって言っていた。考えなおすこともあるかもしれないけれど、今のところ、すぐにはあり得ないみたい」

「それはやっぱり、裏切りだよな。祭りの前が一番忙《いそが》しいんだぜ」

けろりと言ってのける江藤夏郎に、私はむっとした。

「彼女だって、ぎりぎりまで悩《なや》んで決めたんだよ。居場所がなくなること、覚悟していたもの」

「でもさ、あいつ、何から逃《に》げてるの？」

「それは、江藤クンに言えるようなことじゃないの」

「ふーんだ。さようでございますか」

彼は鼻先で言ったが、私は自分が、夢乃に「何も言ってくれない」と腹を立てたことを思い返して、もう少し説明する気になった。

「あのね……これは私の解釈《かいしゃく》だけど、中村夢乃は、男子と同じ立場で鳴海クンのそばにいようと望んで、鳴海クンも、彼女の気持ちを含《ふく》めてよく理解していたんだと思う。でも、鳴海クンがそのまま望みをかなえたことで、ドリちゃんは思ったようにやっていけなくなったんだと思う」

「うわ、ふくざつ」

「ふくざつだよ、乙女心《おとめごころ》は」

私は両手でほおづえをつき、しみじみ言った。

「人を好きになるとか、だれかをふりむかせたいとか、そういう個人的な動機を行動基準にしていると、どうして女の子らしいと思えるのかな。男女にちがいはないはずなのに、私自身も自然にそう思っちゃうから、なんだか不思議な感じ。ドリちゃんは私よりももっと女の子らしかったって、今日は思っちゃった……そのことで、なんだかすごくびっくりした」

江藤クンは認めた。

「そりゃあ、かなりびっくりする」

「でしょうね。だれだって、外見しか見ないもの」

「そういう中村夢乃だって、外見ばっかり見ているんじゃないかな。外見で苦労する人間といったら、知章が最たるものだぜ」

私は思わず、身じろぎを止めた。

「どういう意味？」

「だからさ、あいつは知章の何を見て、徹底的《てっていてき》に献身《けんしん》したいと思ったり、放り出したいと思ったりするわけ？　そのあたりから妄想《もうそう》入っていると思わない？」

少し考えて、私はしぶしぶ認めた。

「妄想といえば、妄想だけど。でも、それを言っても始まらないでしょう。好きなんだから」

コーラの氷をゆすって、江藤クンは言った。

「パーフェクトに見えちまうところが、知章の困ったところなんだよな。それに、サービス精神ありすぎ——他人の期待に応《こた》えようってところが。あいつが今、なろうとしているもの、なんだか知っている？　古きよき辰川高校生だぜ」

　私は何度かまばたきした。

「わからない。何それ」

「おれんちへ来れば、けっこう聞かせてもらえるよ。親父《おやじ》も、じいさんも、その前も、みんな辰川高校生だったから。だから、おれも必ず辰川だと決めつけられて、受験のときには陰《かげ》でこっそり祈《いの》ったんだよな——邦立高校にふりわけられますように、って」

「へええ、すごいね。四代続きなの」

「『今どきの若い者は』と言いたければ、すごくいい方法だな。こういうのは」

　感心する私に、江藤クンは真顔で言った。

「昔むかしの、明治時代の旧制中学校ってやつ？　そこへ行く人間はずいぶん限られていて、エリート中のエリートだと自慢《じまん》しても、まあしかたないだろうな。六・三・三制が始まって、第二高等学校になって、そのうち辰川高校になっても、長いことそういう時代があったらしいよ。学閥《がくばつ》っていうのかな。そういうプライドをもった連中からすると、ふりわけられる今の学校群制度で、生徒はすっかり落ちぶれていると言えるわけ。勝手に言っていろよな、時代が変わったんだから。でも、昔むかしに生まれたとしても、おれなら考えるよ。男子校だったんだぜ――当時はずっと」

伝統歌に「二高校歌」があるのだから、そのことは私も知識として仕入れていた。けれども、私は今まで、学校生活の身近なものごとに結びつけて考えることをしなかった。

「……うちの学校にある、首をかしげるような変なものって、やっぱり昔が旧制中学だったことからくるのかな」

「変なもの？」

「嵐踊《あらしおど》り、とか」

「ああ、あれは戦前からあるって」

江藤クンがむぞうさに言ったとき、私はふいにひらめいた。

「それでわかった。近衛さんが、女子の居場所がないと言った意味が」

（……辰川高校の伝統のなかに、女子がいないんだ。古いものすべてのなかに……）

「近衛有理？」

ひどく慎重《しんちょう》に江藤クンが口にし、私ははっとして彼をうかがった。江藤夏郎もまた、何かを知っているということが、表情を見ればわかった。

たぶん、鳴海クンから聞いているのだろう。でも、それは、夢乃が語った妄想かもしれないものごとと、どこまで合致《がっち》するものなのだろう。

聞いてみたいけれども、不用意なことを言ってはいけないという気も強くするものだった。私がためらっていると、江藤クンはたちまち何気ない様子にもどってしまった。

この人、何くわぬ顔はたいへん上手だ。やたらに無邪気《むじゃき》そうに見える。

「そりゃあそうだ。辰川高校を自慢するおばさんは見かけたことがないもん。それとも、たんに数が少ないからかな」

「ねえ、鳴海会長もやっぱり、自慢を聞いて育っているの？　だからなの？」

「当然でしょう。だけど、おれんちが単純に耳タコで、ああまた年寄りがうるさいって本音で言えるのとちがって、あいつの家、事情がふくざつなんだよ」

具体的なことは決して言わずに、江藤クンは言った。

「知章がけっこう無理しているの、わかっていないとだめだと思うな。中村夢乃が女の子らしいって意味、おれだったらそう取る。せっかくあいつって、能力あるのにな。痛手をこうむって何かに気づくには、知章はこういうこと――急に放り出されるはめになるって意味だけど――何度もやりすぎているんだよ」

江藤クンと別れて電車に乗ってから、私は考えた。

(男の子の言い分、聞かされちゃったな……)

私は夢乃に同情する一方だったけれど、江藤クンの、事情に一切《いっさい》歩み寄ろうとしない意見は、いっそすがすがしいかもしれなかった。生半可にわかろうとすることなく、理解からも誤解からも遠い立場に立っている。

それにつけても、他人のお金で食べたハンバーガー代はいつか返してもらおうと、私は心に誓《ちか》った。

夢乃は約束どおり、次の日には学校へ来た。クラスメートに「鬼《おに》のかくらん」と言われても笑っていなして、教室で見るぶんにはいつもの明るい彼女だった。陽気で闊達《かったつ》な人が、その心中まで明るいとは限らないのだと、私はつくづく思った。

夢乃は立ちなおったけれど、いろいろなことが、突然《とつぜん》ぎくしゃくしはじめたような気がしてならない。それまではなめらかに回っていたと思うのは、私の見方が浅かっただけで、水面下のさまざまなものに気づかなかっただけかもしれないけれど。

きのうの晩、私は鳴海クンの家に電話をかけたのだ。聞いてきてくれと言われた以上、彼女の意志を伝える義務があるが、失望させる内容であるからには、翌朝まで持ち越《こ》して顔を見ながら言うのはいやだった。

電話で彼と話すのはこれが初めてだったが……私が内心びっくりしてしまったほど、電話に出た鳴海クンの声は冷たかった。

通話を切ったあと、家の電話にかけたせいなのかと考えこんでしまったくらいだ。取りつくしまもない感じで、もっといろいろ伝えようと思ったのに、半分も言えなかった。

小さなことではあるけれど、なんだか少し傷ついたなあ。

近衛さんのことにふれたわけでもないのに……常識をもって考えれば、夢乃の疑惑《ぎわく》を私がそのまま口にするわけにはいかなかった。これほど沈黙《ちんもく》を守っている血縁《けつえん》に関しても、私から話すわけにはいかない。

それでもそのほかに、話せることはあれこれあったはずなのだ。夢乃の様子を聞く耳さえもたなかった。

そんなこともあって、午後の授業が終わっても執行部《しっこうぶ》へ行こうとしない夢乃を見ると、胸がうずいた。私も執行部室へは顔を出しづらい気がした。

夢乃はそんな私に気がつくと、かるく笑《え》みをうかべた。

「私に遠慮《えんりょ》などしないで、行ってよ」

「言っておくけれど、私じゃドリちゃんの代わりにはならないよ。他《ほか》の人もそう考えているし。わかっている？」

「うん、わかっている」

ちょっとためらってから、彼女は言った。

「これで、ヒーちゃんまで出なくなったら、私もっと恨《うら》まれちゃうよ」

「……」

それはある意味、妥当《だとう》な意見なのだが。

私が答えずにいると、夢乃は、から元気とも思える態度で言った。

「私ね、執行部を離《はな》れたからこそできることをやってみる。もう、メンバーじゃなくて個人だから。個人なら、立て前など気にせずにどうどうと疑うこともできるよね」

小声でたずねてみる。

「怪人《かいじん》K？」

「そう。私、できるならこの手でしっぽをつかみたい」

彼女は右手を握《にぎ》ってみせた。

「鳴海会長は、ぜったいに動かないよ。女の子を――それも身内の女の子をあぶりだすことなんて、彼には耐《た》えられないから。でも、見ない見ないですませるのは、私はもううんざりした。それを知っていて、彼女は増長するんだから」

私はかたずをのんだ。

「彼女に……言うつもりなの？」

「ううん、言っても逃《に》げられるだけだよ。でも、私は目を離さない――近衛有理から」

「探偵《たんてい》するの？」

私の問いに、夢乃はきゃはははっと笑って、ストーカーはしないよと言った。

「ヒーちゃんは、今までどおり近衛さんとつきあっていていいんだよ。これは、私の問題に私がかたをつけるだけだから」

そういうわけにも、なかなかいかないと思うんですけれど。

バッグを肩《かた》にかつぎ、手をふって教室を出ていく夢乃を見ながら、私は思った。

(闘志《とうし》あるなあ……)

そのほうが、くよくよして学校を休む夢乃より、彼女らしいと言うことはできる。だが、それはそれで心配な気もした。

執行部室へ行ってみると、予想したとおり、夢乃が来ないとわかっても私の仕事があらたに増えたりはしなかった。分担はみんな他へ回ったらしい。かろうじて役に立ったといえば、加藤クンを、副会長争いのせいじゃないとなぐさめることくらいだった。

私は私でしかない。しょせん、夢乃の目から世界を見ることはできず、ましてや近衛有理の目から見ることはできない。ここにいるしかない。

けれども、ここまで夢乃にかかわってしまった以上、有理さんのことをどう考えるかは、この私も答えをもたなくてはいけないような気がした——有理さんの存在に気づいて以来、ひかれ続けた私自身の傾向《けいこう》をもふくめて、あいまいにしておくわけにはいかないような。

(有理さんと対等でいようと思うなら、隠《かく》しごとなどせずに、ざっくばらんに聞いてみるべきだ……私が彼女の友人なら、後ろ暗い気持ちなどもたずに話すべきだ……)

そう思うものの、最近、彼女とは本当に気持ちよくおしゃべりができているだけに、切り出す自分を想像すると、冷や汗《あせ》がでるような気がした。すべてが明るみにでたときに、夢乃の言うとおりだったとしたら……そして、有理さんがちょくちょく私をさそいにくることに、夢乃の推察どおり別のもくろみがあるのだとしたら。

有理さんに関して考えこむことは、同時に鳴海会長に関して考えこむことでもあった。鳴海クンは、顔をあわせてみると、ふだんとどこも変わりのない鳴海クンで、よそよそしいわけでも落ちこんでいるわけでもなかった。

電話が冷たいと思ったのは独りよがりだったかなと、疑わしくなったくらいだ。私の側に引け目があったのはたしかなのだ。

もちろん、夢乃が来ないことには彼もがっかりしていて、困ったと率直《そっちょく》に述べたけれど、希望的観測を述べたのも鳴海クンだった。中村夢乃の責任感の強さからすれば、きっと必ずもどってくる——と。

思わず細心の注意をはらって観察してしまったけれども、彼の態度にわざと作った様子は見られなかった。それも当然だという気はする。こういうときに、少しでも上っつらな態度をとる人ならば、もともと仲間に慕《した》われることなどないはずなのだ。

鳴海クンは、本音でふるまうことができるし、楽観的なところをふくめて自然に彼らしくしているように見えた。がちがちにこうあるべき優等生ではなく、いい感じに肩の力が抜《ぬ》けている。大勢の友人とともにものごとに向かうことができるし、いざとなったらリーダーとして、決めの意見を吐《は》くこともできる。

これは、私が女の子だから、そこまでしか見えないのだろうか。

少し別の目でウォッチングをしたせいで、私は、自分がなぜ彼にあこがれを感じたのか、あらためてわかったような気がした。私がなれずに挫折《ざせつ》した優等生の、本物はこうだという見本を目の前にする思いがするからだ。

真の優等生は、たぶん、「勉強ができていいわね」などとは他人に言わせないのだ。鳴海クンを見ていると、賢《かしこ》いのは得だなあと思わせる。反対意見もふくめて、いろいろな意見を吸いあげることができる。小さなプライドで反発したり、感情的に反応したりせずにすむからだ。

彼より鋭《するど》い論点をもつ人も、アイデアの卓越《たくえつ》した人もいるけれど、鳴海クンを通すとそれらがいっそう統合されたものになる。そういうことができる人に、勉強ができないはずはないのだ。

つまり、この学校に来る人間は、だれもが多少とも学業のプレッシャーを背負っているものだが、鳴海クンは、そこから逃避《とうひ》するのではなく、高みへ行って自由になっているように見えるのだった。彼の周囲に集まる人々も、いくぶん同じものをもっている。優秀《ゆうしゅう》って、たぶんそういうことなのだ。

優秀であればあるほど、自由にばかが言えるのだ。

鳴海クンたちは、少しもまじめ人間ではない。まじめと優秀さは同義語ではなく、類語でさえない。自分を必要以上にできた人間に見せているわけではない――むきになって宮崎委員長と競《きそ》っていることを、隠《かく》そうともしない。

そういう彼らの余裕《よゆう》を、鼻持ちならないと言うこともできるけれど、やっぱり自由になれるほうが得策だと思えた。ドロップアウトした自由ではなく、この場所にいながら自由にしていられるから、鳴海クンにあこがれたのだという気がする。

でも、その彼も、近衛有理さんのことだけは闇《やみ》の中に隠していたわけだ……

江藤クンが今日は何を言うか、聞いてみたい気もしたが、彼は落語の特訓で忙《いそが》しいのか、いっこうに姿を見せなかった。私は、会計のコンピュータ打ちこみを少し手伝ったが、あとは家に持ち帰ることにして、早々に引きあげた。

そうこうしている間にも、辰高祭は日に日に近づいてくる。私は、今では板のような感《かん》触《しょく》になったキャンバスボードに新聞紙を貼《は》り重ね、どのブロックも均等に貼れているか、波うってしまった部分をどう処理するか、チーフの意見をいろいろと拝聴《はいちょう》してから、今度は教室に入ってクラス展示のスタッフを手伝った――彼らが猫《ねこ》の手も借りたそうだったたから、つい申し出てしまったのだ。

二年F組のクラス展示は、わずか三人で細々と準備が進められていた。それもそのはず、地元地域の石仏を、自分たちで撮《と》った写真と調べた文献《ぶんけん》で紹介《しょうかい》するという、考え得るかぎり地味な企画《きかく》だったのだ。

発起人《ほっきにん》の村田《むらた》クンとカメラフリークの清原《きよはら》クンが、夏休みに歩き回ってこつこつ集めた資料だったが、熱中できるのはたぶんこの二人だけだろう。あとは、つきあいで小林《こばやし》クンが文献調べを手伝っているくらいだ。

よく聞いてみると、デジタルでない写真を展示用の大きさに引き伸《の》ばしたボードは、けっこうお金のかかるしろものので、クラス配当の予算ではなかなかまかなえず、モノクロ写真で数点の展示しかできないという話だった。ここまで地味だと、かえって感動できるかもしれない。

「いいんじゃないの……レトロなふんいきを出してみるのも」

「そう思うなら手伝ってよ。まにあわないかもしれないんだ。写真ボードの製作って、手先の細かい作業なんだよ」

村田クンに深刻な顔で言われて、思わず引き受けてしまった。これは、あっぱれなボランティア精神というよりは、EFチームに新聞貼りでしか貢献《こうけん》できず、それでいて執行部《しっこうぶ》の戦力でもない自分に感じる、後ろめたさのせいだった。

私としては、石仏に興味をもったことはいまだかつてないが、自分の指を不器用と感じたこともないので、写真ボード作りに力を貸すことはできる。枠《わく》に写真をゆがみなく固定する方法を清原クンから教わって、雨風に目鼻も薄《うす》れたお地蔵さんの写真を見ていると、こういう目立たない情熱が学問の姿かもしれないと、ふと思った。

あまりにも高校生らしくない関心事だけど、それを本気でおもしろいと言える村田クンのような人たちが、将来においては学問を生むのかも。

こういう人々がいてこそ文化祭が成り立つのだと、今さらながらに思える気がした。私たちは、華《はな》やいだ演技をする体育祭応援団《おうえんだん》や、社会教育会館の舞台《ぶたい》に立つ演劇キャストや、あるいは、その全体を牛耳る《ぎゅうじ》実行委員長や生徒会長といった派手に目立つ人々に、どうしても注目してしまう。けれども、スポットを浴びないものごとに熱中できる人々もいて、それはそれでずいぶん貴重なのだと。

（……こういうことに目が向くのも、私自身が表舞台でつっ走っていないからだな）

去年、応援団員として参加したときには、そんなことに気づく余裕はどこにもなかった。もしも私が、今年の応援幹部だったり、キャンバススタッフだったり、演劇コンクールに魂《たましい》をささげていたりしたら、気づかないことだったにちがいない。ボードの角に注意深くテープを貼りながら、私はそんなことを考えていた。

ふと、われに返ると、手元がもう見づらい。九月が後半になるにつれて、日が急速に短くなっていたのだ。窓の外はずいぶん暗くなっていた。

「教室の電気、点《つ》けるよ?」

入り口わきのスイッチを押したとき、廊下《ろうか》の向こうから、つれだって移動するにぎやかな女子集団の声が聞こえた。女子応援団かと思ってのぞいてみると、奇妙《きみよう》な扮装《ふんそう》をしていたので思わず見入ってしまった。

彼女たちは、薄布《うすぬの》をサリーのように腰《こし》に巻いているのだった。足首までとどくロングのすそをはらって集団で歩く様子は、薄暗《うすぐら》い辰川高校の廊下ではとりわけ異様に見える。これから屋上へ向かうところなのか、みんなでいそいそと階段をのぼっていった。

(ああ、『サロメ』の面々だ……)

二年H組の女子生徒だった。サロメと侍女《じじよ》たちの踊《おど》りは極力秘密にしてあるので、これから人目をしのんで練習しにいくのだろう。もちろん、そのなかには近衛有理さんがいる。彼女は目ざとく私に気づき、ちらりとほほえみかけたが、立ち止まりはせずに階段に向かっていった。

じつを言うと、有理さんに対してどう向きあうか、今も心が決まっているわけではなかった。

けれども、屋上での練習はそう長くないとふんで、私は耳をすませて待っていた。さっき目があった以上、私がそうすることを、彼女も期待しているように思えてならなかったからだ。

それとわからぬ合図を取り交《か》わし、二人きりで会えるときを待つなんて、密会する恋人《こいびと》同士であればロマンチックかもしれないけれど、それ以外ではあまり誉《ほ》められた行為《こうい》ではないと思う。後ろめたさにどきどきする。

でも、H組集団が快く思わないことはわかりきっていて、よけいな波風は立てたくないのだから、これはしかたがなかった。私が一枚の石仏ボードを半分仕上げたとき、階段を下る足音が響《ひび》いた。

「今日はここまでにする。明日《あした》、完成させるね」

村田クンたちがどう思ったか確認するひまもなく、私は教室を飛び出していた。

H組の女子たちが、声高《こわだか》にしゃべりながらもどってくる。私は帰るふりをしながら有理さんの顔を探したが、なぜか彼女はいなかった。やがて、サリーを脱《ぬ》いだ侍女たちが、手に手にバッグをもって玄関《げんかん》へ向かっていったが、それでもどういうわけか、有理さんの姿は見えなかった。

（もしや……）

ようやく思いついて、私は階段をのぼっていった。屋上出口の扉《とびら》には、やっぱり鍵《かぎ》がかかっていなかった。扉を押し開けると、そこには有理さんが一人で立っていた。

「ああ、ちっとも来ないから、迎《むか》えにいこうかと思ったところよ」

笑いをふくんだ声で有理さんは言った。

空はもうすっかり暗く、遠くに見える街のネオンが目立ちはじめている。広い屋上もかなり暗かったが、出口のひさしに電灯がついているので、見わたせないほどの暗がりではなかった。素足《すあし》でコンクリートに立つ有理さんの、腰に巻いた長いスカートが蛍光灯《けいこうとう》に白っぽく浮《う》かび上がっている。上には黒いカットソーを着て、顔と腕《うで》もほの白く浮かび、妖《あや》しくなぞめいて見える。私はこっそりかたずをのんだ。

女の私でさえ胸がどきどきするのだから、彼女と二人きりの待ち合わせをした男性は、いったいどんな気持ちがすることだろう。

もしも私が鳴海クンなら……どんな気持ちがすることだろう。

そんな思いを押しやって、私はつとめてさりげない声を出した。

「『七つのヴェールの踊り』はもうできあがったの？」

「それを今、見てもらおうと思ったのよ」

何のためらいもなく有理さんは言った。そう、私は、彼女の個人アドバイザーなのだった。ゆるやかに動きだしながら、彼女は言葉を続けた。

「……当時の踊りがどんなものだったか、私たちには想像もつかないけれど。それでも、バレエのような振付《ふりつけ》だと、なんとなくそぐわない気がするのね。東洋の踊り……インド舞《ぶ》踊《よう》とかそちらのほうが、イメージにふさわしく思える」

手首をまげ、指先に力をこめて、有理さんはインド彫刻《ちょうこく》の女神《めがみ》のようにポーズをつくった。足をのばし、片ひざを折ると、スカートのすそが割れて白いふくらはぎがのぞく。

「中東の女性って、家の外ではヴェールに深く覆《おお》われているけれど、そのぶん中庭では奔《ほん》放《ぽう》なんじゃないかな……そんな気がしない？」

私はいつのまにかしゃがみこんでいて、自分一人のために踊られる踊りを、ほおづえをついてヘロデ王のように見守っていた。この情況《じょうきょう》が、なんだかひどく非現実なものに思えてならなかった。薄暗《うすくら》がりも手伝って、屋上で踊っている有理さんが人間ではないもののような。

踊り……踊りってなんだろう。

これまで私は、ダンスとは音楽を身振《みぶ》りで表現することだと漠然《ばくぜん》と思っていた。けれども、この場には音楽がかかっていなかった。有理さんは無音で、彼女の内側にしかない音楽を聞いて踊っていた。

言葉は他人に伝えるためにあるように、踊りも他人が見るからこそ踊るものがある。他者に訴《うった》えるための工夫。ディスプレイ。視覚刺激《しげき》のために、自分を投げ出す行為——手も足も体のしなりも、全部見る人にあずけてしまう。けれども、本当のところは何一つ与《あた》えていないことを知っている――ダンサーって、たぶん、そういう人たちなのだ。なぜなら、彼女がそのとき何を考えているかは、だれにも見えないのだから。

最後にひざまずき、頭を低く下げて踊り終えた有理さんは、ふうっと息をついて顔を上げた。

「サロメのソロはこんなぐあい。どうだった？」

「堂に入っている。近衛さん、踊りを何か習っていたでしょう」

「小さいころバレエをやっていたの。それからこのあいだ、インド舞踊教室へ行ってきちゃった――参考にするために」

「徹底《てってい》してるねー」

私が言うと、彼女はうれしそうに笑って髪《かみ》をはらった。

「このソロの前の、七人の群舞《ぐんぶ》のほうが手に負えないものだから、このところは練習しているひまもないのよ。まだ二、三なおすべきだと思うけれど、誘惑的《ゆうわくてき》な踊りになっている？」

「うん。それはじゅうぶん、なっていると思う」

有理さんが立ったので私も立ち上がったが、彼女は私のそばまで来ると、そこに腰を降ろしてしまった。

「もう少しここにいましょうよ。疲《つか》れちゃった……私って、ダンスの先生には向かないわ」

　くしゃっとした感じで座っても、彼女はどこか、いまだにダンサーに見えた。手足が長くて表現力があるんだな。

「近衛さん、踊るときにはサロメの気持ちになっているの？」

　私は、ヘロデ王の配役はだれだったろうと考えながら、用心深くたずねた。

「まだまだ。振付でまだ頭がいっぱいだもの。でも、踊りこんだら、最終的にはそうしたいと思う。ヨカナーンのことだけを考えて踊るの」

「ヨカナーン？　踊ってみせるのはヘロデ王でしょう」

「あんな、やにさがったおやじはサロメの眼中にないものよ。ヨカナーン、ヨカナーン、ヨカナーン――それだけよ」

　有理さんは言い切った。私はちょっと首をかしげた。

「でも、ヨカナーンは牢獄《ろうごく》にもどされて、彼女の踊りを見ていないよ。サロメはヘロデ王の前で踊って、なんでも望みをかなえると言わせるのでしょう」

「そう、サロメは王に誓《ちか》わせる。王の前で踊る。でも、王のために踊ったというのは、ヘロデの手前勝手な勘《かん》ちがいよ。サロメの目にはヨカナーンの姿しか映っていない。だからこそ、すばらしくも踊れるのでしょうし、終わったあとに褒美《ほうび》を聞かれたら、『ヨカナーンの首』としか言えなくなるのよ」

今すぐここへ、銀の大皿にのせて——ヨカナーンの首を。

セリフを思い出して、私は少しばかり寒気を感じた。

「妄執《もうしゅう》だよね。サロメは、どうしてそこまで自分を追いつめちゃったんだろう」

「ヨカナーンがサロメを見なかったからよ。彼の神もサロメを見なかったから」

有理さんは背筋を伸《の》ばすと、見上げる角度に頭をおこしてサロメのセリフを言った。

『『——なぜあたしを見つめてくれなかったの、ヨカナーン。その手の陰《かげ》に、その呪《のろ》いの陰に、おまえは顔を隠《かく》していた。わが神を見たいと思う者の目隠《めかく》しを、おまえは自分の目にかけてしまった。なるほど、おまえは自分の神は見たであろう、ヨカナーン。でも、あたしを、このあたしを、おまえはとうとう見てはくれなかった。もしひと目でも見さえすれば、おまえとてあたしを愛してくれたであろうに……』』

サロメはこの言葉を、ヨカナーンの首を抱《いだ》きながら言うのだ。ほとんど狂乱《きょうらん》しての独白。彼女の思いこみも狂気《きょうき》のさなかにある。

「本当にそうかな。サロメの踊《おど》りを見ることができていたら、ヨカナーンもサロメを愛したと思う？」

私がたずねると、有理さんは頭の中でセリフを追うのをやめて、こちらを見た。

「……無理じゃないかな。そういうはこびならば、相手役にわざわざ聖者をもってくる必要はないもの。でも、だからこそ、サロメは自分がまちがったことをしたとは思っていないの。たとえ最後にヘロデ王に殺されても、殺される瞬間《しゅんかん》までこれを罪だと思っていないのよ」

「まあ……実の母親は喜んでいるものね。自分のことを非難しつづけたヨカナーンが死んで」

「ヘロデヤのことは、今の私たちにとっては、ヨカナーンの批判のほうがぴんとこないものよね。兄の妻だった人が、未亡人になった後に弟の妻になったからって、今なら近親相《きんしんそう》姦《かん》とは言わないもの」

「そう言っているの？」

さすがに有理さんは「サロメ」をすみずみまで読みこんでいる。うなずいて、すらすらと言った。

「もっとも、ヘロデは兄王を殺して玉座について、王妃《おうひ》までも受けついだのだから、その点がよくないのかもね。これってハムレットの母親と同じ構図なの、知っていた？　ハムレットは時代が下るから、近親相姦とは言わないけれど、不倫《ふりん》だと非難している。それにしても、ヨカナーンもハムレットも、どうしてそんなに女性の側をあげつらうのかしらね。王妃にとっては、わりとどうしようもなかったと思わない？」

私は考えこんでから、「ハムレット」との比較《ひかく》はおもしろいと思った。

「そういえば、ヨカナーンとハムレットって似たような男性かもね。どちらも堅《かた》ぶつで生《き》真面目《まじめ》で。彼ら、男の権力争いはさしおいても、女の人は貞節《ていせつ》でないといけないと思うんでしょうね」

有理さんはおかしそうな目をした。私がついのせられてしまったのが、おかしかったのかもしれない。

「私ね、ヘロデヤとサロメが生きていた時代には、まだまだ女神崇拝《すうはい》が残っていたのだから、彼女たちは、ヨカナーンの神の論理とはちがう女神の論理を知っていて、その正しさに従って生きていたのだと思うの。サロメは罪だと考えていなかった。サロメは、救おうとしたのよ――目をつぶったヨカナーンを、彼女から見れば無知もうまいな目隠しから」

「首を斬《き》って？」

「他《ほか》に方法がなかったのよ」

痛恨《つうこん》の思いをこめたように有理さんは言い、私は黙《だま》った。

有理さんに問いただしたいことはたくさんある。胸の内にうずまいている。なかでも私が知りたいのは、どうしてこの私に声をかけたのか、ということだった。それまで見知らぬ同士と言ってもよかったのに、どうしてあのとき、本屋で私をさそったのか――

夢乃は、それをもくろみだと言った。私もなんだかそんな気がする。鳴海クン執行部《しっこうぶ》の内情を聞き出せる人間として、私がもっとも与《くみ》しやすかったからではないだろうか。

けれども、一番聞きたくないのもまたそのことだった。それでは自分があまりにみじめになるので、考えたくないという点もある。それに、彼女が底に何を秘めているにせよ、私は有理さんという、たぐいまれな感性をもった人物とこのまま作品の話をしていたかった。他のだれともできない、『サロメ』上演前の今しかない、貴重な時間だった。

（……それでも、このまま黙っているわけにはいかない。知ってしまった以上、何もなかったかのように話すわけにもいかない――）

さんざん迷ってから、私は言った。

「あのね、中村夢乃が執行部メンバーをやめたんだ……」

「ふうん」

彼女は気のない返事をした。個人的なコメントは何もないらしい。

「――それで？」

「手がたりなくなったから、私もこれから忙《いそが》しくなるかもしれない」

中途半端《ちゅうとはんぱ》な気持ちが、私にうそをつかせる。けれども有理さんは、身を引こうとする私の態度を敏感《びんかん》に感じとった。

「上田さん、何かあったのね。個人アドバイザーはもうできないって意味？」

「そういうわけじゃないけれど。『サロメ』に関しては、これからも陰ながら応援《おうえん》しているつもり。自分のチームよりも、よっぽど舞台《ぶたい》が楽しみなくらい応援している。でも、こうも直前になると、チームの人たちに誤解されそうで」

「あなたが、他チームの作品をぶち壊《こわ》すって？」

有理さんはくすりと笑った。人畜無害《じんちくむがい》な上田ひろみにできるはずがない、という笑いに受け取れた。

「いちおう、チーム対抗《たいこう》で競《きそ》っているわけですし。これはコンクールだから」

私が、いくらか気色ばんで言うと、有理さんはものうげにつぶやいた。

「みんな、本当に闘《たたか》うことが好きね……ささいなことでもあげつらって」

生きることは、それだけで闘うことと同じなのかもしれない。べつに、目をひく形で他人と争っていなくても……

私は結局、最初からずっと、有理さんとの勝負には負け続けているのだった。何も言いだせないことは、敗北宣言をしているのとほとんど同じだった。

ふいに、有理さんはそれまでの話題とは大きくはずれることを言った。

「Hush-a-bye, baby, on the tree top, ——これ、何だか知っている？」

「マザーグースでしょう」

これには、即座《そくざ》に応じることができた。この前話したときに、二人とも、マザーグースを絵本で知ったことが話題になったのだから。

「そうそう、マザーグースの子守歌《こもりうた》。怖《こわ》い歌だと思っていた？」

「え……あんまり——」

Hush-a-bye, baby, on the tree top,
When the wind blows the cradle will rock;
When the bough breaks the cradle will fall,
Down will come baby, cradle, and all.

ハッシャバイ、ベイビイ、樹《き》のてっぺん
風が吹《ふ》いたら　ゆりかご揺《ゆ》れる
枝が折れたら　ゆりかご落ちる
赤ちゃん、ゆりかご、もろともに
「私も、むかしは怖くなかった。小さな子どもは、べつにこれを怖いと思わないのよ」
有理さんは、かみしめるように言葉を続けた。
「おとうさん、おかあさんが『高い高い』をしても、小さな子どもは笑うでしょう。落とされるなんて、みじんも考えていない。同じようにこの歌も、ゆりかごが落ちたって、おもしろいだけだと思っていた。おかあさんが受けとめてくれると、どこかで考えているのよ。おかあさんその人でなくても、大きくてやさしい強い人が」

「……ああ、なるほど。おかあさんが歌う子守歌だから怖くないってことか」

私がうなずくと、彼女は真顔で私を見た。

「これが女神《めがみ》のいる古代世界だと、私は思うの。受けとめてくれる人のいる世界。そういうものは、あとかたもなく壊れたわ……もうこの世のどこにも残っていない。今の世の中、大人になったら、だれがそんなことを本気で信じられる？　ヨカナーンの神は罪と罰《ばつ》を語るばかりだし、サロメは、死ぬことでしか舞台を終わらせることができないのよ」

私には、意味を問い返すことができなかった。つまらない言葉でほぐす前に、受けとめなくてはならないような気がしたのだ。

そのときはそれで正しかったかもしれない。けれども、こうしてこの日、結局有理さんに何も切りださなかったことを、後で私ははげしく後悔《こうかい》することになるのだった。

第四章　銀盆の首

一

演劇コンクールの三日前のことだった。いや——午前〇時を回っていたのだから、正確には二日前だ。

私は合唱祭の夢を見ていた。優勝候補のクラスが舞台に並び、会場の照明が落ちていく……周囲の生徒が息をつめる。その瞬間《しゅんかん》に、私のポケットの携帯電話《けいたいでんわ》がピロピロと鳴り出すのだった。いっせいに非難の目が集まり、身のちぢむ思いをする。

『私はぜったいに電源を切った。私のせいじゃない』

叫《さけ》びたいが、声を出せばますます妨害《ぼうがい》になるので言うことができない。あせって手もともおぼつかないため、ボタンを押しても押してもコール音は鳴りやまない……

そういう、たいへん疲《つか》れる夢だった。はっと目をさますと、ここは私の部屋で、バッグに入れたままの携帯のコールが鳴り続けていた。

(何時よ、いったい……)

十中八九、まちがい電話だと思った。この私は、夜中になって連絡《れんらく》をとるカレシがいる身分ではないし、友人たちも、これほど遅《おそ》い時間にコールする人々ではない。思いついた用件はメールで送るはずだ。

出るのをやめようと思ったけれど、ちっとも鳴りやまないのでとうとう手を伸《の》ばした。警戒《けいかい》をこめて不機嫌《ふきげん》な声で応じる。

「はい?」

『あ、上田? 寝《ね》てた、もしかして』

江藤夏郎の声だった。寝ているほうが悪かったようなその口ぶり、どうにかしてほしい。

「もしかしてって、あなたね——」

私は、とっても朝の早い遠距離《えんきより》通学者なんですけれど。しかし、考えてみると江藤夏郎も同じ立場だった。

『ちょっと聞けって。こいつは緊急連絡網《きんきゆうれんらくもう》なんだ。おれの携帯、おたくの番号が入っていただろう。だから、鳴海会長が流した連絡回してるの』

私はどきりとし、もう少しはっきり目がさめた。

「何かあったの？」

『学校で火事があった』

「カジ？」

まだ寝そべったまま応対していた私は、思わずベッドに起きなおっていた。

「うそでしょう。燃えたってこと――うちの学校が？」

『いや、落ち着けよ。学校がまるまる燃えたわけじゃない。校庭であったボヤさわぎで、建物などはまったく無事らしいよ。うちのクラスの倉持、家が近いから自転車で見に行っているんだ。消防車が何台も来たけれど、火そのものはたいしたことなくて、すぐに帰ったって』

「火が出たのって、いったいどのあたり？」

辰高生ならだれでも、まっ先に思い浮《う》かべるのは石油缶《かん》かまどだろう。でも、私たちは、火のしまつだけは念入りに行うようにしていて、翌日火をおこすのがどれほどたいへんであっても、水を何杯《なんばい》もかけておく決まりなのだ。

『それがね……体育館わき、ピロティのあたり、だってさ』

電話の声のトーンは急に落ちた。それもそのはず、ピロティ周辺は、わがEFチームに割《わ》り振られたなわばりだった。私たちがいつもキャンバス貼《は》りを行っている、まさにその場所だ。

「そんなはずないよ。うちのチームが火を消さなかったなんて、そんなことあるはずない」

私は必死になって言ったが、江藤クンにうったえても意味がない。それに、百パーセントの確信なんて、本当はだれにも持てないはずだった。

えらいことになった……こういうことが起こる危険性は、たしかにいつでもあったのだ。それでも、先生たちが目をつぶってやりたい放題にさせてくれていたのは、生徒の常識と責任感を信用してくれたからこそだった。

私たちは信頼《しんらい》を失ってしまう――

「鳴海クン、どう言っていた？　会長のところには学校から連絡があったの？」

『うん、小杉ちゃんの電話もあったらしいね。先生の何人かが現場に駆《か》けつけるから、知章もタクシーひろったって、車の中から電話をよこした。あいつだってEFチームの一員だもの、じっとしちゃいられないだろう』

私はようやく時計を見た。一時に近かった。もう、電車は一本も通ってはいないだろう。

「聞きたくないんだけれど……燃えたのは、やっぱり――」

『ピロティで燃えるものといったら、キャンバスブロックしかないだろ』

わかってはいたけれど、気持ちがいっきに沈《しず》みこんだ。学校全体が燃えてしまったほうが、まだましだったかもしれない。そうであれば、体育祭もなくなっていただろうから。

夏の前から作り始めたブロック——〇・一ミリもない新聞紙を根気よく貼り重ねて、この私もいったい何枚貼りつけたことだろう。

「どうなるのよ。体育祭まで、あと十日もないのに……」

『ブロックの全部が燃えたはずはないよ。まとめて置くと危険だってわかっていたから、分散してあったはずで、ピロティにもそうたくさん並べてあったはずはないんだ』

江藤クンはふっとぼやく口調になった。

『おれなんかは、まあ、駆けつけたくても、地理的に無理だけどな——』

「そうだね……」

彼が電話してきた気持ちが、ちょっとわかった。朝まで待たなくてはならない自分の身が、むやみに腹立たしかったのだろう。

キャンバスの焼失——それだけで充分《じゅうぶん》ショックだが、この失態が、だれの過失になるのかが気になった。その責任をかぶる人間はつらい。

「ねえ、これって、現場検証とかあるのかな」

『消防が入ったんなら、あるんじゃないの。伏《ふ》せとくわけにはいかないよ。それでさ、生徒に火など使わせるんじゃないって、学校側にきびしい申し入れがくるんだぜ』

「うん——目に見えるよね……」

こうなってくると、毎年、無事にキャンバスが作られてきたことのほうが不思議に思えてくる。前年に忠実に、前年に忠実に、辰川高校生はいったいいつからキャンバスを作り続けてきたのだろう。それを、私たちの代が見事にだいなしにしてしまったのだ——そう思うと、いてもたってもいられないような気がする。

少し黙《だま》ってから、江藤クンが言った。

『だけど、現場検証の結果、火の不始末だったほうが、不審火《ふしんび》よりはまだましだという気がするな』

「どうして？　不始末でなければ何でもいいよ。ＥＦの責任じゃないとわかれば」

とっさに言ってしまってから、私はぎくりとして電話を握《にぎ》りなおした。

「不審火って——もしかして、放火のこと？」

江藤クンはためらう声になった。

『この際、オフレコで言っちゃうけれどさ……知章のやつ、最近また脅迫状《きょうはくじょう》を受け取っているんだよ。だけど、あいつ、みんなに言わないで握りつぶしたんだ。辰高祭も目の前だから、大勢をへたに動揺《どうよう》させる必要はないって理屈《りくつ》でさ』

「握りつぶした？」

私は信じられないといった驚《おどろ》きをこめた。

「なんなの、それ。その結果がこの火事なの？　どうして鳴海クン一人で判断しちゃったわけ？　彼、メンバーの意見を信用していないの？」

『そういうわけじゃないと思うけど……』

電話の向こうで、江藤クンは口ごもった。けれども私は、事態を教えてくれなかったことがひどく不当に思えた。もっとなじりたくなったとたんに、気がついた。

「あっ、わかった。ドリちゃんが、どうしてああいう行動に出たのか。彼女、鳴海クンの握りつぶしを知っていたんじゃないの？」

『――かもな。女って、どうして嗅《か》ぎつけるのは早いのかな』

江藤クンのぞんざいな言い方が、私にはカチンときた。

「女だからじゃないでしょう。ドリちゃんは鳴海クンのこと――」

いつも見つめていたから。夢乃にとって彼が特別な人だったから――って、やっぱりそれは、夢乃が女だからってことか……

私のしりきれトンボに気づかなかったように、江藤クンはのんきに言った。

『おれさあ、母親とか姉貴とか、こちらがまずいと思うことばかり、どうして気づくんだろうって恐《おそ》ろしくなることがあるよ』

「江藤家って、なんだか平和だよね」

『なんでそんなこと言えるんだよ』

キミがこういう性格に育ったからだよ、と考えたけれど、これを相手に言うのはやめておいた。ひと息吸いこんでから、私は決意して口にした。

「江藤クン、私もオフレコで言っちゃうけれど――鳴海クンって、近衛有理さんが犯人だと思って脅迫状を握りつぶしたんじゃないの？」

江藤クンは少し間をおいた。

『……おひいさん、どこまで知っている？』

「鳴海クンと近衛さんが従姉弟《いとこ》だってこと。ドリちゃんの中学の生徒会で事件があったこと。中村夢乃はこれらを関連づけて、鳴海クンが彼女をかばっているにちがいないと思っていること――そのくらいかな」

電話の向こうからため息が聞こえた。

『そういえば、あんたは近衛有理とも親しいんだったよな……』

私は思わず座りなおした。

「近衛さんから聞いたわけじゃないのよ。彼女、そういうことは一切《いっさい》言わない。私が知っているのは、ドリちゃんが教えてくれた情報だけ」

『そりゃあ近衛有理だったら、言わないだろうな』

その言葉は、犯人だったら言わないだろうな、という含《ふく》みに聞こえた。心臓がせりあがってくるような気がして、私は電話を握りしめた。

「言ってよ。彼女が脅迫状を送ったの？　そして、この火事――」

『うわ、やめてくれよ。おれに聞くなよ。真相がわかるわけないって』

情けない声を出す江藤クンだったが、私はまだねばった。

「それなら、鳴海クンは？　鳴海クンからはどう聞いているの？」

『あいつがタクシーに飛びのったとき、そういうものが浮かんでいただろうとは思う。だけど、これはまじで早とちりがゆるされる問題じゃないだろう。まだまだ、火の出どころもわからないんだし、キャンバスの被害《ひがい》もわからないんだし……明日《あした》になってみないと、なんとも言えないよ』

「そうだね……」

もっともな江藤クンのご意見なので、私は少し頭が冷えた。けれども、続けて言わずにはいられなかった。

「だけど、もしもこれが、だれかがわざと火をつけたものだったとしたら、私はそんなふるまいをゆるせない。どういう理由があっても、事情があっても、仲よくしている人であっても。鳴海クンの考えって、私にはわからない」

『うーんと……』

頭をかくような気配があってから、江藤クンはたずねた。

『そういうおひいさんは、近衛有理となに話しているのさ』

「『サロメ』と『ハムレット』と『マザーグース』の話よ。わるい？」

私は不機嫌《ふきげん》に言ったが、すごんだわけは、彼の指摘《してき》が鋭《するど》かったからだとわかっていた。

私だって、有理さんに面と向かっては何も言っていないのだ。

『げっ、それって文学』

「サロメはどうして、ヘロデ王をそそのかしてヨカナーンの首を斬《き》らせたのかという解《かい》釈《しゃく》の話よ。もっとくわしく聞きたいの？」

『ごめんよ。おれが悪かった――』

彼はすばやく逃《に》げ腰《ごし》になり、それ以上つっこんではこなかった。

江藤クンと一時間近くも話してから、私は電話を切った。切ったけれども、もう一度眠《ねむ》りにつくのはとうてい無理だった。学校の情況《じょうきょう》が気になり、頭の中をさまざまな考えが駆《か》けめぐって、どうにもならない。

もう夜明かしだと決心した私は、結局、今度はこちらから江藤クンに電話をかけてしまった。始発電車で学校へ行こうと思うなら、お互《たが》い、あと何時間も寝《ね》てはいられないのだから。

江藤クンも寝てはいなかったけれど、二人とも話に内容がなくなってきて、四時になるまでひたすらどうでもいいことをしゃべっていた。頭のどこかは冴《さ》えていて、眠気も感じないのに、ばかになったような気分。こんなことができること自体、不思議だった。

私が家を出てずいぶんしてから、クラスの連絡網《れんらくもう》で、火事の事後対策のため授業が一日休講になるという連絡が回ってきたらしい。けれども、私が学校についた時刻には、そのことを知っている生徒も知らない生徒も、けっこうな人数がやってきていた。

だれもがまっ先に出火場所を見にいったが、ピロティ付近はロープがはられて立入禁止になっている。焼けこげのついたコンクリートの壁《かべ》や敷石《しきいし》、水で流した煤《すす》や灰のあとが、離《はな》れたところから見てとれるだけだった。

しかし、これをながめただけでも、他《ほか》に燃えるものなどないことがよくわかった。雨よけにピロティの奥へ引きこんだキャンバスブロックの、すぐそばに石油缶《かん》を放っておくことなどあり得ない。

だれかが火をつけたのでなければ、燃えない——

ロープぎわに、EFチームキャンバスチーフの松浦《まつうら》クンの姿が見えた。彼も早々に駆けつけた口だろう、たいへん顔色が冴えなく見えたが、それも当然だった。彼の周りにはチームの人々が集まっているので、私もそちらへ行ってみた。

松浦クンは、みんなから「とっつぁん」と呼ばれてしまう愉快《ゆかい》なタイプなのだが、今朝はこの時点ですでに答弁疲《づか》れしているらしく、押し黙《だま》っている。代わりに島岡《しまおか》クンが私に説明した。

「なくしたブロックは八個だよ。設計図上で言うと、組み立てたときに右肩《みぎかた》に当たる部分が灰になった」

「ああ、でも、八個で済んだのか。じゃあ、EFキャンバスのほとんどは無事なのね」

私が少しほっとすると、島岡クンは顔をしかめた。

「デザイン的には壊滅的打撃《かいめつてきだげき》だよ。おれたちに欠けたキャンバスを建てろっての？　作りなおす時間は、もうぜんぜんないんだぜ」

キャンバスはたしかに、最終段階までこぎつけていた。ボードの厚みが充分《じゅうぶん》になったブロックは、文化祭後の一週間で、表面にきれいな白い紙を貼《は》りつめ、チームカラー――私たちの場合はスカイブルー――を主体とした色ぬりが始まる。これは最初のデザインに沿って厳密に仕上げられるが、まだブロックしか見ていないメンバーに、その意匠《いしょう》はわからない。

一方では、チーム陣営《じんえい》となる校庭の四隅《よすみ》に、キャンバス設置用の丸木柱が何本も立ち始める。さらにそこには横木が組まれ、体育祭前日になると、いっきにブロックが組み上げられるのだった。

そのとき初めて、チームの面々は自分たちが汗水《あせみず》たらして何を作ってきたかを知る――トラだったりワシだったり朝日だったりする、自分たちのシンボルデザインに気づくのだ。

このときの達成感のために、われわれはキャンバス製作をがんばっているのかもしれなかった。それが、デザインとしてできあがらないものになってしまったら、壊滅だと思う気持ちもたしかにうなずけた。

「でも……ここまで苦労したのに。残りのブロックを全部むだにする気はないでしょう？」

「わからないよ。体育祭がどうなるかもわからない」

島岡クンは陰気《いんき》に言った。

「キャンバスだって賞審査《しんさ》があるんだぜ。最初から四位とわかっているものを、どうして建てられる？　で、もしもEFだけキャンバスなしだったら、それは応援団《おうえんだん》演技にだって差がつくだろう。全体に審査が成り立たなくなるなら、もしかしたら、体育祭そのものが中止になるかもしれない」

「そんな……」

私が息をのむと、松浦チーフが疲《つか》れた声で言った。

「——教師たちが、今日それを話し合うそうだよ。おれ、知っているんだ、今までにも職員会議で、キャンバス作りは危険だって毎年のように反対意見が出ていたってこと。こうして、火の不始末をしでかしたとなっちゃ、本当にどうなるかわからないよ」

私の後ろで、チームのだれかがぼやいた。

「どうして火が出たんだろうな。あるはずないのにな……」

「あまりにすごいキャンバスだから、他チームにねたまれたのか」

「ここまでするかよ、ふつう……」

松浦チーフが、それはそれは大きなため息をついた。

「どうして、おれ、こんな目にあうんだろう。人生いやになっちゃうよ……」

(ゆるせない……)

その気持ちが、私のなかで再びむくむくと頭をもたげた。

自分だけの都合で、他人の努力をこれほど無下にする行為《こうい》はゆるせない。それが、体育祭たった一日のための、それを過ぎれば無用の長物となるしろものであろうとも。私たちがEFチームの思いをこめ、何か月もかけて作ったことには、きっと何かの意味があったにちがいないのだ。

イベントの継承《けいしょう》に忠実であろうとした、私たちの苦心をあざわらう態度はゆるせない。こんなことで、不注意のぬれぎぬを着たまま、キャンバス廃止《はいし》に追い込まれるなんてたまらない。たとえ辰高祭を阻止《そし》することが、だれかが何かに挑戦《ちょうせん》する行為なのだとしても、これほど卑劣《ひれつ》ではた迷惑《めいわく》なやり方でやられるのはごめんだ。

(ゆるせない……もしもEFキャンバスを燃やしたのが有理さんだったら、たとえ有理さんであっても……)

私はその場で、さらに集まってきたEFチームの人々としばらく事態を憂《うれ》いあった。だれもが、うっかりした出火とは考えられないと口々に言った。その言葉の裏側にある疑念

──放火かもしれないという疑念は、みんなが最初のショックからたちなおるにつれて、ますます色濃《いろこ》くなっていくように思えた。

気がついてみると、執行部《しっこうぶ》メンバーは一人も姿を見せていなかった。私が来るより先に、すでに部室へひきあげているものと見える。クラスメートとの話もおおかたすんだので、私は執行部室に足を向けた。

扉《とびら》を開けると、執行部の古テーブルには、鳴海会長、加藤クン、田中クン、木戸クン、八木クン、江藤クンがついていた。そして、私の目の前には中村夢乃が立っていた。すらりとしたジーンズの立ち姿。この部屋では、まだまったく違和感《いわかん》のない──

「あっ、ドリちゃん」

私が目をまるくすると、夢乃はこちらを見てオハヨと言ったが、目がぜんぜん笑っていなかった。江藤クンも私を見たが、ひとことも発しなかった。それほどに深刻な話をしていたのだということが、空気で察せられた。

「座りなさいよ、ヒーちゃん。私は今、執行部じゃないから、ベンチにつくことはできないの」

夢乃は言ったが、そうですかとは座れないだろう。

「そんな決まり、どこにもないでしょうに」

「私は今、生徒会幹部の怠慢《たいまん》を告発しているところだから、座れないの」

（うわ、怖《こわ》い……）

このしたたかな執行部メンバーが、冗談《じょうだん》一つ言えない状態におちいっているわけがよくわかった。私はすごすごとベンチの端《はし》に座った。

鳴海クンはいつもより髪《かみ》がぼさぼさで、松浦チーフと同じくらい、疲れて口もききたくない様子に見えた。夜明け前からずっと学校にいるのでは、そう見えないほうがおかしいだろう。だが、口を開いたのは彼だった。

「――脅迫状《きょうはくじょう》を伏《ふ》せたことが、判断ミスだったかもしれないということは、事件が起きてしまった以上認めるよ。でも、怠慢をしたとは思わない。それは、中村に言われることじゃない」

声は落ち着いていたけれど、あてこすりを言うところに余裕《よゆう》のなさが感じられる。夢乃は少しもひるまなかった。

「防止できなかったのは、犯人にうすうす当てがありながらも、何の措置《そち》もとらなかったからでしょう。それが怠慢でなくて何なの。キャンバスを燃やすなんて、同じ辰高生なら、およそ考え得るかぎり最低最悪の背信行為だよ」

夢乃は怒《いか》りにふるえていた。心の底からのまじりけのない怒りだった。

「私もこれを阻止することができなかった。そのことが悔《くや》しい。悔しくて情けないけれど、会長、あなたのことも情けない。騎士道《きしどう》ぶるのもいいかげんにしてよ。こんな大胆《だいたん》なまねができるのは、たおやめでもレディでもなく、りっぱに他人に危害を加えることのできる人物だよ。危険人物。そういうものを、あなたは野放しにしたんだよ？」

鳴海クンは両手を組んだ。

「おれにどうしてほしいんだ、中村は」

こんな会話に口をはさめる人物がいたら、お目にかかりたいものだ。私を含《ふく》めたその他一同は、首をすくめて嵐《あらし》の終わりを待つしかなかった。

「選んでほしい」

深呼吸をしてから、夢乃は言った。

「あなたがあばくことから逃《に》げても、いずれ隠《かく》し通せなくなる。みんな、それほどのばかじゃないもの、近いうちに火付け人のうわさが立つ。ここまでことが大きくなったら、槍《やり》玉《だま》にあがるだれかはぜったいに必要になるよ。あなたがかばうだれかと、生徒会長の立場と、二つに一つを選んでほしい」

息をつめるような沈黙《ちんもく》が、執行部室を支配した。私は早くも手のひらが汗《あせ》ばんでいた。

鳴海クンに片思いだと語った夢乃からすれば、これは、自《じ》暴《ぼう》自《じ》棄《き》とも言えるふるまいではないだろうか。

鳴海クンはしばらく答えなかった。少ししてから、のろのろと言った。

「言いたいことはわかった。でも、それでも——証拠《しょうこ》がない。昨夜学校に侵入《しんにゅう》した人物は特定できないし、消防に通報した人物も特定できないんだ。先生たちにも、あれこれたずねてはみたんだが」

夢乃が追い打ちをかけた。

「このまま犯人もあがらなければ、先生たちに来年からキャンバスを廃止すると言われても、まったく反論できない状態になるよ。それをくいとめるのが生徒会長でしょう」

「だからって、もしも嫌疑《けんぎ》がまちがいだったとしたら、そちらのほうが、とりかえしのつかないことになるんだぞ。慎重《しんちょう》すぎても悪いことじゃないだろう」

「彼女の昨夜の動向は？」

鳴海クンは苦い顔をした。

「家にはいなかった……だが、彼女はそれがめずらしくない」

鳴海クンが進退きわまっていることを、夢乃もとうとう察したのだろう。口調がふいにやさしくなった。

「最後は本人に直接聞くべきだよ、会長。今までずっと、それを避《さ》けてきたんでしょう。どんな犯罪だって、自首するのが一番だし、そうすすめるのが潔《いさぎよ》い道だよ。彼女にたずねて、答えを聞いて、それから次にすることがわかるんじゃないの？」

鳴海クンは考えこんでいた。私はそっと周囲を盗《ぬす》み見て、このうちの何人が「彼女」の個人名を特定できているのだろうかと考えた。見ただけでは、ぜんぜんわからない。江藤クンだって、見た目はぼんやりしているだけに見える。

ようやくのことで、鳴海会長が意志決定をのべた。

「——とりあえずは、職員会議の結果を待とう。その決定いかんで、生徒会の働きかけもちがったものになると思うから。だけど、中村にこれ以上逃げるとは思われたくないから、学校側がどうあっても、自分の決着はつけるよ。それでいいだろう」

職員会議は、短くても午前中いっぱいを費《つい》やす様子だった。私は、今になって一日ブランクだということを知って、げんなりしてしまった。それならば、午後から出てきても遅《おそ》くはなかった。まともな睡眠《すいみん》がとれたものを。

夢乃もきっと、ゆうべ一睡もしていないにちがいなかった。だから、こんなにぴりぴりしているのだろう。それは鳴海クンも同じだったが。

夢乃と二人で、なんとなく外に出て、近くのコーヒー店に入った。カフェインでもとらなくてはやっていけない気がしたのだ。

席についてから、ようやく私は切り出した。

「ドリちゃん——全面対決。あれでよかったの？　あそこまで言って」

「嫌《きら》われてもよかったの、って意味？」

「うん、まあ」

「私、もともと白黒をきっちりつけたいタイプだよ。黙《だま》っているのが体に悪かったって、もう気づいた」

コーヒーに砂糖をたくさん入れながら夢乃は言った。思った以上にさばさばした口ぶりだった。

「でも、彼のほうはずいぶんショックだったと思うな。徹底的《てっていてき》に鳴海クンから離《はな》れちゃうつもり？」

「ううん……そういうわけでもない。気持ちはそんなに割りきれないよね」

カップからひと口のんで、彼女は顔をしかめた。

「うっ、甘い」

「入れなきゃいいのに」

「血糖値を下げたくない気分なんだもん。今はまだ落ちこみたくないの」

そう言ってから、夢乃は小さくため息をついた。そして口調をあらためた。

「……鳴海知章って、たぶん、だれからも、がつんと怒《おこ》られたことなどない人だよね。だから、これで嫌われるかもしれないけれど、私はそれでも、怒ってやらなくてはいけないような気がした。彼、本当は小心者なんだと思う。近衛さんのことを正面から見ないのも、結局はそのせいだよ」

私はうなった。

「小心者かあ……」

「そう、情けないの。不思議だよね。弱者を庇護《ひご》することができるのが強者で、だからこそ支配もできるという構図があるとしたら、騎士《きし》と姫君《ひめぎみ》の関係は、どちらが強者でどちらが弱者なんだろう」

少し考えて私は答えた。

「ものすごく単純に言えば、腕力《わんりょく》のあるほうが強者だよね。でも、それだけで言えないところが……男女？　恋愛《れんあい》とかそういうもの？」

「公式をたてても無意味だけど、思っちゃうな。とっても始末が悪いって」

コーヒーを無意味にかきまぜながら、夢乃は言葉を続けた。

「悪いことは悪いことだと、それを言えなくさせる近衛有理って何？　これほど常識をくつがえすことができるのは、彼女一人の才能？　それとも女だから？　女だからだとしたら、女っていったい何だろうね」

そんな人類普遍《ふへん》のなぞには、私だって答えをもっていない。私は夢乃が確信している前提のほうが気になった。

「ねえ……ドリちゃんが思いこんでいるから、私もいつのまにかそう結論づけてしまうけれど、本当にこの犯人は近衛有理さん？　疑惑《ぎわく》だって、いろいろに考えることはできるよ。

パンにカッターを入れた人と、脅迫状を書いた人と、キャンバスを燃やした人が全部同じ人物とも限らない。私、こんな行為《こうい》はゆるせないと思うけれど、じつは近衛さんではなかったら――どうする？」

夢乃はいすの背にもたれた。

「彼女かもしれない、彼女じゃないかもしれないって、百ぺん唱えても同じだよ。だから知章に、本人に聞きなさいって言ったの。彼女がどんな答えをもっているにしろ、もう少し進展するでしょう。近衛有理が真実をのべるとしたら、それは知章をおいて他《ほか》にはいないだろうし」

「そうだね……」

つまり、全面対決しろと、夢乃は鳴海クンにすすめたのだ――身をもってお手本を示して。しずかな口調で夢乃は言った。

「今回のことはね、知章が対決を避けてまわったことが、すべての底にあると思う。いつか見すえなくてはならないことを、見ようとしなかったこと。だれにだってある一面で、彼ばかりを責めるわけじゃないけれど、鳴海会長は、決してだめ人間ではないのだから、だからこそ、言うんだよ」

コーヒー店を出ると、夢乃は、執行部室《しっこうぶ》へはもう行かないと言った。

「言うべきことは全部言ったもの。これ以上、そばにくっついて指図するのはやりすぎで、それこそ嫌われてもしかたのないものになるから、私、帰るわ。なりゆきは気になるけれど——ヒーちゃん、あとで教えてね」

駅へと向かう夢乃を見送って、引きぎわを心得ている人ってかっこいいなと思った。夢乃も心中は落ちこむまいと必死かもしれないのに、それでもどこか、さっそうとして見えるではないか。

私自身はさっそうと去るわけにもいかず、ふがいなく執行部室へもどった。職員会議の結果がどうなるかも気になったのだ。

けれども、執行部室からは人が消えていた。ベンチには江藤クンが一人座って、古テーブルに頭をのっけている。彼は物音に目を開け、こちらを見た。

「元気そうじゃん。おれ、眠《ねむ》い」

「コーヒーを飲んできたから、もう少しもつ。会長たちは？」

「知章とカトケンは、宮崎たち文化祭実行委との協議。あとのはそこらにいるだろう。この件が文化祭にひびくかどうか、実行委員長も真剣《しんけん》だよ。明日《あした》はもう演劇コンクールのゲネプロなんだから」

「職員会議は終わった様子？」

「いんや、まだ動かないな」

江藤クンは、頭をテーブルにくっつけたまましゃべった。いかにも眠そうで、見ているとこちらまで眠気をもよおしそうで、私は意識して背中をのばして座った。

「――もしも体育祭中止の決定が出たら、生徒会の力でひっくり返すことができると思う？」

「さーなー……」

話し相手にならないと思い、私が黙ると、少しして彼はむっくり起きなおった。片方のほっぺたに、テーブルのあとがついているのが小さい子みたいだ。

「中止の決定はしないと思うよ。辰川高校の教師たちって、当のおれたちより、よっぽど熱心に辰高祭の存続を望んでいるんじゃないかな」

「そうなの？」

私は少しびっくりして彼を見た。

「でも、松浦クンが言っていたよ――反対意見が毎年出るって」

「大人ってメンツがあるから、事なかれ主義が好きだろ？　それなのに毎年少数意見に抑《おさ》えられるってことは、それだけ大勢が辰高の伝統を大事だと思っているんだよ。なんといっても卒業生が多いからなー、ここの教師たち」

四代続いた辰高生の確信をこめて、江藤クンは言った。私は、ちょっとほっとできるような気がした。

「じゃあ、私たちの味方をしてくれるのね。消防本部に何を言われても」

「いつかは、味方したくてもできなくなるんだろうけどな。変わっていくのは生徒のほうで、いつかは生徒会のほうから、こんなことはやめると申し入れる日がくるのかもしれないけどな」

「そんなこと、あり得る？」

「だって、世間がちがうだろう。そういう流れのなかにいるんだよ、おれたちは」

この人が分別くさいことを言うなんて、ちっとも似合っていないと私は考えた。

「江藤クン、心をこめてキャンバスを貼《は》っていなかったのね」

「どうして、そうくるんだよ」

あきれ顔で、彼は私を見た。

「おれは毎日貼ったぞ――落語の稽古《けいこ》をしながらも。どうしてか、周りのみんなが逃《に》げたけれども」

「貼った人間ならわかるでしょう。燃やされてどんなにくやしいか。私たちがキャンバスをだめにしたらいけないよ。将来のことは知らないけれど、私たちの代だけは」

「みんながそう考えていると思うよ」

考えこむように江藤クンは言った。

「とりあえず自分では終わらせない——って、だれもが思うから、伝統ってものは続いていくんだろうな。芸とか、祭りとか」

「なに、さとっているのよ」

「なにしろ、眠くてさー」

彼との会話においては、ものごとが驚《おどろ》くほど深まらない。それでもなんとなく、そこに別の視点があるような感触《かんしょく》が残った。

男の子って、こんなふうに話を交《か》わすものなのだろうか。それとも、彼一人のキャラクターなのだろうか。

気がついてみれば、私はまだ、それが判明するほど男の子とよくしゃべったことは一度もないのだった。

「まあ、見てなって。辰高祭は続行するから。もしかすると、めんどうなことは生徒会のほうに押しつけるだけかもしれないけれど」

そしてそれは、江藤クンの言葉どおりになった。昼前になると、生徒会長と文化祭実行委員長とＦＳ実行委員長が職員室に呼ばれ、例年どおりのイベントを行うための措置《そち》をとるよう言いわたされたのだった。

焼失したEFチームのキャンバスブロックは、急いで木わくから作りなおしをすることになった。もっとも、新聞紙を貼り重ねる時間はもうないから、ボードの部分だけは、他のブロックと厳密に合わせた厚さの段ボールやボール紙で代用する。そうして、なんとかキャンバス審査《しんさ》を可能にしようというのが、鳴海クンたちの立てた対応策だった。

松浦チーフは即席《そくせき》ブロックに抵抗感《ていこうかん》があったようで、最初はずいぶんしぶっていた。けれども、実際に木わくを組み立てはじめると、だんだん元気になり、自分からいろいろな工夫を言い出しはじめた。

作るとなったら雑念が消え去る、手仕事に燃えるタイプの人間なのだろう。早朝に見たチーフの顔が本当につらそうだったので、調子を取りもどした彼を見るのはうれしかった。EFチーム全体にも、ほっとしたふんいきが広まりつつある。

「この程度のことで、くじけるのはよそうね」

そう言いあっていると、少なくともこの場に残っている人々のなかでは、何ごともなかったときよりいっそう、結束感が高まったような気がした。苦境をばねにして勝利するという、燃えやすいモードである。全体の四分の一ほどしかいないのが残念ですが。

木工工作はおもに男子の領分なので、EFの一員として、鳴海クンも八個のブロックを組み立てるために立ち働いていた。寸法を測ったり、カナヅチを使ったり。しかし、だいたい形がついてきたと見るころになると、クラスの女子とだらだらしゃべっていた私を呼びに来た。

「上田サン、ちょっと来てくれる」

それがつまらない用事であっても、横並びの女子のなかからかっこいい男の子に呼び出されるのは、ちょっと気分のいいものだ。私は、てっきり執行部室へもどるのだと思って会長について行った。けれども彼は、みんなには話が聞こえない植えこみの陰《かげ》までくると、ふいに足を止めた。

「例のことだけど――」

「例の？」

私が一瞬《いっしゅん》のみこめないのを見て、鳴海クンは困った顔になり、メガネに手をやった。

「中村が言っていた件だよ」

「あっ、はいはい――」

「このままにしてはおけない。ああもはっきり言われてしまった手前もあるけれど、たしかに、おれがもっと早くに聞くべきだったんだ……近衛有理に」

「うん……」

私は肩《かた》をすぼめた。

「それが一番いいと思うよ」

「上田サン、立ち会ってくれないかな」

「立ち会い――？」

思いもよらない話のころがり方に、私は思いっきり驚いてしまった。

「どうして私が。それってなんだか変じゃない？」

しかし、彼は少しも変だと思っていないようだった。かまわず真剣な表情で言葉を続けた。

「彼女は、おれにとって他人じゃないんだ。きみも中村から聞いているだろう？　かばっていると思われるのもそのせいだし、たとえおれが問いただした結果を持ちかえっても――たとえば、彼女はやっていないという話を持ちかえっても――第三者がいなくては、たぶん信用されない。聞いた意味をなさない気がする」

「ドリちゃんの信用が問題なら、ドリちゃんを立ち会いにすれば？」

「お互《たが》い感情的になって、きっとうまくいかないよ。もっと関係のない人物でなくては」

「それなら、執行部《しっこうぶ》男子のだれかをつれていけば。証人にするのだったら、それが一番手っとりばやいでしょう。まったく関係のない、江藤クンとかは？」

「……それも考えたんだが、そうなると、近衛有理がおれたちに本音を隠《かく》すだろう。話をしたこともない男子がその場にいたのでは」

鳴海クンは沈《しず》んだ声で言った。もっともだと思わないわけにはいかなかった。もしも私が有理さんだったら、刑事《けいじ》が来たようなそんな情況《じょうきょう》で、自分の本当の気持ちを語れやしないだろう。

「上田サンは、彼女とよく話ができるんだろう。きみしかいないんだよ、立ち会いなんてものをたのめるのは」

「でも、私——」

ためらってから、私は意を決して言った。

「私もやっぱり感情的になってしまうと思う。EFチームの一人だよ、私だって。キャンバスを焼かれたことに平気な顔はできない。だから、その場にいるのは、すっごくつらいと思う……彼女と親しくしていたからこそ」

「それは——わかるよ」

彼は力なく言った。わかるよ——という言葉は、みょうに私の胸にしみた。男の子からはなかなか聞けない言葉だということを、知り始めたからなのかもしれない。

「これを言うのは、恥《はじ》をさらすようでもあるけれど……じつをいうと、おれは、辰川高校入学以来、近衛有理と個人的に口をきいたことが一度もない」

「本当?」

私は目がまるくなってしまった。従姉弟《いとこ》という家の関係からすると、めずらしいと言ってしまってもいいかもしれない。

「おれのほうから、避《さ》けた。電話にも出なかった。だから……むずかしいんだよ。近衛有理に聞きにいくということが」

鳴海クンは目をそらし、髪《かみ》をかき上げ、私にというよりは椿《つばき》の木に話しかけるような具合で言った。

「女子生徒の一人に、自分一人で話しにいくこともできないことが、問題だと言われればそれまでかもしれない。でも、上田サンは有理に認められているだろう？」

「べつに、認められているとは――」

「なかなか心を開かない人間なんだよ、彼女は」

ぽつりと言った鳴海クンのひとことは、聞くほうには重みがあった。古くから知っている――一年半の絶交状態も消せない近さをもつ――間柄《あいだがら》が、口ぶりに表れているようだった。

それこそいろいろなことがあったのだろう……彼と有理さんのこれまでには。

その二人が、この学校では、お互いを透明人間《とうめいにんげん》のようにみなして生活してきたのだ。

「だから、もしも上田サンが怒《おこ》るなら、有理はその怒《いか》りの正当さを認めると思う。正直言って、おれには彼女がわからない。彼女のすることにも確信がもてない。どういうことになるか知れたものではないから、彼女と気持ちの通じる人にいてほしいんだ」

鳴海クンは、今はまっすぐに私を見て、率直《そっちょく》に懇願《こんがん》していた。私は自分のおかれた立場を、どう考えても割のあわない、居心地《いごこち》の悪いものとしか思えなかったが、他《ほか》のだれにも押しつけられないことが今では明らかだった。

ひきうけるしかなかった。こんなはこびになったのも、私が、有理さんとこれほど語らいながらも何も聞かなかったことに対する、天から下った裁きかもしれないから。

「いつ、聞きにいくの？」

とうとう私は小声でたずねた。本当は、回れ右して逃《に》げ出したい思いにかられたのだが。

「今日中にはちょっと無理だ。寝《ね》てないから、おれも冷静にもっていく自信がない。でも、日をのばすべきことじゃないから、明日《あした》には聞くよ。明日はゲネプロだから、近衛有理は必ず社会教育会館にいるはずだ」

鳴海クンは答え、念をおした。

「——行ってくれるだろう？」

「いいよ。私も寝てないから、いいよって言っちゃうのかもしれないけれど」

ほとんどやけになって、私は答えた。

二

演劇コンクール前日は、授業を午前中で打ち切り、午後には関係者が社会教育会館を使って通しリハーサルを行うものだった。

もっとも、演劇スタッフやキャストは朝から学校へ来ないのが通例だ。最終稽古《けいこ》に執念《しゅうねん》を燃やすのがふつうだし、この日に至って、まだ大道具にペンキを塗《ぬ》っているなどという事態はざらなのだ。

ゆえに授業は授業にならず、たいていの先生が投げてブランクにしてしまう。今回は前日にも授業がなかったから、ときならぬ連休をもらったようなあんばいだった。

けれども、私にとっては授業があったほうがましだった。他のことに気をまぎらせることもできずに、午後を待たなくてはならない。

「なに、ぶんむくれているのさ」

執行部室に顔を出すと、江藤夏郎にいきなり言われた。鳴海クンの姿はなかった——鳴海クンの顔を見て、どうなるものでもなかったが。たぶん彼なら、おくびにも出さずにいることができるのだろうから。

「何語なのよ、それ」

「へちゃむくれのほうがよかった？」

「うるさいなあ、放っといてよ」

私が離《はな》れて座ったにもかかわらず、彼は元気に言った。

「おれ、文化祭には着物を着るんだぜ」

「夏休みに見たわよ」

「あれは浴衣《ゆかた》だっての。剣道部《けんどう》は全員、男は羽織、女子も着物だよ。着物の女の子って、なんだかいいんだよな。成人式みたいなハデハデのやつじゃなく、ふだんのやつ」

私はそっぽを向いて言った。

「大きくなったら、お水の人がたくさんかまってくれるでしょうよ」

「オミズノヒト？」

彼はきょとんとした。どうもボキャブラリーが重ならないようだ。水商売をお水と言っても通じないのは、端的《たんてき》に育ちがいいか、お子様かのどちらかであろう。

「……やっぱり、江藤クンに押しつけなくてよかった」

「何を？」

「教えない」

私はほおづえをついた。大役が気になって、いらいらしてしかたがない。ゆうべは早く寝たはずなのだが、まだ寝たりない気もするし、胃が痛むような気もする。江藤クンは勝手がちがうことに気がついたのか、そうでもないのか、唐突《とうとつ》に言った。

「そういえば、おれたち、パトロール押しつけられているぜ。宮崎委員長から、演劇コンクールの最中」

その場には、加藤クンと田中クンもいて、額を寄せて話しこんでいたのだが、彼の発言を耳にしてこちらを向いた。加藤クンが言った。

「べつに、上田サンにまで言わなくていいよ。舞台《ぶたい》が見られなくなるわけだし。警備はおれたちだけでできるから」

私はびっくりしてたずねた。

「警備？　それって、演劇コンクール中に何か妨害《ぼうがい》がおきることを予想しているの？」

「脅迫状《きょうはくじょう》は無視できないってことだよ。キャンバスが燃えて、結論がでただろう」

加藤クンは険しい顔をした。

「宮崎の心配は当然だよ。二日目なら何とか自分たちでパトロールできても、演劇コンクールの最中は、文化祭実行委員全員、舞台裏の進行で手いっぱいなんだから。会場の隅々《すみずみ》に目をくばることなど、とてもできない」

田中クンは、もう少しのんびり言った。

「ちょっとやつらに、恩を売っておこうと思うのよ。まあ、辰高祭の本番中に何かあったら、おれたちの首もしまるわけだし」

「ずっとパトロールなの？　だれだって舞台が見たいでしょうに」

私が聞くと、田中クンは首をふった。

「じつをいうと、おれはそうでもない。演劇をやるやつらって、小難しい作品ばかり選びたがるんだものな。単純明快な時代劇とか、やってくれないものな」

「あっ、おれもそう思う。『水戸黄門《みとこうもん》』でいいのに、気ばっているって」

江藤クンが手をあげ、おまえの場合は牛若丸だと言われた。

「私もパトロールに協力できるよ。『サロメ』だけは、見たい気がするけれど」

思わず申し出ると、加藤クンがじっと私を見た。

「……『サロメ』上演中なら何ごとも起こらないって、上田サン、そう思う？」

体がこわばるのを感じながら、私は言った。

「まだ、それはなんとも言えない。午後になれば結果が出るよ——それまでは、憶測《おくそく》するのはやめようと思う。鳴海クンが聞き出してくれるまでは」

「うん、憶測はよくない。よくないけれど……」

言いよどんでから、加藤クンは続けた。

「本当に真相がつかめるだろうか。しらをきったら、それまでだろう。おれは、たぶんわからないと思う。現場を押さえなくては、何ごとも判明しないんだよ」

私は加藤クンを見つめた。彼は、正義の人でいられる——鳴海クン以上に、正義の人でいられるのだ。それが、なぜとは言えないものの悲しかった。現場を取りおさえるという、犯罪者を扱《あつか》う言い回しは、有理さんにはあまりにもそぐわなかった。

「それじゃ、加藤クンは、演劇コンクール中に何か起こることを、ほとんど確実だと思っているのね」

「なんであれ、パトロールは本気だよ。おれの場合、合唱祭の雪辱戦《せつじょくせん》もある」

彼はきっぱり言った。

「ここへきてなあなあで終わったら、中村夢乃だって、どこにも立つ瀬《せ》がないだろう。少しでも確証をつかんだら、おれは迷わずに告発する。悪いけれど、知章にも同情はしない。こんなふうに、全校生徒の了解《りょうかい》をゆるがすふるまいをする個人は、ゆるされたり放置されたりするべきじゃないんだよ」

（どんな騎士《きし》も姫君《ひめぎみ》をかばえない――今度こそは……）

ことの大きさを身にしみて感じながら、私は思った。加藤クンの怒《いか》りの一部は私のなかにもあるものだ。だからこそ、なおさらだった。

私は以前から、なぜ、この私は仲介《ちゅうかい》の役回りが多いのかと首をひねっていた。当事者になることはほとんどなく、第三者として橋わたしをすることが、今までにも異様に多いのだ。クラスメートが恋《こい》にめざめる年齢《ねんれい》になってから、もう、ずっとだ。そのあげくに、中三のときには、自分の片恋《かたこい》の相手と親友の仲介役になるはめにおちいっていた。

今回も、まったく同じようなパターンをふんでいるではないか……というのが、私のふさぎこみの原因だった。けれども、加藤クンの決意表明を聞いてからは、それどころではないような気がしてきた。

近衛有理さんの、現在の足もとは崖《がけ》っぷちだ。私も彼女を糾弾《きゅうだん》したい——もしも一連のできごとが彼女の手によるものならば、どうあっても糾弾したい。けれども、手を下したことが確実となったあかつきには、有理さんはほとんど辰川高校にいられなくなるだろう。そう思うと、われ知らずたじろぐものがあった。

鳴海クンもたぶん、たじろぐ一人なのだ。けれども、私たちの背後をふり返れば、だれ一人そのような容赦《ようしゃ》をしないということに気づいた。罪は罪、情状《じょうじょう》酌量《しゃくりょう》の余地はなく、辰川高校にとってゆるしがたい犯罪なのだ。

(名前のない、顔のないものがそう言うのよ——)

ずっと前に有理さんの言っていた言葉がよみがえる。あれは、たしか、女子が排除《はいじょ》されているという意味あいでそう言ったのだった。

近衛有理さんが対峙《たいじ》しているものは、いったい何だったのだろう。そうしてこの私は、背後に何を背負って彼女のもとへ行こうとしているのだろう……

昼食を購買《こうばい》のパンですませ、社会教育会館への十分ほどの道のりを、考えこみながらとぼとぼ歩いていた私は、しばらくのあいだ、江藤夏郎が歩いていることにまったく気づかなかった。

「車に突《つ》き当たりそうな態度で歩いているじゃん」

顔を上げると、少し離れたところを、彼がカバンをかついでのんきそうに歩いていた。

「どうして、江藤クンが社教へ行くの？」

「パトロールだよ。ゲネプロの今日だって、危ないことは危ないんだぜ。大道具屋たちがあせりまくってトンカンやっている点では、当日以上にぶっそうかもしれない」

「落語はもういいの？」

「完ぺき、もう言うことなし。おれの子分、寺本《てらもと》っていうんだけど、技《わざ》ものだから当日聞いてやってよ。笑わすぜ」

寺本クンが、先輩《せんぱい》の周囲を困らす点まで忠実に学んでいないといいのだがと、私は思わず考えた。

急に、いちいち辛気《しんき》くさくしていても益もないと思えてきた。

「ねえ、江藤クンって、夏に生まれたから夏郎なの？」

「そいつがちがうんだなー、生まれたのは五月六日。だけどもこの日が、暦《こよみ》で言うなら立夏なんだってさ」

「ええっ、やだ、私より年上？」

「何が、『やだ』なんだよ」

彼は相変わらず、むだにあっちへ行ったりこっちへ行ったりする。それでどうして、私と同じペースで歩けるのかなぞだが、不思議なことに遅《おく》れもしない。とりあえず、「並んで歩く」にはほど遠いので、私は気が楽だった。

男女が親密に話しこんで歩くと、必ず後で取りざたされるのはどういうわけだろう。冷やかすのは、つまり、当然のこととは考えないからだ。それが確立したカップルの場合は、みんなも黙《だま》るのに。

女子のなかには、男子同士の親密さをことさらに疑《うたぐ》る気風があるけれど、これは一つの抵抗《ていこう》なのかもしれない。しかし、女子同士がどれほど親密でも、男子が「アヤしい」と言わないのはなぜだろうな。

「江藤クンは、去年も今年も男子クラスなんでしょう。男女クラスになりたいと思う？」

「うーん。三年でとうとうなったとしてもな。もう、どうでもいいかもな」

彼は顔をしかめてみせた。

「どうせおれたち、三年になったら受験しか見えないだろう。女子がいてもいなくても、あんまり変わらないような気がする」

「そうだね……来年は」

将来を思いやって、思わずため息がでた。

「この辰高祭が終わったら、私たちの高校生活も実質終わりになるんだよね。あとは受験受験。江藤クンは、やっぱり国立をめざしている人？」

この学校は、国立大学志望の人間がとても多いのだ。そして、めざすと言うなら、それは東大や一橋のランクを指す。あと、北海道大学の志望がお隣《となり》の高校よりずいぶん多いところが変わっている。

「四代続きの人間にそれを聞くなよ。頭の痛いところなんだから」

江藤クンはぶつぶつ言った。

「期待されちゃっているわけね」

「やめやめ。辰高祭が終わるまでそういうことを考えないぞ、おれは」

アスファルトに照り映《は》える光を、ふいに、もう夏ではないと意識した。日中はまだまだ暑くて、私も江藤クンも半袖姿《はんそで》だが、朝晩の涼《すず》しさはもう始まっている。九月はもうすぐ去ろうとしていて、ここ二、三日はとくに気温が下がってきていた。

大きく息を吸いこむと、かすかにキンモクセイの香《かお》りがするような気がする。この花は、ひんやりした夜になるともっと匂《にお》うのだ。季節は移っていく……だから、私たちも移ろっていくのだろう。

「まだ、辰高祭は終わっていない。今が大事だよね——月並みだけど」

私はつぶやいた。最後の花火をきれいに打ち上げたいと思わない人がいるだろうか。二年生として関《かか》わるイベントは、そういうものを意味している。これに失敗するわけにはいかなかった。盛大《せいだい》に打ち上げて、そのことを思い出にして、初めてその次の難関と対決できるのだから。だからこそ、だれも邪魔《じゃま》してはならないものだった。

社会教育会館の入り口へ来たところで、江藤クンがふいにたずねた。

「おひいさんって、朗読とかしていた人？」

「ううん、べつに」

何を聞かれているのかと、私は首をひねった。ボランティア活動の経験だろうか。

「中学で放送委員だったことはあるけれど。朗読ってほどのことはしないし」

「ふうん」

江藤クンは、突然《とつぜん》身をひるがえして、じゃあと言った。

「この次はさ、おれも古文を教わるかもしれない。よろしゅう」

（へんなやつ……）

ロビーに入らず、どこへ行こうというのか、彼は駆《か》け去ってしまった。なんだかいつだって突拍子《とっぴょうし》もない人物だ。今回は、比較的《ひかくてき》まともに会話ができたほうかもしれなかった。

ホールの扉《とびら》を力をこめて開けると、関係者だけがまばらに座り、リハーサルはステージの上で進行中だった。一年生のチームのようだが、キャストがそれぞれの位置に突っ立ったまま、照明の色がどうとかで、上を見上げてわいわいやっている。宮崎委員長が、時間がないから先に進めろと叫《さけ》んでいる。

上手の壁《かべ》ぎわの通路に立っている鳴海クンを見つけた。彼は私に気がついたが、かるく手をあげただけで近寄っては来なかった。たしかに、話をする必要はない。手はずはもう打ち合わせてある。

二年生チームの最初の演目が「サロメ」だった。彼女たちがリハーサルを終えたら、私が有理さんのところへ行って、呼び出すことになっている。そして、裏の駐車場《ちゅうしゃじょう》で鳴海クンとひきあわせるのだ。

遠目に見ても、鳴海クンが硬《かた》い表情をしているのがわかった。神経を尖《とが》らせている――そう思ったとたんに、私もどきどきしてきた。くり返し、有理さんに声をかける自分を想定し、そのセリフを頭の中で何度も言ってみる。あまりにそればかりで夢中になり、二AHのリハーサルにも上の空になるくらいだった。

もっとも、「サロメ」のリハーサルは問題になることもほとんどなく、スムーズで和《なご》やかに進んだようだった。この日、衣装《いしょう》合わせはしないので、舞台《ぶたい》上の舞姫《まいひめ》たちは、いつか見た薄《うす》い巻きスカートだけを特徴《とくちょう》にしている。それでも、これだけにぎやかに女子が居並ぶ舞台は他《ほか》になく、充分華《じゅうぶんはな》やかに見えた。

その中央で、有理さんはとりわけ華やいでいた。彼女の声がここまでよく通るとは、私も思ってみなかった。ワイルドが創作した、これでもかという長ゼリフも、彼女にかかると後方の席まではっきりと届く。同じように笑い声も、あいだで少し私語する声も、有理さんのものはよく聞こえる。

彼女のふるまいに不自然さはまったくなかったが、私はどうにも息苦しかった。鳴海クンが見ていることに、ステージ上の彼女が気づかないはずはないのだ。腕《うで》を組み、座りもせずに、もう目をそらさない決意をしたかのように、硬い表情でサロメを見つめる鳴海クンがいることに……

「七つのヴェールの踊《おど》り」はさわりしか踊らず、位置の確認をするにとどめてリハーサルを終えたので、私は心底ほっとした。早く二人に直接話す機会を与《あた》えて、おしまいにしてしまいたかった。これ以上、鳴海クンが何を思うか、有理さんが何を思うかを、はたで思いやるのは神経がすり切れそうで、ことに当たったほうが、はるかにましだと思えたのだ。

私はホールの廊下《ろうか》に出て、楽屋側から有理さんに会いにいった。二AHの人々は、リハーサルを時間内に終えても、予定時間がくるまでは権利があると考えるらしく、まだステージでぐずぐずしている。近づく私は、本番で舞台に上がる主演キャストもこうかと思うくらい、はげしく心臓が鳴っていた。

「近衛さん……」

暗幕の陰《かげ》から小声で呼ぶと、有理さんはさっとふり向いた。予期していたにちがいない――彼女の目にはその色があった。うなずき、かるくほほえんで寄ってくる。

「どうしたの」

「お願いなんだけど。私といっしょにちょっとだけ外に出てくれない？　あまり長くはかからないから」

私は必死な顔をしていたのだと思う。有理さんは私をつくづくと見つめ、ためすように言った。

「どういうお願いかしら。あなた個人の？　それとも執行部《しっこうぶ》として？」

「鳴海クンが話をしたいと言っているの」

ついに言った。受けとめる有理さんの表情は平静だった。

「個人として？　生徒会長として？」

「どちらもあると、私は思う。来てくれるでしょう」

「行くわ」

答えてから、近衛有理はくすりと笑った。

「上田さん、損な役回りだと考えなかった？」

「考えましたとも、もちろん。でも、あなたたちは二人とも、私にその期待をかけたのよ」

「そうね――そうなのかもしれない」

彼女はしずかに言い、私より先に立って歩きはじめた。

アスファルトの駐車場は、その殺風景が、いつか有理さんがサロメを踊った学校の屋上を思い起こさせた。

あのときはすっかり暗く、蛍光灯《けいこうとう》の明かりはとぼしく、小さな蛾《が》が舞《ま》っていた。がらんと見えるコンクリートの広がりは、それがまるで前衛的な空間の演出のようで、踊る有理さんはどこか妖精《ようせい》めいていた。

今、白日の下の駐車場には、幻想味《げんそうみ》のかけらもない。飛行機雲が一筋流れる明るい空は、片隅《かたすみ》に停《と》まっている車体を光らせ、ドライブかハイキングにふさわしく見えるだけ。巻きスカートを身につけた有理さんも、今では等身大の女子高校生だった。妖精ではない証拠《しょうこ》に、足にスニーカーをつっかけている。

けれども、もともと、女子高校生は妖精に増して、深くなぞを秘めているものなのかもしれなかった。

宇宙で一番のなぞは、個人と個人がかかわりを持つことのなかに見つかるものなのかもしれなかった。

裏口を出たその場所から、待っている鳴海クンは見えていた。ただ、彼はこちらを見てはおらず、通り過ぎた何かを気にしているようだった。黒い学生ズボンの背の高い姿。あくまで白い綿ブロードのシャツが目にしみる。たった一人で立っていると、その色合いはどこか儀式《ぎしき》めいていた。

彼はたいそう孤独《こどく》に見えた。私が女子であるというそれだけで、彼が孤独だった。この場に狩《か》り出されたのは、有理さんではなく鳴海クンのほうなのかという思いが、一瞬《いっしゅん》私の胸をかすめた。

私たちの距離《きょり》が二メートルほどになったとき、鳴海クンが顔を向けた。申しあわせたように、私と有理さんは足を止めた。

「リハーサルを見たよ。辰高祭はきみにとっても大事なものだとわかった」

努力しているとは思うが、鳴海クンの声音《こわね》に特別なものは感じられなかった。肩《かた》の力を抜《ぬ》いて話している。

「だから、言い分を聞かせてほしい。どうして、辰高祭を妨害《ぼうがい》する気になったのか。死者負傷者がでるという手紙を、どうして送る気になったのか」

「なんのこと？」

たいへん色白な有理さんのことなので、そこで青ざめたとは見えなかった。表情も先ほどからしずかなままだ。ただ、いつもより言葉を注意深く発音しているように聞こえた。

「そういうのを、やぶからぼうと言わない？　初めましてから始めないと――辰川高校生として」

「EFチームのキャンバスは建つよ。きみが知らないなら教えるけれど、おれたちは建ててみせる」

「私の言ったこと、聞こえていないの？」

鳴海クンはため息をついた。

「おれにはいまだに、きみが辰高生には見えないよ。無視したことをあやまってほしいなら、それ以前に、そちらがあやまることもあるんじゃないのか？」

「私が、なぜ？」

風にそよいだ髪《かみ》を払《はら》った有理さんは、独り言のように言った。

「そういえば私、系列の高校へは上がらなかった。公立の受験をしなおした。昔、疑いをかけられて、苦しくて学校へ行けなくなって、一年間ブランクができたからよ」

「疑いじゃなかった。昔もそして今もだ」

苦い口調で鳴海クンは言った。

「おとといの出火の原因は、タバコの火だろうと消防の人々が言っている。夜の十時をすぎて校庭に入りこんだ人物が、タバコの吸いがらを捨てた。それがだれかは不明だが、EFチームの後始末が悪かったわけではないとわかったから、職員会議では中止の決議をしなかったんだ。高校生ではなく、まったくよその人間が入りこんだと考えることもできる。けれども、おれは……きみがタバコを吸うことを知っている」

有理さんは小さな声をたてて笑った。

「タバコを一度も吸ったことのない高校生って、どのくらいいるのかしら」

「火をつけたのは、きみだよ。きみは辰高生じゃない——よその人間だ」

面とむかってこれほどのことを言われても、彼女はまだ冷静だった。

「あなたは私を排除《はいじょ》したいのだろうけれど、私はここにいるのよ」

鳴海クンは一瞬いらだちを見せ、それを抑《おさ》えつけた。

「有理、おれを標的にするなら、何もキャンバスを燃やすことはなかったんだ」

「私は燃やしていないもの」

彼女は、構文を言うように言いなおした。

「わかる？　火をつけたのは、私じゃない。私は辰川高校生で、二年H組よ」

「うそをつかないでほしい」

「うそをついてなんかいない」

白日の下、風のふく駐車場《ちゅうしゃじょう》で、有理さんははっきりとそう言った。彼女が本当にどうどうとふるまっているので、私は気持ちがぐらつくのを感じた。鳴海クンといっしょになって、彼女のしわざとほとんど信じこんでいたのだった。

（どうしよう、私は、彼女にとてつもなく悪いことをしたのかもしれない……）

鳴海クンはまだ慎重《しんちょう》にたずねていた。

「それなら、合唱祭のパンに入っていたカッターの刃《は》は？　新聞を切り抜いた脅迫状《きょうはくじょう》は？」

「なんのことか知らない。私に関係ないことよ」

鳴海クンは口をつぐみ、彼女を見つめた。しばらく待ってから、有理さんは言った。

「話というのはそれだけ？　だったら私、舞台《ぶたい》の打ち合わせにもどらなくては。本番前にやっておくことは、まだまだたくさんあるのよ」

手をにぎったり開いたりしてから、鳴海クンはつらそうに言った。

「今の言葉を信じられたら、どんなにいいか。きみがうそをつかない人間だったら、どんなにいいか。前もその前もそうだったはずだ。けれども、欲しいものを手に入れるためには、きみはうそをついてもかまわないと考えるんだ」

有理さんは目を見開いた。

「そんなふうに言われたら、私、どうすれば身のあかしが立てられるの。キャンバスを燃やした人物ではないと、どうすればあなたに示せるの。学校の屋上から飛び降りてみせたら、そのあかしになるのかしら」

「本当にやっていないんだな」

「ええ、私はやっていない」

（お手上げだ……）

私は観念した。鳴海クンと有理さんのどちらが正しいのか、もうぜんぜんわからない。事実なんてむなしいかもと思うくらい、対立する二人からは真相が見えてこなかった。いっそこの際、関係のない侵入者《しんにゅうしゃ》の不始末とかに収めてしまったほうが、どこにも支障がなくていいかもしれないとさえ、思えてくる。

「待てよ、有理」

彼女がきびすを返しそうになったので、鳴海クンが鋭《するど》く呼び止めた。

「ここで話を終わらせたら、今までと何も変わらない。それだけじゃだめなんだ」

有理さんはゆっくりふりむいた。

「ほかにどんな話があるの？　知章はいつだって、私を責めることしか言わない」

「責めちゃいない。きみが何を思っているかが聞きたいんだ」

ひと息吸ってから、鳴海クンはかみしめるように口にした。

「うそをつかなくていいように、ちゃんと聞くから、教えてほしい。きみは今、何を考えているんだ。何が欲しいと思っているんだ」

有理さんはまじまじと彼をながめた。ものめずらしげでさえあった。鳴海クンは、急にきまり悪そうになった。彼でも顔を赤らめることができるのかと、私はほとんど感心したくらいだ。と、同時に、私まで赤くなる気分を味わった。

私さえここにいなければ、彼は赤くならずにすんだとわかっていたからだ。

有理さんはしばらく黙《だま》っていた。どう言おうかと、いろいろ考えている様子だった。風《ふ》が少し強く吹き、やがて収まった。それから彼女は口を開いた。

「……だったら言う。明日《あした》の本番も舞台を見ていて。二ＡＨの『サロメ』を、明日もしっかり見ていてほしい」

「それだけ？」

「そう。今はそれだけ」

一年半ぶりの二人の対話は、その言葉で終わった。


鳴海クンが立ち去っても、私は少しのあいだ有理さんのそばに残っていた。無意識にとったその行動が、今の私の位置を示しているかもしれなかった。近衛有理は、ひょっとすると真性のうそつきかもしれない。それでも、対話のあとで私の気持ちが寄りそったのは、有理さんのほうだったのだ。

「上田さん、無理しなくていいのよ。あなただって私のこと疑うでしょう」

有理さんはやさしく言った。

「鳴海知章は、いつだって清廉潔白《せいれんけっぱく》よ。昔からそうなの」

「そんなふうに言えるのは、言う人のほうが強いからじゃないかな」

私は沈《しず》んだ声で言った。

「私ね、EFのキャンバスを燃やされて、すっごく頭にきていると言いにきたつもりなんだけど。もしも近衛さんがその人なら、裏切りだと言いたいんだけど――」

「だけど？」

「近衛さんなの？」

「私じゃないわ。信じない？」

かるい口調だった。彼女があまりに取り乱さないので、それがうそに聞こえるのだと、私は気がついた。

「鳴海クンは私に、証人としていてほしかったのよ。彼、最初からあなたをかばう用意があった。私もあなたをかばっていい？――生徒会執行部《しっこうぶ》を相手にまわすことになるかもしれないけれど」

有理さんは、そっと殺したようなため息をついた。

「私が呼びよせる人たちは、どうしてかみんな不幸な顔をするのね。それは知章が言ったように、私がよその人間だからかもしれない。いつでも、どこにいても、よその人間なの。それで、ときどき淋《さび》しくなって手まねきすると……」

彼女は右手をひらひらと動かした――いつものように。

「みんなは、セイレーンに呼ばれたように不吉《ふきつ》がるの」

セイレーン――ギリシャ神話の海の妖女《ようじょ》。その歌声に魅《み》せられた船乗りたちは、かじを忘れて船を沈ませる。

「あのね、鳴海クンが辰高生じゃないと言ったのは、私たちはイベントを成功させたいと思って当然なんだという意味だと思う。私たち、来年になったら、力を合わせてできるものごとなど一つも残っていないのだから、せめても今は」

「あなたは、力を合わせているのね」

「うん」

「本当に？」

黒々とした瞳《ひとみ》で見つめられて、私は少したじろいだ。

「お題目ではないつもりだけど……キャンバスって、しんから手間のかかるしろものだし」

「それでも、ときどきは、幻想《げんそう》だと思ったことがあるんじゃないの？」

それは……たしかにそうだった。

キャンバスは男子の手でしか建てられないと感じたことを、にわかに思い出す。設計も、木わく作りも、足場のための穴掘《あなほ》りも。応援団《おうえんだん》だって、本来は男子のみで結成するものだった。

それを言うなら生徒会執行部だって、男子でなくては運営できない。あの中村夢乃ですら、途中《とちゅう》でさじを投げたのだ。

「思っても、しかたないじゃない。これが辰川高校で、私たちは入学してしまったんだもの」

われながら力なく、私は言った。

「自分が伝統から排除《はいじょ》されているなどと考えはじめたら、やっていけないよ」

「あなたの言葉、あなたがけなげにそう言うだけ、この学校が男子にとってどれほど居心《いごこ》地《ち》のいい場所かということが、伝わってくるのよ」

有理さんは、ふと空を仰《あお》いだ。

「男子であれば、本当に気持ちのいい場所。自分を選ばれた人間だと思うことができて、きずなの強い仲間をつくることができて、熱狂《ねっきょう》できるイベントがあって。その後はそれぞれに優秀《ゆうしゅう》な大学へ散っていく。強い人間になったように思えるでしょうね。そのとおりだって、めんめんと先輩《せんぱい》が後輩《こうはい》に教えてくれるから——それも幻想なんだけど、信じるのが楽よ。たぶん、信じたいから」

どう言っていいかわからず、私が黙っていると、やがて有理さんは見上げるのをやめ、頭を起こしてこちらを見た。

「私は共有できない。したいとも思わない。だけど、だからこそ、できることなら——呼び返したいと思うの。自分にできる全力で」

執行部室に再び人が集まってくると、加藤クンはやっぱりねと言った。彼にはそう言う権利がたしかにあった。

「やっていないと言うと思ったよ。ふつう、はい、そうですと自白はしないよ。おれだって、自分がその立場だったら言わないかもしれない」

鳴海クンは、疲弊《ひへい》した様子でほおづえをついていた。

「ともかく、やることはやったぞ、おれは。中村夢乃に弁明できるだけのことはやった。上田サンだって、そう思うだろう？」

「うん……きっちり聞いた。そして近衛さんは、やっていないと言った」

私もなんだかどっと疲《つか》れていて、なにかを力説する気分ではなかった。

「二人とも、生気を吸いとられたような顔してんな」

加藤クンは、私たちを見比べてあきれた声を出した。

「近衛有理って、どういう人よ。魔女《まじょ》とか吸血鬼《きゅうけつき》とか？」

セイレーンだよと、私はひそかに考えた。

「なんであれ、明日のパトロールは決まりだな。分担スケジュールを作ろう――あれ、夏郎は？」

江藤クンは部室にもどってこなかった。どこまで飛んでいったのやら、鉄砲玉《てっぽうだま》のようなやつである。

「たしか、社教の前までいっしょだったけれど。それからぜんぜん見かけなかったよ」

「あいつのことだから、演劇連中にまじって二人羽織でもやっているんじゃないの」

「夏郎の二人羽織はけっさくだよ。体が小さいから、顔を出したほうが一人でばかなことをやっているとしか見えない」

私は、今になって、江藤クンが、車にぶつかりそうだと声をかけてきたことを思い出した。そんなに不注意だとは思ってもみなかったから、ほとんど気にもとめなかったが、ふり返ってみると、けっこう危なかったのかもしれない。

もしかしたら、ついてきてくれたのかもしれないと、初めて思った。

演劇コンクール当日がやってきた。泣いても笑ってもの辰高祭、正念場である。

全校生徒が五か月ぶりに社会教育会館ホールにつどうわけだが、合唱祭とは異なり、生徒の大半は今回ただの観客だから、全体的な緊張感《きんちょうかん》にはだいぶ欠けるものがあった。来ていない人も多いにちがいない——とくに三年生などは。

それでも、ほとんどの生徒は、演劇に賭《か》けた同輩の奮闘《ふんとう》ぶりをまのあたりにしており、舞台《ぶたい》に立つ人々がゆうべ眠《ねむ》れない思いをしたことを知っているから、自分のチームの入賞を楽しみにしていた。舞台に立たなくても、舞台の裏側でも、惜《お》しみない努力がはらわれている。

舞台美術を楽しみにする生徒も多かった。ついこのあいだまで、影《かげ》も形もなかったものを、どこからひねりだしたものやら、どこのチームも意外と装置に凝《こ》るのである。時間との戦いでできたものだが、これらを設置するのもまた戦いだった。無謀《むぼう》なしろものに仕上がっていることも多いのだ。宮崎委員長は胃薬をのむにちがいない。

私はいまだに、鳴海クンと有理さんの会話を反すうし続けており、自分がこれといった結論を出せないことに、どこかふがいない気分を感じていた。

何か、もっと、やりようがあったような気がしてならないのだ。

(……立ち会うだけで、本当によかったんだろうか。私は結局、積極的には何もしていない。有理さんのためにも、鳴海クンのためにもなっていない。夢乃のためにすら、何もできなかった……)

これは私が、深く人にかかわらない性質だからなのだろうか。だから、いつだって仲介《ちゅうかい》者《しゃ》なのだろうか。そう考えると、たいへんゆううつだった。落ちこみ対策を立てなくてはならないかもしれない。

とにかく、執行部はパトロールだった。二人組をつくって社会教育会館のあちこちを回る計画だが、例によって加藤クンは私を加えることをためらっていた。

「どうしてもというなら……働かない江藤夏郎に、少しでも回る気があったときには、上田サンが目付役になってよ」

と、いうわけで、どうやら私は落ちこぼれコンビにされている。パトロールしたければすれば？　というところだ。まあ、いいや。

一応、ふらふら立ち歩いても文化祭実行委員にどなられないための、黄色い腕章《わんしょう》をもらった。けれども、演劇発表が始まると、やっぱりそちらに引きつけられてしまった。最初は壁《かべ》ぎわの通路に立っているつもりだったのに、気がついてみると、江藤クンを探すことも忘れ、座席に腰《こし》かけて舞台に見入っている。

あっというまに、次の発表は「サロメ」だった。こうなると、もう席を動くわけにはいかなかった。私は、有理さんの舞台を見とどけなければいけない。鳴海クンもきっとどこかに待機しているはずで、そのことが私にかたずをのませる。

「サロメ」の舞台は、直前の発表が現代劇だったこともあって、目をひく新鮮《しんせん》さで始まった。

舞台上は夜を意味する青い照明にみたされている。ステージ中央から下手のほうには、教育会館備品のひな段をめいっぱい活用して作った、一段高い宮殿《きゅうでん》。ギリシャ神殿のような柱を何本も建てている。手すりのない階段も設置してある。

上手の側には、石垣《いしがき》を人の腰ほどの高さに積んだような書き割り。これはたぶん、ヨカナーンの囚《とら》われた井戸《いど》の牢獄《ろうごく》を意味しているのだが、内容を知らない人にはちょっと苦しいかもしれない。ともあれ、エキゾチックなふんいきはよく出ていた。

サロメを慕《した》う若い親衛隊長と、それを心配する小姓《こしょう》が出てきて話をかわす。続いては、槍《やり》をもった数人の兵士が出てきて、しきりに王宮のうわさ話をする。それから、ヒロインのサロメ王女が宮殿のなかから登場するはこびとなった。

「王女がお立ちになる！　食卓《しょくたく》をお離《はな》れになる！　いかにも悩《なや》ましげなそぶりだ。ああ、こちらへ来られる。そうだ、われわれのほうへ。なんと蒼《あお》ざめたお顔色だ。あんなに蒼いお顔色はついぞ見たこともない」

私は息をのんだ。近衛有理は、ふらふらとたよりない足どりで、下手の宮殿に現れた。そのまま階段を下って、中央をややはずれた場所に立つ。

けれども、その女性は有理さんには見えなかった。舞《ぶ》台化粧《たいげしょう》はあくまで白く、目のまわりの黒いアイラインはあくまでも濃《こ》い。戯曲《ぎきょく》でヨカナーンは「黄金の目と金色のまぶたを有するバビロンの娘《むすめ》よ」とののしるが、現れた王女も、まぶた全体を金色に塗《ぬ》っていた。人相がまったく異なって見える。

そこにいるのは、辰川高校の女子生徒ではなく、清純さとみだらさを兼《か》ね備えた、しなやかなサロメ王女だった。私はあっけにとられ、目を離すことができなくなった。

宴席《えんせき》にいたサロメは衣装《いしょう》も派手に着飾《きかざ》っている。ゆれる飾り玉がたくさん下がった頭飾りにはじまって、ひだのある長いドレスの上に、金銀きらめく胸飾りや肩《かた》にとめつけた袖《そで》飾《かざ》りをつけ、銀色のひものサンダルをはいている。どこのものとも言えない衣装で、しいていえば、アラビアンナイトか、京都の舞子《まいこ》さんを異国風にアレンジしたみたいだった。

舞台の進行を見守るうちに、ヨカナーン役の桑原クンには、べつに演技力が必要ではないことがわかってきた。棒立ち棒読みでもなんとかなる。ヨカナーンは複雑な心情など表現せず、ただ神を信じて周囲を拒絶《きょぜつ》するだけだからだ。桑原クンの細くて長い手足があれば、それで充分《じゅうぶん》だった。

男性でむずかしい役どころは、むしろヘロデ王だろう。

ヘロデ王は、A組の佐々木《ささき》クンが演じていた。縦にも横にも大きく、すもうが得意だろうと思わせる人物だ。太鼓腹《たいこばら》のヘロデ王というのは、私のイメージになかったものだが、わりとはまっているかもしれなかった。佐々木クンは、演技が上手とはおせじにも言えないが、太い声がよく響《ひび》くのがよかった。しろうと演劇で、セリフがよく聞き取れるということは、たいへん高いポイントになると思う。

だが、これらもみな、サロメの独り舞台を強調しているにすぎなかった。すべては有理さんの演技で回っている。あっぱれと言える女優ぶりだった。

「わしのために踊《おど》っておくれ、サロメ」

「わたくし、踊りとうはございません、王さま」

サロメは、ヘロデ王の要請《ようせい》を何度となくこばむ。けれども、その受け答えは少しうつろだ。彼女の胸の内には、先ほどヨカナーンから受けた徹底的《てっていてき》な拒絶が、いつまでも鳴り響いているのだ。

「わしのために踊っておくれ、サロメ、たのむから。わしのために踊ってくれたら、ほしいものをいうてみるがよい、なんなりとつかわそう、たとえわしの領国の半分であろうと」

「お誓《ちか》いくださいます？　王さま」

ヘロデ王は、命にかけて、冠《かんむり》にかけて、神々にかけて誓ってしまう——神々と言うからには、彼はまだ一神教を知らない世界の人間らしい。

そこでサロメは、サンダルを脱《ぬ》いで「七つのヴェールの踊り」を踊るのだった。

七人の侍女《じじょ》たちが、手に手に薄絹《うすぎぬ》のヴェールをもって走りでてくる。東洋風な、ちょっと変わった拍子《ひょうし》の音楽が鳴り出した。侍女たちは、一定のパターンのある群舞《ぐんぶ》を踊りながら、一人ずつ、サロメにヴェールを巻きつける。そのつどに、サロメは最終的にはヴェールを払《はら》い落とす。

七回それがくり返されたのち、侍女たちは、今度はサロメが最初に着ていた衣装をはぎとり始めた。私ほどに息をつめて見ていなかった観客も、こうなったとたん、現金なくらいに舞台にくぎづけになった。そこまで身をのりだすなよと言いたいくらいだ。

はらはらするほど衣装を脱いでいった有理さんは、最後に、レオタードの上の薄《うす》いドレス一枚になって、一人で踊り出した——たくさんの腕輪《うでわ》と首かざりだけを古代のなごりにして。

たとえ時代劇にしか興味がない田中クンであっても、この舞台には見とれただろうと思う。みごとな演出だった。創意にあふれて、小粋《こいき》な感じすらした。メッセージ性も明らかだったし、近衛有理のもてる技量を最大限に生かしていた。だから、踊り終えたサロメの前で、ヘロデ王が手をたたいて言うのは当然だった。

「ああ！　みごと！　わしはどの舞姫《まいひめ》たちにも十分の礼を出す。わけてもおまえには王者らしく礼をしたい。おまえが心の底から求めているものは、なんなりとつかわそう」

サロメは立ちあがって言うのだった――ヨカナーンの首。

彼女の踊りが胸にしみたとき、私はどういうわけか、つかえが取れたように、すんなりとよくわかった。キャンバスを燃やしたのは、やっぱり有理さんだということが。

有理さんはその踊りのなかで、全身で表現していた。罪などは少しも怖《こわ》くないと。この思いをかなえるためには、どんなことでもしてみせると。彼女の、天をも恐《おそ》れぬ大胆《だいたん》さが熱く伝わってきた。

怪人《かいじん》Kは、有理さんの他《ほか》にはいなかった。私にはわかっていてよさそうなものだったのだ。執行部《しっこうぶ》メンバーが「怪人K」の名をこしらえてさわいだことを、彼女に教えたのはこの私だったのに。だから、彼女は、脅迫状《きょうはくじょう》をつくって執行部の期待に応《こた》えたのだ。

あの脅迫状は、有理さん独自のおふざけでもあったし、やっぱり真剣《しんけん》なものでもあった。あんな異常な形であっても、彼女にとっては、目をつぶり耳をふさいでいる鳴海クンとのコミュニケーション手段だった。

鳴海クンがそうまで拒絶した、いったい何が二人の過去にあったのか、私などには知りようがない。開けてはならない、パンドラの箱なのかもしれない。けれども、執着《しゅうちゃく》は有理さんの側だけにあったのではないと、強く感じる。完全に封《ふう》じようとすることで、鳴海クンはこの学校のだれより彼女を意識していた。

夢乃が言っていたのは、そのことだったのだ。今なら、私にもわかる。

彼のふるまいもまた、どこかで異常な、どこかでゆがみを生じさせずにおかないものだった。二通めの脅迫状は、鳴海クンが握《にぎ》りつぶさずにいられないように書かれていたにちがいない。おそらく、そう意図してあったのだ。

最初から、ゆがみは双方《そうほう》にあったけれども、鳴海クンは、この学校での正当性を身にまとうことができた。校内一の正統派である生徒会長になることができた。それが、彼のとった方法だった。

だからこそ、有理さんは彼と対極にある立場を取らざるをえなかったのだ。

鳴海クンは、そのままヨカナーンなのだ。彼女はヨカナーンのために踊り、ヨカナーンの首をとる。有理さんは最初からそう言っていたではないか。サロメは「私を見て」と言って踊る。ヨカナーンが、彼女を永久に愛し返さない首だけになっても、抱《だ》きしめてそう言い続けるのだ。

有理さんを指さし非難する、名前のない顔のないものとは、辰川高校が明治の旧制中学だったころから、めんめんと途切《とぎ》れもなく卒業していった生徒——その大半はもちろん男子生徒——の総体なのかもしれない。現在の辰高の先生方にも、生徒の私たちにも、必ずそそぎこまれ、影響《えいきょう》をおよぼす何かだ。

そのものは、どんなときも異端《いたん》をゆるさない。価値観のちがいを唱えることはゆるさない。まるでヨカナーンの神なのだ。その言葉は正義だけど、そして、罰《ばつ》されるあやまちを犯《おか》すのはたしかに彼女のほうだけど、その神は、彼女の内にある恋《こい》しさについては、目をつぶって見ようともしなかった。

（……ゆりかごに、見えたのかもしれない）

ふと、心のどこかがジャンプして、辰川高校はゆりかごなのだと思った。名前のない顔のないものの絶対さは、世の中全体に通用するものではなく、高校という囲われた敷地《しきち》の中に、そこだけに存在するものだと思うから。

これは、よその人間の視点からすれば、すべてがお遊びで、枝先でゆれるゆりかごの中だった。鳴海クンが目隠《めかく》しをしてその中にいることを、有理さんはよく承知していた。だから、彼女は女神《めがみ》になって、枝の根もとを折らずにはいられなかったのだ。

鳴海クンは女神を怖がっていた——そう、彼は、怖がっていた。古代の女神は血のいけにえさえ求める、美しいばかりではない猛烈《もうれつ》なものだ。触《ふ》れるからには身を滅《ほろ》ぼす恐れもあり、目をそらしたくなるのも無理はないかもしれない。

けれども、有理さんが手まねきするのも、呼び返したく思うのも、鳴海知章ただ一人だったのだ……

舞台《ぶたい》の上では、古井戸《ふるいど》のふちを模した書き割りから手が出て、銀のお盆《ぼん》に人の頭をのせて掲《かか》げている。髪《かみ》をふり乱した王女は小走りになって突進《とっしん》し、首をつかみとっていた。そして、いとおしげに首を抱きかかえ、長い長いサロメの独白が始まる。

(……私は、自分の考えた物語を自分に語っているだけだ……)

少し冷静になって、そう考えた。それでも、これが真相であるような気がしてならなかった。だれにも言えなくても、曲解だったとしても、私にとってはこれが一連のできごとに対して見つけた答えだった。

気持ちはまだ、二つの主張のあいだで揺《ゆ》れている。有理さんのしたことは、学校の外にあっても、やっぱりゆるされない行為《こうい》だろうと考える。ふつうの人は、だれかをふりむかせたいからといって、パンにカッター刃《ば》を押しこんだり、夜中に火をつけたりするものではないのだ。

それでも、私は「彼女がわからない」のではなかった。言葉にはならない、正義にはならない、けれども理解できるというものごとも、この世にはあったのだ……

もう一度最初から全部を思い起こしてみよう……夢中でそれを考えていたので、気がついたときには、二AHの劇に幕が下りて会場に照明がついていた。通路のわきには江藤クンが立っていた。

「いつまで座っているのさ。『サロメ』を見終わったら、パトロールへ行くんだろう?」

「え——あ——うん」

言われて私は、飛び上がるように立ち上がった。だが、どうやらそれがまずかった。廊《ろう》下《か》に出たら立ちくらみがひどくなり、目の前にいくつも星が飛びはじめて、ほとんど貧血《ひんけつ》状態になってしまった。

ちょっと待ってと江藤クンに言ったと思うが、それもさだかでない。扉《とびら》の外に待合いの長いすがあって、とにかく助かった。倒《たお》れこむように腰《こし》をおろし、体を二つ折りにして頭をできるだけ低くする。そうして、目をつぶってじっとこらえていると、耳鳴りと星のチカチカは少しずつ収まってきた。

江藤クンが心配そうな声を出しているのがわかった。

「だれか呼んできたほうがいいか?」

「ううん、もうなおる。大丈夫《だいじょうぶ》……」

「具合が悪いなら早く言えよ。びっくりするな」

「悪くなかったはずだけど――根をつめて考えすぎたかも……」

だいぶ感覚がもどってきたので、私はなんとか顔を上げ、かぶさった髪をかきやった。

江藤クンは、私の隣《となり》に大まじめな顔で座っていた。

「顔が青いぞ、サロメじゃないけれど。上田って、けっこう他人事で根をつめるのな」

「そんなことないよ――」

小声でつぶやいた。吐《は》き気が完全に引くまでは、気の抜《ぬ》けたようなしゃべり方になってしまう。

「かかわらないもの、私」

「そうか？」

「江藤クンだって言ったじゃない。すまして座っているって」

「おれ、そんなこと言った？　うそだ。忘れた」

「……ばか」

いくらか気分がしゃんとしてきた。私は座りなおしたが、やっぱりまだ立ち上がる気にはなれなかった。

「言葉って本当にむなしい。いやになっちゃう。私たちの言ったことは全部意味をなくしていくのだから、うそをついたって、それがどれほどのちがいになるんだろう」

「おれに、反省しろって意味？」

「江藤クンのことじゃないの。人類全般《ぜんぱん》を言っているのよ」

「おれは人類外かよ」

気分がどんどんなおってきた。もともと私は、ふだんはめったに貧血など起こさない人間なのだ。平静な気持ちで有理さんのことを理解するまで、あと少しであるように思えた。

そうなったら、この考えを夢乃に話してみてもいい。

「私は今日、なんとなくけりがついた。犯人探し、もうやめない？」

江藤クンに言ってみた。唐突《とうとつ》なのはわかっていたが、彼は、目をぱちくりとしか言いようのない顔をした。

「いいけど、けりがついたって何なのさ。おひいさん、さっきから、おれにわかりっこないと思ってしゃべっていないか？」

「あれっ、急に鋭《するど》い」

「あのな。それじゃ、知章のいやみだよ」

ふいに鳴海クンのことが気になった。彼は有理さんのサロメを見て、私のように気づいただろうか。彼女のサロメを受けとめただろうか。

「ホールで鳴海クンを見かけた？」

「あいつなら、パトロールだったんじゃないの?」

私は思わず声を大きくした。

「だめよ。彼は『サロメ』を見なくちゃいけなかったんだから」

「そんなこと言ったって——」

江藤クンの文句は立ち消えになった。そのとき、廊下の突《つ》き当たりのほうから、物音と人のさわぐ声が聞こえたのだ。上演中であたりはしんと静まっているのに、ただごとではない。

「なんだ、今の」

瞬時《しゅんじ》に反応する江藤クンだった。もう駆《か》け出している。

「見てくる。座ってろよ」

座っていられるはずがない。私もパトロールの一員なのだ。かなりもたついたけれど、それでもけんめいに走って後を追った。

楽屋のドアを乱暴に開ける音がし、さわぎがさらに大きくなった。気の転倒《てんとう》した女子生徒の声で、早く早く、だれか、救急車と聞こえる。心臓が跳《は》ね上がり、とどろくように鳴り出していた。まさか、ついに現実になったというのだろうか、脅迫状《きょうはくじょう》のあの予告……

向こうから走ってきたのは、サロメの侍女《じじょ》が三人ほどだ。化粧《けしょう》を落とした顔をひきつらせていた。

「先生呼んで、早く、お願い」

江藤クンに突き当たって、彼女たちは口々に叫《さけ》んだ。

「何があったんだ」

「近衛さんが倒れた」

「貧血？」

「そんなのじゃないったら。ぜったい容態がおかしい」

楽屋の入り口には、委員やら裏方の男子生徒やらも集まってきていたが、女子の着替《きが》えの部屋であるために、みな二の足をふんでいる様子だった。先に到着《とうちゃく》した江藤クンも、その場所で立ち止まる。私はかまわず、江藤クンもその他の男子もかきわけて前へ進み、化粧台の鏡がずらりと並ぶ小部屋に飛びこんだ。

有理さんは、マスカラやクリームやブラシやドライヤーといったものが散乱するなか、左手の台の下に仰《あお》向けに横たわっていた。サロメの化粧はすでに落としてあるというのに、顔色はさらした布のように白く、くちびるの色もなかった。周囲を女子生徒が取り巻いて、名を呼んだり手を握《にぎ》ったりしているが、まったく意識がないようだ。

手が冷たいというので、私も有理さんの手に触《ふ》れてみた。冷たいうえに小刻みにふるえている。それなのに汗《あせ》もかいている。ただの貧血などではないのは、だれの目にも明らかだった。もっと深刻な、急性の何かだ。

私の腕章《わんしょう》を目にしたのか、H組の女子の一人が泣きそうな声で説明した。

「劇が終わったときには、まだ元気だったの。笑っていたの。みんなでスポーツドリンクで乾杯《かんぱい》したの。それがさっき、鏡に向かっていたら突然《とつぜん》――」

（どうして、有理さんが……）

私の思い描《えが》いた筋書きどおりだったなら、どうして今ここに有理さんが横たわっているのだろう。頭が混乱して、何も考えられなかった。だいたい、今さっきあれほど優雅《ゆうが》に踊《おど》った体が、どんな力も失って投げ出されていることだけで目がくらんだ。同年と言ってもいい年齢《ねんれい》の人が、これほど死に近い表情を浮《う》かべているのを、私はまだ見たことがない。それだけで、何もかもが吹《ふ》き飛んでしまう思いだった。


社会教育会館の駐車場《ちゅうしゃじょう》に、サイレンを鳴らす白い救急車が入ってきた。文化祭実行委員のふんばりで、演劇の上演はかろうじて続いていたが、たぶん、もう審査《しんさ》どころではなかった。半分ほどの生徒はホールから外へあふれだし、さわぎのもととなる患者《かんじゃ》をひと目見ようと押しあっている。

毛布にくるまれ、酸素マスクをあてがわれた有理さんが、ストレッチャーに乗せられてすばやく救急車の後方に運びこまれた。数人の先生があわただしく打ち合わせてから、担任の坂下《さかした》先生が、患者につきそって乗りこもうとする。そのとき、鳴海クンが進み出た。彼は思いつめた表情をしていたが、態度は落ち着いていた。

「先生、おれも乗っていきます」

申し出にびっくりして、坂下先生はふり返った。

「会長かね。心配はわかるが、きみにはこの場ですることがあるでしょう」

「彼女の母は、おれの叔母《おば》です」

事実だけを告げる、淡々《たんたん》とした口調で鳴海クンは言った。

「病院から、おれが連絡《れんらく》をとります」

坂下先生は、あっけにとられたように身を引き、彼に乗る場所をゆずった。

そうして、鳴海生徒会長は、けたたましくサイレンを鳴らす救急車とともに消えていった。私たちも、坂下先生と同じくらいあっけにとられて、言葉もなくそれを見送った。つむじ風のように起こったこのアクシデントのなかで、彼が責任放棄《ほうき》したとまでは、だれも考えなかったけれども。

けれども――

一つだけわかったことがある。近衛有理さんは、命を賭《か》けて鳴海クンを呼びもどしたのだった。

三

翌日の文化祭は、とどこおりなく始まり、そしてとどこおりなく終わった。

「サロメ」を見事に演じきり、その直後に救急車で運ばれていった近衛有理のセンセーションに、だれもが憶測《おくそく》を飛ばしあうことはまぬがれなかったが。

なんといっても、舞台《ぶたい》上のサロメは、首を抱《だ》いたまま殺されて幕を閉じるのだ。役に殉《じゅん》じて死にかけるなんて、あまりにもできすぎだった。賞審査があれば「サロメ」が最優秀《しゅう》をとっただろうと、だれもが思ったが、残念なことに審査はやっぱりお流れだった。

もしも有理さんが死んだら、文化祭はなくなっていただろう。けれども、彼女は死にはしなかった。ずいぶん気をもんだけれど、執行部《しっこうぶ》メンバーがまだ部室に居座っている夜の七時ごろ、鳴海クンから連絡があって、有理さんが意識をとりもどしたことを聞いた。

彼女が昏倒《こんとう》したのは、極端《きょくたん》に血糖値が下がったことから起こす症状《しょうじょう》だったらしい。そのまま放置すると死の危険性もあるが、正しい処置をこうじれば、後遺症《こういしょう》の心配などはないということだった。

電話がかかってきたのは加藤クンの携帯《けいたい》だったが、私たちはかわるがわる電話を手にとって、冗談《じょうだん》やら、明日《あした》の問題やら、はげましやらと、鳴海クンと話を交《か》わした。

「病気だったの？　彼女」

私の質問に、携帯の向こうの鳴海クンはなかなか答えなかった。ずいぶん間をおいてから、ようやく言った。

「……血糖降下剤《こうかざい》をのんだらしい。糖尿病治療《とうにょうびょうちりょう》にそういう薬があるんだが、正常な人にとっては毒物と同じしろものだよ」

「それって……」

「だれかがのませたとは考えられない。有理が自分で承知でのんだのだと思う」

私が思わず黙《だま》りこむと、鳴海クンは低い声で告げた。

「病気といえば、病気かもしれない。しばらく様子をみるよ……」

私たちは、鳴海クンのこともかなり心配していたのだが、彼は翌朝、始業前にきちんと現れて、生徒会長の職務を再開した。そして執行部メンバーに、会長辞任を考えなくもないけれど、とにかく辰高祭は無事に終わらせるとさらりと告げた。だから、文化祭の運営は通常どおりだった。

剣道部《けんどう》の寄席《よせ》はたいへんな盛況《せいきょう》だった。辰高文化祭のなかで、これだけの力技《ちからわざ》はめずらしいから無理もない。まさか落語がやりたくて剣道部に入った人はいないと思うのだが、扇子《せんす》を扱《あつか》う手つきも鮮《あざ》やかで、それぞれ迫真《はくしん》の噺家《はなしか》になりきっている。

寺本クンも上手に演じていた。彼は老《ふ》け顔の一年生で、体つきもごっつく、羽織を着込んだ姿は江藤クンのおとうさんのように見えるものだから、たまらなくおかしかった。

廊下《ろうか》で出会っただけで、私が吹き出したせいで、寺本クンは面妖《めんよう》に思ったらしい。彼がその後「江藤先輩《せんぱい》のカノジョは笑いじょうごだ」と発言したことを、あとあとになって聞き知ったが、くやしいことに時機を逸《いっ》して文句をつけることができなかった。

一方、二年F組の研究発表「多摩の石仏」は、なんと展示のベストスリーに選ばれた——じつをいうと、私など、展示に審査があったことさえすっかり忘れていたものだが。

投票する先生たちが多いのだろうとは思うが、地味な努力をきちんと評価する目があることは、なかなかすてきだった。展示教室に入っても、ディスプレイに凝《こ》ったところさえ見当たらず、あくまでも地味だなあとつくづく感心していたのに。

村田クンは表彰《ひょうしょう》を受けてたいへん感動し、片づけのあとには、私に写真ボードの一枚を進呈《しんてい》してくれた。ろくな手伝いもできなかったのにと、私はたいへん恐縮《きょうしゅく》し、感謝の笑顔《えがお》で受けとったが——心中ではこっそり、この石仏を自宅に飾《かざ》っていったいどうするんだと考えていた。お供えでもすればいいのか。

展示の後片づけが終わったころ、校庭ではフォークダンスの音楽が鳴り出す。

かなりの時間がたっているというのに、ここのところ在校生とも見えなかった三年男子の先輩たちが、けっこう多く居残っているのが見ていておかしい。最近のうさを晴らすつもりなのか、女子をぶんどって後輩《こうはい》に指をくわえさせている。

でも、私たちは、本当は知っている。三年の先輩が、嵐踊《あらしおど》りのために残っていることを。辰川高校最後の嵐踊りを踊って、後輩に範《はん》をしめし、自分たちの高校生活に別れを告げようとしているのだということを。

残すは、体育祭のみである。

キャンバスのやぐらを建てるための、一年生逆さ吊《づ》りの穴掘《あなほ》りが始まる。あれは閉所恐怖症《きょうふしょう》でなくても、とにかく怖《こわ》いと、二年の男子たちは口々に言う。今年は強制する立場に回ることができて、サディスティックな笑いがとまらないようだ。前にどこかで、男子の成人式に、足をつかんで絶壁《ぜっぺき》から逆さに吊《つる》すという儀式《ぎしき》をもつ古い部族の話を聞いたことがあるが、なんだか似ているような気がするな。

しかし、この穴掘り、秋雨《あきさめ》が続く時季にあたっていて、そうなると本物の悲惨《ひさん》さをおびてくるのだった。女子は校舎の中に居させてもらえるけれど、男子たちは、そのシャツの洗濯《せんたく》をあきらめたほうが賢明《けんめい》なくらい、みごとな泥《どろ》まみれになって帰ってきた。

ダメージを受けたEFチームのキャンバスだったが、創意工夫と努力のかいもあって、最終の白い紙を貼《は》り終えてみれば、他《ほか》のキャンバスブロックとのちがいはほとんどわからなかった。空色のペンキがもってこられ、青のグラデーションを必死でぬる。

彩色《さいしき》がこれほど緻密《ちみつ》だと思ってもみなかったので、最終局面にきてあせったことはたしかだった。もう、炊《た》き出しのおにぎりを作るどころではないし、応援《おうえん》団員の手さえ貸してもらっての、一心不乱の色ぬりだった。

前日の、それも、あたりがたそがれかけてから、ようやくキャンバスの組み立て作業が始まった。

やぐらに登る男子はけっこう危険だ。夢中でブロックを固定していて、落ちやしないかと冷や冷やする。だが、設置の指導には三年の先輩が大勢くりだしていた。一人一人をきびしく見守っていて、不用意なことをすれば大声で注意する。

できあがってみれば、EFキャンバスは、右肩《みぎかた》あがりの左右非対称《ひたいしょう》が斬新《ざんしん》な、流星が落ちてくるようなデザインだった。青の流線がうまくつながり、力強く尾《お》をひいている。感激した目で見守る私たちには、この流星が本当にかけがえのない、いとおしい星に見えた。ここまでやってのけたことは、だれにもわからなくても自分たちがたたえられる――そんなふうに思えてならないものだった。

当日の審査《しんさ》発表において、私たちのキャンバスは、惜《お》しくも二位だということがわかった。当然ながら優勝を期待したけれども……それでも、最下位まちがいなしだとくちびるをかんだあの日から見れば、たいした健闘《けんとう》ぶりだった。

EFチームは、応援賞もまた二位だった。けれども、個人競技には優《すぐ》れた人物が多く、競技成績一位を獲得《かくとく》して、総合成績としてはどうどうの優勝だった。

とはいえ、なぜかしら、総合優勝チームより応援優勝チームのほうが華《はな》やぐ辰高体育祭である。優勝した男子応援団長が池に投げこまれるという、世紀の見ものがあるせいなのかもしれない。

今年は黄組BGチームの応援団長森《もり》クンが、胴上《どうあ》げで空を舞《ま》ってから派手な水しぶきを上げた。あとは、そばにいる者はだれかれかまわず投げこまれる。とばっちりはかなわないので、応援団は逃《に》げまどうが、なかには追い回されたあげく、やけになって自分から飛びこむやつもいる。

この、心底ばかに徹《てつ》したばか騒《さわ》ぎをしずめるには、伝統歌でも歌うしか他に方法がなかった。

FS実行委員が周到《しゅうとう》に用意したたきぎに火が点《とも》され、急速に暮れていく空にむかってファイヤー・ストームの炎《ほのお》がのびあがる。すでに耳になじんだ、和太鼓《わだいこ》の音が響《ひび》き出す。そうして私たちは輪になって、祭りが終わったことをかみしめながら歌を歌った。

私は、炎を見ながらぼんやり考えていた。

(……有理さんは、自分は共有のできないよそ者だと言った。その気持ちが、わからないとは言わない。でも、私はやっぱり、自分を辰高生だと感じていたい。名前のない顔のないものは、たぶん、私にとっての敵ではない。たとえ、女子でも……たとえ、落ちこぼれでも……)

その伝統が形づくる流れというものは、あるいは、もうすぐ絶えてしまうものなのかもしれない。それは、江藤クンも言っていた。

それはそれでいいではないかと、私は思った。ゆりかごがひっくり返っても、私たちは何とかなるのだ。現実には――たぶん。

一番よくないのは、落ちることを恐《おそ》れてしがみつくこと。自分に目隠《めかく》しをすること。それだけはするまいと、私は思った……せっかく、有理さんが身をもって教えてくれたのだから。

受けとめる手など、私もあるかどうか知らないけれども。

それでも。


結果として辰高祭は、アクシデントを克服《こくふく》したかたちで、まずまずの成功裡《せいこうり》に終わったと思う。脅迫状《きょうはくじょう》の文句は、近衛有理さんが救急車に乗った時点から後は、無効に終わった。してみると、やっぱり怪人《かいじん》Kは、別人として存在しなかったとしか思えない。

体育祭終了《しゅうりょうご》後は、勝ってうれしい人々とともに、どうしても負けて悔《くや》しい人……努力のむくいがないと思える人々が出てくるもので、しかたがないとは思うが、そのなかでうわさが立ちはじめた。

辰高祭を妨害《ぼうがい》した人物について──だ。

演劇コンクールは賞が出なかったわけだし、キャンバスも危《あや》うくそうなるところだった。合唱祭のパンにさかのぼり、だれかが犯人として槍玉《やりだま》にあがらなくては、収まりがつかないのだった。夢乃が早くに言っていたとおりだ。

生徒会執行部《しっこうぶ》が近衛有理さんを追及《ついきゅう》しようとしていたことは、完全に伏《ふ》せることのできるものではなかった。やがて、脅迫状の件も、かなりの人間が知るところとなった。執行部メンバーも、極秘《ごくひ》にする気はなかったのだ。だから、聞かれたことには答えた。隠匿《いんとく》すれば、それこそ後ろ暗いことをしたように思われてしまうから。

その結果、つめが甘いと言われた──それは、たしかにそうなのだ。

今年の反省と来年の課題を考える時期になって、委員会会議のなかで、鳴海クンが今後の辰高祭をだめにしたように言う人まで現れ、物議をかもした。鳴海クンは弁明しなかったそうだ。ひとことも。

近衛有理さんには、あげつらう人々に反証することができなかった。その必要もなかった。彼女は演劇コンクール以来学校を休み続け、自宅への生徒の見舞《みま》いも一切《いっさい》受けつけなかった。

鳴海クンは生徒会長を辞任する気になっていたが、最終的にはそうならなかった。周囲の説得が功を奏したというよりは、後任がどこにも見つからなかったからだ。加藤クンや田中クンでさえ、後任者をふられると顔色を変えて首を横にふった。

そして、中村夢乃は執行部メンバーにもどってきていた。鳴海クンの現在の苦境を、はたで黙《だま》って見ていられる彼女ではなかったのだ。

私がそれをたたえると、夢乃は照れた。

「ばかだと思うけれどね、私。目の前にいなければいいというものじゃなくて、近衛有理の影《かげ》は、鳴海知章にとって、よくも悪くも自分の影と同じに消すことのできないものだと思う。でも、どうでもよくなっちゃった。とにかく私はここにいて、同じ学校内で彼とつきあうことができるんだから。表面的な手助けでもいいのよ、表面だって大事だよ」

「ドリちゃんって、本質がやさしい。そういうのは、たぶん、母性って言うものなんだと思うよ」

「やだなあ、ヒーちゃん……何もおごらないよ」

有理さんと鳴海クンに関して、どうかと思うような憶測《おくそく》がいくつも流れたが、それらもいつかは下火になった。期末試験の準備が忙《いそが》しくなって、そうなるだけの時間がすぎさったことに気づいたとき、私は、有理さんが二度と私たちの前には現れないことをさとった。

「シアトルに親戚《しんせき》がいるんだ……」

有理さんのその後については、それこそ貝のように口を閉ざしていた鳴海クンが、ある日ぽつりともらした。

「そちらへ行くことになったよ、彼女」

「そう……日本からいなくなっちゃうのね」

私は、手にしていた世界史の教科書に視線を落とした。

「一度くらい顔を見ることができないかな……日本を発《た》つ前に」

鳴海クンは、目につかないくらいかすかに首をふった。

「名目は留学だけど、療養《りょうよう》でもあるんだ。家族の意見では」

低い声で言ってから、彼は気をとりなおして私を見た。

「でも、いつか、シアトルを訪ねることはできるよ。西海岸などはすぐだから、旅行をかねて行ってみるのもいいかもしれないな」

「鳴海クンも行く？」

「うん」

いやな顔をされるとばかり思ったのに、彼はうなずいた。

「そのうち、みんなをひきつれて行ってやろう。行きたいやつは全員」

鳴海クンはそう言った。会長らしい言いぐさだった。彼はのりこえようとしているし、のりこえられる人なのだと思った。

彼さえしっかりしているなら、執行部メンバーも有能なことだし、生徒会の来年に向けての後輩《こうはい》育成は今年も順調に進むのだろう。今回の事件が、どうかすると、語り継《つ》がれる会長伝説になったりするのかもしれない。

鳴海クンの「そのうち」って、いつのことかな。合格発表のあとかな……

そう考えたら、ここのところ冴《さ》えなかった気分が、少しだけ明るくなった。深い洞穴《ほらあな》の向こうにある光の世界を、一瞬《いっしゅん》だけかいま見たような。

近衛有理さんがかかえていたものを、もしも狂気《きょうき》と呼ぶなら、その一部は私のなかにも見つかるものだった。彼女が消え去ってしまったことは、しみじみと淋《さび》しかった。

私は、彼女にだけは、いつか見た船乗りの夢を打ち明けることができたのだ。この話ができた人は、有理さんただ一人だった。たぶん、もう二度とだれにも話さないだろう。

私と有理さんのちがいは、行動を起こす力があったかないかのちがいだった。たったそれだけの差異なのだと、私は思った。私には有理さんのように具現する力がなかった。ただ、物語を考えて終わらせることしかできなかったのだ。

(私は、何もしなかった……だから、何も変わらないのだ)

有理さんが、手の届かないところへ行ってしまってからこちら、私はそう考え続けていた。これは、私一人の問題だから、気をまぎらせることはできても、根本の解決にはならないのだった。

けれども、変わったといえば変わったこともある。

辰高祭が終わって、また勉強勉強の日々がもどってきたわけだが、二学期後半になって、なぜかクラス中から、国語レポートの上田と見られるようになってしまった。一学期に比べて、何が得意になったとも思えないのだが、今では国語教官室派遣《はけん》特使にされている。代表で質問してこいというわけ。

福沢先生のレポートが、最近いよいよ、超絶的《ちょうぜつてき》にむずかしくなってきていることはたしかだった。漢詩の訳文をつくれというだけで、充分《じゅうぶん》な課題になっていると思うのに、その訳文は五七または七五の韻文《いんぶん》で、古文体でなくてはいけないと言われたりする。

このレポートに関しても、たちまち特使にされてしまった。

しかたがないので、なんとか自分の草案をつくって、教官室へ寄ってみる。福沢先生は、提出されたレポートにむごく再提出のBをつけることはあっても、提出前のレポートにアドバイスを惜《お》しむことはないのだ。

私が下書きのレポートを差し出すと、メガネをなおして読みはじめた福沢先生は、めずらしくいつまでたっても口をつぐんでいた。

「あの、どこでしょう……」

私はおそるおそるたずねた。訂正箇所《ていせいかしょ》がありすぎて、どれから言おうか迷われていると思ったのだ。

「上田さんは、平易な言葉が使えますね」

福沢先生はゆっくりと言った。

「あなたは、たぶん、文章を書く才能をもっていますよ」

「はあ……？」

自分の耳を疑ってしまった。ちょっと待て、何を言われたのだろう、この私。

「一か所、動詞の活用をなおして、一か所、かなづかいをなおしなさい。そうすれば提出できます」

お礼の言葉もそこそこに、私は教官室を飛んででた。きまり悪くて、心臓がどきどきして、会ったばかりの男の人に結婚《けっこん》してくれと言われても、これほどは動転しなかっただろうと思う。

「びっくりした……」

声に出して自分に伝えた。

どうやら、私にもとりえがあるのだ——びっくりした。

「なに、飛び跳《は》ねてるのさ。気味悪いな」

廊下《ろうか》でスキップしたら、たちまち江藤夏郎に見とがめられた。

「おひいさんって、上品がウリじゃなかったの」

「知らない、そんなこと」

私はむっとしてにらんだが、江藤クンは例によってけろりとしていた。

「そっちが知らなくても、おれが困るわけよ。おれ、もうE組のやつらにいいかげん言いふらしたもん」

「――なにを」

「平安朝に生まれたみたいな女の子がいるって」

私は数秒間絶句した。それから、彼の言いまちがいであることを祈《いの》りながらたずねた。

「それ、まさか、私のこと？」

「あ、だから、平安朝に生まれたみたいに古文が読める女の子がいるって、そう言ったんだよ。ここのところ、E組連中がかわるがわるウォッチングにF組へ行くの、気がつかなかった？」

私は、息もたえだえな気分になってきた。

「何なのよ。そんな……珍獣《ちんじゅう》みたいに……」

「べつにいいじゃん。おれだったら自慢《じまん》されたいぞ」

胸をはる彼に、私はこぶしを握《にぎ》りしめた。

「よくない。すごくめいわくだ」

「いいじゃん。おれが勝手に自慢しているんだから」

「どうして、江藤クンがそれを自慢するのよ」

追及《ついきゅう》すると、江藤夏郎は舌を出して、すばやく逃走《とうそう》した。もっと怒《おこ》ろうと思ったのに、まったく逃《に》げ足だけは速い。

どうして、こんな男の子なのだろう。

毎度毎度思うことだが、どうしてこんなに頭をかかえるやつなんだろう。

彼ときたら、私が夢のなかで出会った船乗りとは似ても似つかない。似つかないという言葉では生ぬるいくらいで、正反対と言ったほうが合っているかもしれない。

考えてみると、私は一度だって江藤クンにぽーっとしたことなどない。あこがれなどという言葉は、彼の前にもちだすと、去年の落ち葉のようにむなしいと思う。顔を見れば、二回に一回は怒っているような気がするが、ひょっとすると、頻度《ひんど》はもっと高いのだろうか。

だいたい江藤クンと私は、言葉がお互《たが》いに通じないくらいで、私はたとえ舌を抜《ぬ》くと脅《おど》されたって、彼に私の夢の話を教えるのはごめんだ。二度とだれにも話さないつもりではあるが、とりわけ江藤夏郎に話してはならないと思う。

それなのに——というところが、本当に不思議なのだが。

不思議だけど、それなのに、私はこれから男の子という存在を、江藤クンを通して知っていくことになるのだろう。そういう予感がするのだった。

予感であって実感ではないけれども。

私たちを取り巻くさまざまなものを、学校を、受験を、今の世界を、私はいちいち憤慨《ふんがい》しながらも、私とは異なるものを見る、彼のまなざしを通して見てみようとすることになるのだろう。本当の共有にはなり得ないだろうけれど、それはそれで、無理に共有しなくてもいいのかもしれない。

私たちは、まだまだ移ろっていく。

そのうち、いつかは、シアトルで有理さんに再会できるのかもしれないし。

そのうち、いつかは——そう、ひょっとするといつかは、シンドバッドの船乗りと江藤クンの双方《そうほう》にかかわるものを、自分の力で見出《みいだ》すことができるかもしれないのだった。


本文中の「サロメ」の台詞《せりふ》は、「サロメ・ウィンダミア卿《きょう》夫人の扇《おうぎ》」（オスカー・ワイルド著／西村孝次訳／新潮文庫）から引用しました。

書き下ろし短編
週一の時間

三学年のクラス替《が》えがあり、ふたを開けてみると、私は生徒会執行部《しっこうぶ》のだれともクラスメートにならなかった。

それもまあ、当然だった。一、二年のクラス分けの基準になった音楽、美術、製作（男子のみ選択《せんたく》）といった芸術科目は、三年には存在しない。だから、文系理系の進学傾向《けいこう》で分かれてくるのだ。私は数学を選ばなかったし、理科は生物を選んだが、夢乃も加藤クンも江藤夏郎も鳴海クンも、その選択はあり得ない人たちだった。

数学を捨てるということは、文系人間の中でも、さらに国立大学の受験をあきらめることを指す。この学校では、かなり少数派だ。けれども、私は自分でそれを選んだ。見極《みきわ》められる自己能力を冷静にかんがみて。

以前より少し、自分のことがわかるようになったのだ。そして――

私の一番好きな行事、合唱祭に突入《とつにゅう》した。だが、昨年まで、三階から響《ひび》く合唱は天上の歌声だと本気で思ったのに、いざ三年になってみると、自分たちが上手だとは少しも思わなかった。実際、ひそかに驚《おどろ》いた。高校最後のクラス合唱に魂《たましい》をこめ、達成感があるだろうと考えていたのに。

たぶん、クラス全員、以前より大人の合唱ができるようになったのだ。声質に関しても、歌にこめる感情に関しても。けれども、それは昨年の熱狂《ねっきょう》とは別ものだった。自分が歌にのっていないことにとまどったまま、当日を迎《むか》えてしまい、案の定、私のクラスは入賞しなかった。個人としては、不完全燃焼にあっけにとられて祭りを終えた気分だ。

そして、じんわり気がついた。私が、夢からさめかけていることに。

近衛有理さんが蒔《ま》いた種とは言いたくない。けれども、有理さんがもたらしたものは、私の中に確実に根付いていた。辰川高校は以前のまま存続していくだろうが、私自身は、もう共同幻想《げんそう》の中にひたっていなかった。でも、もしかすると、ただ三年生になったというだけのことかもしれない。私たちは再び、一人一人の存在になって散っていくのだ。大学進学のために。

辰川高校は、世間的には有数の進学校と言われるけれども、指導はないに等しかった。

過去数年の卒業生の進学先リストを、参考に配布した程度だ。自主的に相談すれば、個別の対応はしてくれたのかもしれない。とにかく、先生方の授業が型破りでも、そこに受験はいっさい関与《かんよ》していない。仙人《せんにん》かと思えるほど「我関せず」の顔つきだった。

その代わり、学生が自分で受験勉強を選んだ結果、午後の授業を抜け出して予備校の聴《ちょう》講《こう》に出かけようとも、いっさい止めないし言及《げんきゅう》もしなかった。

男子生徒の中には、けっこうそういう生徒がいた。女子にもいたのかどうか、私は知らない。ただ、私にはまねできなくて、なんとなく焦《あせ》る気分を感じていた。

三年生には自由選択講座があり、午後の週一回なので、きっと参加せずに校外へ立ち去る生徒は多かったに違《ちが》いない。私は、福沢先生の古文『更級《さらしな》日記』講読」を選んだ。一年二年と続けて福沢先生に教わったのに、三年のクラスになったら違う先生の担当だったので、なんだか淋《さび》しくなって選んでしまったのだ。しかし、われながら悠長《ゆうちょう》でおめでたいと思う。受験生なら、本来は苦手科目を選ぶべきなのに。

講座へ行ったら、教室に江藤夏郎が座っていた。

江藤クンはたしか、今まで福沢先生の担当になったことがなく、鬼《おに》の福沢国語を知らない生徒だ。受講すれば少しは古文が上達すると踏《ふ》んだのだったら、だいぶお気の毒。

例によって福沢先生は、熱意があってもわかりやすくはなく、淡々《たんたん》と講読を進めるのだった。さすがに二百字レポートは出されなかったが、そのぶん要点はよけいにわかりづらい。授業が終わると、江藤クンは私の机に寄って来た。

「ちょっと、おひいさん。今の何だったか教えてよ。おれ、テキスト読んでもわかんないし、授業聞いてもわかんないよ」

結局、私たちは帰りがけにカフェに寄って、「更級日記」を広げて過ごした。それからというもの、選択講座が終わると江藤クンと帰り、カフェでしばらく古文の勉強をするのが通例になってしまった。

これを、つきあっていると言わないと思う。私たちは、他《ほか》のときには一度も連絡《れんらく》を取り合わなかった。ただ、週一回の福沢先生の講座に、江藤クンは必ず来たし、私もまた休まなかった。それだけのこと。


執行部のおもだったメンバーは、一学期のあいだ、後輩《こうはい》のためにひんぱんに執行部室に顔を出していた。前会長は当然として、夢乃や加藤クンやその他の人も。けれども、私はもう、あまり行かなかった。

そのため、夢乃ともめったに顔を合わせなくなった。半端《はんぱ》なメンバーだった江藤クンのほうが、まだしも執行部室へ行っていたようだ。鳴海クンたちの動向は、江藤クンを通して知るほうが多かった。

だれとも仲たがいはしておらず、今も顔を合わせれば楽しく話せるつもりだ。でも、このくらいの立ち位置が私のけじめだった。一度離反《りはん》した夢乃ほどにも生徒会に逆らわず、そのくせ心の中では有理さんの味方をしてしまった、私という子のけじめ。この私には、後輩たちを導く資格はないと思うのだった。

夏休みを迎え、予備校の夏期ゼミナールを経験してしまうと、受験の深刻さは確実に一段跳《は》ね上がった。秋からは、会場模擬《もぎ》テストに追われるようになる。受験のために特化した勉強法の様相がわかってきて、一方では自分のレベルを突《つ》きつけられる。

体育祭の日を、辰高との最後の別れと感じる三年生の心情が、ようやく身にしみて理解できる思いだった。

カフェラテを買って席についた私は、大きくため息をついた。

「いいなあ、男子は。江藤クンだって、まだ余裕《よゆう》だよね。今回合格しなくても来年があるもの。予備校にいる先輩《せんぱい》たち、つまらない大学よりも一流予備校のトップクラスに合格するほうが上等って顔しているよね。うちの親は、女の子に浪人《ろうにん》はぜったいさせないって言っている。だから、後がないの、本当に」

「簡単に言うなよ。浪人、おれだって問題だぞ」

江藤クンは鼻にしわを寄せた。夏が過ぎたら背丈《せたけ》が数センチ伸《の》びたとわかり、もう伸びない私に自慢《じまん》する憎《にく》らしいやつだが、童顔で態度がお子様なのは変わらない。

「おれだって、今年度で大学に受かってぜったい行く。浪人なんかしてみろよ、じじばばが、今以上に東大しか許さなくなるじゃないか」

たしかに私も、卒業生の進学先リストをながめて、東大に受かる生徒は、一浪《いちろう》した人のほうが多いと気がついていた。

「東大、行かない気なの。受けるんでしょう」

「受けるくらいは格好つけておく。だけど、受かる気しねーし、今どき、東大に受かればその後はすべてバラ色だなんて、思うほうがおかしいし」

「鳴海クンあたり、東大へ行きそう」

私は言ってみたが、相手はしらけた顔をしただけだった。

「知らないな。夢乃がどこへ行こうと、おれは子分じゃねえもん」

私も、知章がどこをめざしているか知らない。志望校が似ているならまだしも、彼女は国立の理系をめざすに決まっているのだから。

「更級日記」の復習に入ることにして、ノートをめくり始めたら、江藤夏郎がおもしろそうに身を乗り出した。

「上田だって、最初から私大にしぼるくらいなんだから、私大のトップクラスをめざすんだろう?」

「まあ、目標は高くかかげないと」

「じゃあ、早大だ」

私が返事につまると、子ザルは「当たった当たった」と得意げにはしゃいだ。

得意がることでもないのに。辰高生なら、こういうときに慶大《けいだい》の名前は出てこない。早大への進学者数が常識より多く、慶大への数が常識より少ない学校だ。むしろ、北大のほうが多いかもしれない。わけは単純で、辰川高校と似たような気風をもつ大学ってこと。

「べつに、ここの生徒ならふつうでしょう」

「そうか？　上田は、辰高みたいな場所にはもう懲《こ》りたかと思ってた」

ちょっと鋭《するど》い。いや、こいつはいつも妙《みょう》なところで鋭い。それをことさら無邪気《むじゃき》そうに口にするのは、わざとなのか天然なのか。

慎重《しんちょう》になりながら、私は言った。

「思うところがないわけじゃないけど。それに、目標にしたって私の学力で受かるか疑問だし。でも、福沢先生は早大出身だってことがわかって……」

「ぎょええ」

「何よ、その鳴き声」

「ぎょええとしか言えない。上田のタイプってあの福沢？　それであんた古文が得意なわけ？」

「ばか」

本当、頭悪すぎる。

「いいよ、そういうことにしても。私が辰高で人より少しできるようになったのは、たしかに国語だけだもん」

「おれには文学わかんねえ。なんでこんなもの読んで楽しいのかなって思う」

「ご勝手に。それでも、国語のないセンター試験はないんだからね、理系だろうと」

冷たく言い返すと、江藤クンはこんなときだけすばやかった。

「だけど、おひいさんが読み上げるときは、不思議と古文が呪文《じゅもん》じゃなく言葉に聞こえる。意味がわかってくる気がする」

（あ、自分でフォローした。鳴海クンがいないからかな……）

私が、古文勉強会をやめてしまうかと危《あや》ぶんだのかもしれない。そのくらい心配させてもいいけれど、この週一の息抜《いきぬ》きに近い勉強会をやめる気はまったくしていない。週一の息抜きなのは、たぶん、江藤クンにとっても同じだろう。

私の前では今でも子ザルな江藤クンだが、三年生になって、以前より落ち着いて見えるのは事実だった。ばか騒《さわ》ぎもほどほどだし、心なしか、声のトーンが前より低くなったような。私の感触《かんしょく》では、家でしっかり勉強しているんだろうとも思う。

成長したようだとは考えてあげない。そのとたんに、くつがえす行動を見るに決まっているんだから。

私との勉強が、受験国語の点数をどんどん上げているとは思えない。遊んで過ごすよりは少しましであっても、受験勉強は結局、自分一人でがんばるしか方法のないものだ。他人と仲よく共同して効率など上がらない。

だから、江藤クンも、苦手感が少し減る期待をもつ程度で、本当は私にたよってなどいないのだろう。

校内でどう過ごそうと、いったん離《はな》れて個人になれば、私たちの余暇《よか》は受験で塗《ぬ》りつぶされる。いっときの気も抜かずに邁進《まいしん》しなければならない。その中で自分に許す、週一の気晴らしの時間なのだ。私にも江藤クンにも。

「去年からしっかりやっておけば、今になってそんなことを言わずにすんだのにね」

私が指摘《してき》すると、子ザルはけろりとして反論した。

「いいじゃん、これはこれで。古文なんてものに苦しむのは、受験以外はその後も一度もありゃしないんだから、一年間でたくさんだよ」

「ぶってやりたくなるね、教わりながら平気でそう言える人。女の子からぶたれる素質のあるだれかさん」

「言うなよー、それ」

「福沢先生のほうが、ずっとすてきだなあ」

「言うなよー、それ」

江藤クンが相手なら、少しも遠慮《えんりょ》しないですむのが楽しかった。そういう関係がつくれたのも、私たちに去年の出来事があったからこそだ。

今の私は、江藤クンを通してだけ、あの日々につながっているのかもしれない。

入試が終わったとき、私たちはどうなっているんだろう。受験の拘束《こうそく》から解放された私と江藤クンは、そのときどこに立っているだろう。両方とも、どこかの大学キャンパスに立つことができているんだろうか。

(自由になるときが来て、まだいっしょにいられるなら。私たちがそういうものだったなら、教えてあげてもいいのかも)

福沢先生が、私に文才があると言ってくれたこと。先生がそう言ってくれたから、私は先生の出身校である大学を目指す気になったこと。他《ほか》には何も理由がなく、自分が思っている以上に、先生の言葉が大きかったこと。

入試の結果が出たとき、まだそれを言える心境だろうか。江藤クンが本当にそばにいるかどうかも、今は未知数だ。

だからこれは、未来までおあずけの私の懸案《けんあん》だ。トンネルの向こうに射《さ》す光の一部なのだ。

あとがき

この作品を執筆《しっぴつ》していた２００１年、真ん中まで書いて後半を練っている最中に、９・11のアメリカ同時多発テロ事件が起こりました。

二十一世紀になっても、世界戦争の火種しか起こらないことがショックで、高校の事件を考えあぐねている場合でない気がしたのを思い出します。

『樹上のゆりかご』を書こうと思い立った一番の動機は、今では実行不可能となってしまった高校行事――私自身が過去に体験した行事を、どこかに書き残しておきたくなったことでした。

１９０１年（明治34年）に旧制中学として創立した私の母校が、百周年を迎《むか》えたところでもありました。立派な記念冊子が作られ、私も手にしましたが、記録や写真を懐《なつ》かしむことができても、あのころ感じた熱狂《ねっきょう》だけとは言えない微妙《びみょう》な味わいは、どこにも含《ふく》まれていないと思いました。

私は、同窓生と行事の思い出を語り合ったことは一度もありません。たぶん、各個人の思い出は、共通しながらも別ものだったでしょう。私一人の狭《せま》い視野ながら、実際に見聞きし、没入《ぼっにゅう》して、泣いたり笑ったりしたあげく、そこはかとなく感じ取った何かは、回顧《かいこ》談《だん》としてうまく表現できないものでした。ストーリー性のある物語の中で語るほうが、近づけるように思えたのです。

主人公の女の子は、そのため、どうしても私と一部が重なる子になります。すると、中学で優等生なことにコンプレックスを抱《いだ》く子として描《えが》いた『これは王国のかぎ』の上田ひろみと、性質が似てしまうのでした。

そこで、現実にもどった上田ひろみの高校時代に設定することにしました。

つまり、『樹上のゆりかご』は『これは王国のかぎ』の続編を書こうとした作品ではないのです。別々の創作と考えていただいたほうがいいでしょう。

どちらの作品の上田ひろみにも、私に似た部分がありますが、似ていない部分のほうが多いものです。人間関係もすべて実体験と思われると、ちょっと困ります。『樹上のゆりかご』に登場する高校生のキャラクターに、モデルのある人物は一人もいません。先生方にはいらっしゃいますが。

掛《か》け値なしに書いたままだと言えるのは、校内行事とその準備、学校の風習、先生方と授業内容です。今の時代には、高校生が行うなどファンタジーに見えるのではと、私ですら感じる行事内容ですが、どこも誇張《こちょう》していません。

合唱祭の運営も静寂《せいじゃく》も、体育祭キャンバスの新聞紙と小麦粉のりづくりも、炊《た》き出しも、演劇コンクールの夏休み講座もこのままです。そして、入賞体験に限っては、私も上田ひろみと同じものを経験しています。文化祭の石仏写真まで。

当時、高校や大学で後夜祭に盛大なキャンプファイヤーを燃やすことは、それほどめずらしくありませんでした。ただし、高校であれば、背丈《せたけ》より高く積み上げた薪《まき》で火を焚《た》くことを、学生だけに扱《あつか》わせないでしょう。

だから、当時でも非常に危険視され、職員会議で問題になっていたのを覚えています。失敗の許されない重大な責任があるので、ＦＳ（ファイヤー・ストーム）独自の実行委員会があるのです。それも、暗黙《あんもく》のうちに男子のみの仕事でした。私は近寄りもしなかったので、どんなに大変かは見聞きしていないのでした。

後の時代には、消防法が変わったため、敷地《しきち》内で火を燃やすことそのものが禁止され、大人であろうと実施《じっし》できなくなりました。

作品の舞台《ぶたい》を、私が実際に高校生だったころに設定せず、もっと後に普及《ふきゅう》した携帯電話《けいたいでんわ》を用いたので、いくつかの面でちぐはぐなところがあります。

都立高校の学校群制度は、私の卒業後三年で学区編成を変え、これほど広い地域から第七十二群に入学できなくなりました。さらに後には、学校群制度そのものが全廃《ぜんぱい》されています。それでもあえて携帯電話を出し、時代をあいまいにしたのは、ノスタルジーだけで書く作品にしたくなかったからです。

書き残そうと思い立つほど、貴重な体験と感じてはいるものの、愛憎《あいぞう》半ばすると言えなくもない高校時代なのでした。人間、年を取ると、自分は青春を謳歌《おうか》したと考えがちですが、そうではないところも忘れたくなかったのです。

おまけの短編には、三年生になったひろみと夏郎の一シーンを書いてみました。

福沢先生は仮名ですが、モデルにさせていただいた先生がいます。一、二年で先生の薫《くん》陶《とう》を受け、三年で「更級日記」を講読したのは実体験です。真実お世話になりました。

荻原規子

本書は二〇〇二年五月、理論社より単行本として刊行
された作品を加筆修正し文庫化したものです。

樹《じゅ》上《じょう》のゆりかご

荻《おぎ》原《わら》規《のり》子《こ》

平成28年 4月25日　初版発行
令和6年 11月25日　6版発行

発行者●山下直久

発行●株式会社KADOKAWA
〒102-8177　東京都千代田区富士見2-13-3
電話　0570-002-301（ナビダイヤル）

角川文庫 19702

印刷所●株式会社KADOKAWA
製本所●株式会社KADOKAWA

表紙画●和田三造

ISBN978-4-04-103720-1　C0193

角川文庫発刊に際して

角川源義

第二次世界大戦の敗北は、軍事力の敗北であった以上に、私たちの若い文化力の敗退であった。私たちの文化が戦争に対して如何に無力であり、単なるあだ花に過ぎなかったかを、私たちは身を以て体験し痛感した。西洋近代文化の摂取にとって、明治以後八十年の歳月は決して短かすぎたとは言えない。にもかかわらず、近代文化の伝統を確立し、自由な批判と柔軟な良識に富む文化層として自らを形成することに私たちは失敗して来た。そしてこれは、各層への文化の普及滲透を任務とする出版人の責任でもあった。

一九四五年以来、私たちは再び振出しに戻り、第一歩から踏み出すことを余儀なくされた。これは大きな不幸ではあるが、反面、これまでの混沌・未熟・歪曲の中にあった我が国の文化に秩序と確たる基礎を齎らすためには絶好の機会でもある。角川書店は、このような祖国の文化的危機にあたり、微力をも顧みず再建の礎石たるべき抱負と決意とをもって出発したが、ここに創立以来の念願を果すべく角川文庫を発刊する。これまで刊行されたあらゆる全集叢書文庫類の長所と短所とを検討し、古今東西の不朽の典籍を、良心的編集のもとに、廉価に、そして書架にふさわしい美本として、多くのひとびとに提供しようとする。しかし私たちは徒らに百科全書的な知識のジレッタントを作ることを目的とせず、あくまで祖国の文化に秩序と再建への道を示し、この文庫を角川書店の栄ある事業として、今後永久に継続発展せしめ、学芸と教養との殿堂として大成せんことを期したい。多くの読書子の愛情ある忠言と支持とによって、この希望と抱負とを完遂せしめられんことを願う。

一九四九年五月三日

角川文庫ベストセラー

RDG　レッドデータガール
はじめてのお使い
荻原規子

世界遺産の熊野、玉倉山の神社で泉水子は学校と家の往復だけで育つ。高校は幼なじみの深行と東京の鳳城学園への入学を決められ、修学旅行先の東京で姫神という謎の存在が現れる。現代ファンタジー最高傑作！

RDG2　レッドデータガール
はじめてのお化粧
荻原規子

東京の鳳城学園に入学した泉水子はルームメイトの真響と親しくなる。しかし、泉水子がクラスメイトの正体を見抜いたことから、事態は急転する。生徒は特殊な理由から学園に集められていた……!!

RDG3　レッドデータガール
夏休みの過ごしかた
荻原規子

学園祭の企画準備で、夏休みに泉水子たち生徒会執行部は、真響の地元・長野県戸隠で合宿をすることになる。そこで、宗田三姉弟の謎に迫る大事件が……！　大人気RDGシリーズ第3巻!!

RDG4　レッドデータガール
世界遺産の少女
荻原規子

夏休みの終わりに学園に戻った泉水子は、〈戦国学園祭〉の準備に追われる。衣装の着付け講習会で急遽、モデルを務めることになった泉水子だったが……物語はいよいよ佳境へ！　RDGシリーズ第4巻!!

RDG5　レッドデータガール
学園の一番長い日
荻原規子

いよいよ始まった戦国学園祭。八王子城攻めに見立てた合戦ゲーム中、高柳が仕掛けた罠にはまってしまったことを知った泉水子は、怒りを抑えられなくなる。ついに動きだした泉水子の運命は……大人気第5巻。

角川文庫ベストセラー

RDG6　レッドデータガール
星降る夜に願うこと
荻原規子

泉水子は学園トップと判定されるが…。国際自然保護連合は、人間を救済する人間の世界遺産を見つけだすため、動き始めた。泉水子と深行は、誰も思いつかない道へと踏みだす。ついにRDGシリーズ完結！

西の善き魔女1
セラフィールドの少女
荻原規子

北の高地で暮らすフィリエルは、舞踏会の日、母の形見の首飾りを渡される。この日から少女の運命は大きく動きだす。出生の謎、父の失踪、女王の後継争い。RDGシリーズ荻原規子の新世界ファンタジー開幕！

西の善き魔女2
秘密の花園
荻原規子

15歳のフィリエルは貴族の教養を身につけるため、全寮制の女学校に入学する。そこに、ルーンが女装して編入してきて……。女の園で事件が続発、ドラマティックな恋物語！　新世界ファンタジー第2巻！

西の善き魔女3
薔薇の名前
荻原規子

女王の血をひくフィリエルは王宮に上がり、宮廷デビューをはたす。しかし、ルーンは闇の世界へと消えてしまう。ユーシスとレアンドラの出会いを描く特別短編「ハイラグリオン王宮のウサギたち」を収録！

西の善き魔女4
世界のかなたの森
荻原規子

竜退治の騎士としてユーシスが南方の国へと赴く。フィリエルはユーシスを守るため、幼なじみルーンへの思いを秘めてユーシスを追う。12歳のユーシスを描く特別短編「ガーラント初見参」を収録！